내 남편이
너무 귀여워서
곤란하다

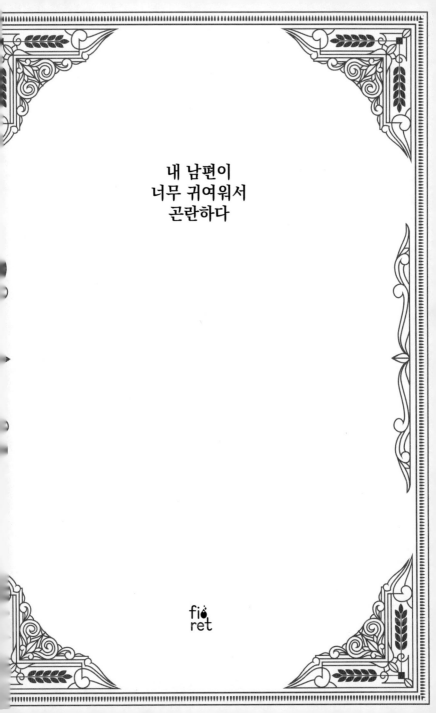

fioret

내 남편이 너무 귀여워서 곤란하다 2

초판 1쇄 인쇄 2019년 12월 9일
초판 1쇄 발행 2019년 12월 30일

지은이 Rana
발행인 오영배
편집 편집부
표지·내지디자인 오정인
제작 조하늬

펴낸곳 (주)삼양출판사 · 피오렛
주소 서울시 강북구 도봉로 173
대표 전화 02-980-2112 / **팩스** 02-983-0660
편집부 전화 02-987-9393 / **팩스** 02-980-2115
블로그 blog.naver.com/dan_gul
출판등록 1999년 3월 11일 제9-000-46호.

ISBN 979-11-283-9749-3 (04810) / 979-11-283-9747-9 (세트)

fio ret 은 (주)삼양출판사의 로맨스 판타지 문학 브랜드입니다.

내 남편이
너무 귀여워서
곤란하다

II

Rana
장편소설

fioret

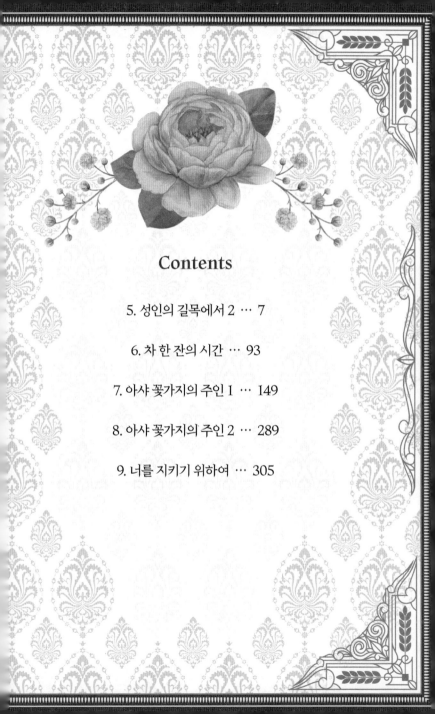

Contents

5

성인의 길목에서 2

자카리는 느릿하게 밤의 복도를 걷고 있었다. 한껏 빛을 줄여 놓은 등불이 주홍빛으로 아른거린다. 그의 시선이 어둠 속을 헤집었다. 하지만 실제로 그는 다른 생각에 빠져 있었다.

'이엔의 입술이 너무 가까웠어.'

이엘리의 붉은 입술을 생각할 때마다 얼굴이 화끈거리며 달아오른다. 키스. 키스라. 그 단어를 생각하던 자카리는 두 눈을 질끈 감았다. 자카리는 저도 몰래 손을 들어 입술을 어루만졌다.

'도대체 나, 이엔에게 무슨 짓을 하려 한 거지.'

사실 그들은 부부였고, 그 정도 신체 접촉은 해도 전혀 상관없는 사이였다. 하지만 실제 그들은 아직 방조차 합치지 않았다. 이엘리의 동의가 없다면 자카리는 아무것도 하고 싶지 않았다.

'그러고 보니 이엔, 화가 났나? 내일 사과를 해야 하나…….'

오늘 있었던 일들을 되짚어 생각하던 자카리는 근심 섞인 표정을 지었다. 그런데 바로 그때.

"콜록, 콜록!"

반쯤 열린 두꺼운 문 너머로 거센 기침 소리가 새어 나왔다. 그는 순간 의아한 얼굴이 되었다.

'아버지?'

그 소리는 공작의 집무실에서 들려오고 있었다. 병은 모두 완치되셨던 게 아닌가? 그러고 보니, 이 시간까지 아직 주무시지 않았나? 자카리는 반사적으로 공작의 집무실 쪽으로 향했다.

"콜록, 콜록! 큭, ……하아."

공작은 하얀 손수건으로 입을 가리고, 허리까지 굽혀 가며 격렬한 기침을 토하고 있었다. 간신히 기침이 멎었다. 손수건을 떼자, 그 위에는 온통 붉은 핏자국이 가득했다.

자카리의 눈동자가 커다랗게 벌어졌다. 약간이나마 남아 있던 취기가 순식간에 가셨다. 그가 공작을 불렀다.

"……아버지?!"

"…….."

공작은 낭패한 얼굴로 자카리를 돌아보았다. 그 이후, 단정한 표정이 되어 자카리에게 말한다.

"과음한 것 같구나."

피를 토한 사람치고는 지나치게 말끔한 얼굴이다. 내가 설마 헛것을 봤나? 자카리는 순간 혼란스러워졌다.

하지만 공작의 손에 들려 있는 하얀 손수건엔 여전히 새빨간 피가 번져 있었다.

"아버지, 이게 무슨!"

"신경 쓸 것 없다."

"피를 토하셨는데, 어떻게 신경을 안 씁니까!"

자카리가 와락 언성을 높였다. 공작이 픽 웃음을 터뜨렸다. 그러고는 비스듬히 고개를 기울이며 묻는다.

"지금 날 걱정하는 게냐?"

"그건……!"

자카리는 말문이 막히는 것을 느꼈다. 공작을 걱정한다? 순간 그는 혼란스러워졌다. 아버지에 대한 애정이 남았느냐 물으면, 당연히 아니라고 대답할 것 같았는데. 하지만 지금 상황은……

"내가 며느리는 잘 들였군. 살다 살다 내 아들이 날 걱정하는 모습까지 보다니."

공작이 무표정한 얼굴로 말했다. 자카리는 공작을 쏘아보았다. 가슴 깊은 곳까지 답답해졌다.

'이런 상황에서조차 삐뚤어지셨다니, 역시 내 아버지답군.'

속으로 빈정거린 자카리가 고개를 들어 올렸다. 그가 공작의 눈동자를 똑바로 바라보면서 대답했다.

"그렇죠. 유일하게 아버지가 잘한 일이 이엔을 제 아내로 들이신 겁니다."

자카리의 음성은 냉정하기만 했다. 공작은 그런 자카리를 물끄러미 바라보다 입술을 열었다.

"하긴, 이엘리는 너와 나에게 아까운 아이긴 하지."

그렇게 대답한 공작은 느리게 눈을 깜빡였다. 그게 솔직한 본심이었다. 이제 와서 아비 노릇을 하려 하는 것도 우습다. 게다가 공작에게 자카리가 정을 붙여 봤자, 소용없었다.

'어차피 시간이 많이 남은 것도 아니고.'

스스로가 미리 결정해 둔 제 인생의 끝은 이미 정해져 있었다. 군주의 자리에 있는 자는 가끔 자기 자신의 죽음까지 이용해야 하는 법이다. 그리고 공작은 이미 선택했다. 그가 냉랭하게 답한다.

"오랫동안 내가 널 내치고 싶어 했던 건 잘 알고 있겠지."

그는 흠칫했다. 아버지에게 움직이려던 마음이 그대로 얼어붙었다. 자카리는 입술을 짓씹었다.

"하지만 아직도 절 내치는 것에 대한 마음의 결정을 내리지 못하셨지요."

자카리는 차갑게 대답했다. 오연하게 턱을 올리고 시선을 맞추는 눈동자는 공작과 꼭 닮았다.

"제가 없어진다면 헤센바이츠는 사라지는 것이나 마찬가지니까요."

그리고 아들의 싸늘한 말을 듣던 공작은 처음으로 심장이 꽉 죄이는 것 같은 느낌을 받았다.

'단 한 번도 이런 적 없었는데.'

공작은 스스로를 비웃었다. 어느새 아비 취급을 받고 싶어진 것인가. 이기적이고 어리석게도.

"잘 알고 있구나."

"그럼요, 예전에는 이 사실을 몰라…… 아버지께 버림받을까 매번 두려워해야만 했지요."

자카리는 갸웃 고개를 기울였다. 짙푸른 눈동자는 가장 깊은 겨울의 빙하처럼 차갑기만 하다.

"하긴, 마음이 마음대로 움직이지 않는다는 것도 이해합니다."

망설임 없이 내뱉어지는 차가운 목소리. 아버지에 대한 일말의 애정조차 사라진 싸늘한 얼굴.

"하지만 이미 제 필요성을 인정하셨으면서 이렇게 말씀하시는 건 좀 치졸해 보이는군요."

"……."

공작은 말문이 막히는 것을 느꼈다. 자카리는 한 걸음 뒤로 물러났다. 그건 명백한 거부였다.

"물론 아버님의 생각 따위는 별로 신경 쓰지는 않지만요."

그렇게 말한 자카리가 빙긋 웃었다. 하지만 그 미소엔 온기라고는 하나도 남아 있지 않았다.

'그래, 혜센바이츠의 차기 공작이 되어야 할 자는 응당 그래야지.'

하지만 그렇게 생각하면서도 입 안이 쓰다. 공작은 반쯤 충동적인 기분이 되어 입을 열었다.

"자카리."

"예?"

"넌 네가 있어서, 이엘리가 행복할 수 없을지도 모른다는 생각은 해 보지 않았나?"

자카리는 멈칫했다. 공작은 무감정한 눈동자였다. 아주 오래된 의문이었다. 아델라이데는 공작의 곁에 있으면서 단 한 번도 행복했던 적이 없었다. 괴물의 힘을 가진 자카리는 어떠할까.

"너 때문에 그 아이가 불행해진다면…… 어떻게 할 생각이지?"

자카리는 잠시 침묵했다. 이엘리가 환하게 웃는 얼굴이 떠올랐다. 자카리는 입술을 짓씹었다.

"이기적일지도 모르지만…… 이엔은 제 인생의 단 하나뿐인 기적이고, 빛입니다."

공작은 물끄러미 자카리를 바라보았다. 자카리는 낮게 억눌린 어조로 차근차근 말을 이었다.

"전 이엔이 행복하기를 바랍니다. 하지만……."

자카리는 숨을 크게 들이쉬었다. 자신이 이런 말을 입에 담는 것 자체에 죄책감이 밀려든다.

"……이엔이 행복해야 할 장소는 바로 제 곁이에요."

과연 내가 살아남기 위해 너를 내 곁에 얽매어 놓는 것이 옳은 일일까. 내가 널 사랑해도 괜찮은 걸까. 수도 없이 스스로에게 물었던 질문. 오래 묵은 죄악감과 애정이 뒤섞여 혼란했다.

"왜냐하면 전…… 이제 이엔 없이는 살아남을 수 없으니까요."

그럼에도 자카리는, 공작 앞에서는 가장 내밀한 대답을 꺼내 놓았다. 진심 가득한 목소리였다.

"그러니까 있는 힘껏 행복하게 해 주겠습니다. 제 목숨을 바쳐서라도."

"……그런가."

자카리는 작게 고개를 끄덕였다. 숨을 크게 들이마신다. 짙푸른 눈동자가 잘게 떨리고 있었다.

"아버지의 질문은…… 근본부터 제가 받아들일 수 없는 조건을 전제로 하고 있어요."

"받아들일 수 없는 조건이라."

"이엔이 저를 떠나는 건 한 번도 상상해 본 적 없습니다. 아니, 상상할 수 없다는 게 맞죠."

그렇게 말한 자카리는 이윽고 쓰게 웃었다. 서로를 꼭 닮은 시선이 상대방을 제 안에 담았다.

"……이런 점에서는 저도, 아버지를 닮은 것일지도 모르겠네요."

마치 고해성사 같은 목소리를 들으며, 공작은 저도 모르게 납득하고 말았다.

결국 그런 것이었다. 두 부자는 이 순간, 서로를 완벽하게 이해했다.

가없는 애정. 마음 바친 이에게 사랑과 온기를 구걸하지 않으면 살아갈 수 없는, 모자라고 나약한 존재들. 그게 바로 그들 부자였다.

"그것보다, 아버지."

얼굴에서 미소를 지워 낸 자카리가 공작의 눈을 똑바로 보았다. 공작은 그 시선을 맞받았다.

"솔직하게 말해 주십시오. 아버지의 건강, 도대체 어떤 상태입니까?"

"네가 신경 쓸 바가 아니라고 몇 번이나 말했을 텐데."

그 대답을 들은 자카리의 시선이 깊게 가라앉았다. 자카리는 빈정거리는 어조로 입을 열었다.

"아버지께서는 공작령을 책임질 분이십니다. 그러니⋯⋯."

말끝을 흐린 자카리가 공작을 노려보았다. 말을 맺는 그 목소리는 날카롭게 날이 서 있었다.

"후계 된 자로서 당연히 걱정해야 한다고, 예전에 답변했던 것으로 기억합니다만."

"그 점에 대해서는 마음 쓸 필요 없다."

"예?"

자카리는 의아한 낯을 했다. 공작은 손안의 피 묻은 손수건을 와락 움켜쥐면서 말을 이었다.

"너와 이엘리가 마음 졸일 일은 일어나지 않을 테니까."

"그건, 무슨⋯⋯."

"난 네가 공작 작위를 잇는데 아무런 문제도 일으키지 않을 거라는 뜻이다."

그렇게 설명하는 공작의 목소리는 흡사 스스로에게 약속하는 것처럼 결의에 가득 차 있었다.

"⋯⋯다만 이번 일은 이엘리에게는 말하지 마라."

잠시 머뭇거리던 공작이 조금 누그러진 어조로 자카리에게 당부했다. 그 말을 듣던 자카리는 형용할 수 없는 감정에 사로잡혔다. 내가 당신을 어떻게 생각해야 하는 거지. 숨이 막혀 온다.

'그나마 마음 졸일 일이 일어나지 않는다는 저 말씀은⋯⋯.'

적어도 지금 당장 병세를 걱정할 필요는 없다는 건가. 자카리는 입술을 짓씹었다. 당장 주치의를 불러다 아버지의 건강을 물어보고 싶지만, 때가 안 좋다. 지금 공작 성에는 황족이 있다.

'아버지가 내가 주치의와 접촉하고 있다는 사실을 들키기라도 한다면.'

그렇다면 공작의 건강 상태를 황태자가 눈치챌지도 모른다. 그것만큼은 역시 막아야 했다.

"알겠습니다. 편안한 밤 되십시오, 아버지."

억눌린 목소리로 자카리가 인사를 건넸다. 공작은 말없이 고개를 까닥여 보였다. 자카리는 걸음을 물렀다.

소리 없이 방문이 닫혔다. 뒤에 남은 공작은 닫힌 방문을 오래오래 바라보았다.

* * *

이튿날, 오전을 기해 사냥회가 열렸다. 사냥회가 진행되는 장소는 공작 성 근처의 사냥 숲이었다. 울창한 사냥 숲 앞 공터엔 갖가지 가문들의 깃발이 펄럭이고 있었다.

그중 가장 눈에 띄는 깃발은 공작가, 그리고 황가의 깃발이다. 이엘리는 물끄러미 사냥회의 모습을 바라보았다.

'아샤 꽃을 같은 상징으로 삼은, 제국의 가장 강력한 두 가문이라니.'

경쟁적으로 펄럭이는 두 가문의 깃발을 바라보던 이엘리는 새삼스러운 기분으로 그리 생각했다. 그러고 보면 오늘 공작은 자리를 비웠다. 자연스레 공작의 건강에 대해 관심이 흘러갔다.

'약간의 감기 기운이 있으셔서 오늘은 쉬신다는데…… 괜찮으신 걸까.'

요새 계속해서 건강이 좋지 않으신 것 같은데. 그녀는 미간을 좁혔다. 그런데 그때, 저 멀리서 자카리가 이엘리에게로 뛰듯이 걸어왔다. 그는 다급한 목소리로 이엘리의 이름을 불렀다.

"이엔."

"……자카리?"

이엘리는 마땅찮은 표정으로 자카리를 맞아들였다. 잔뜩 술에 취해 있었던 간밤의 모습은 간데없이, 자카리는 이제 소공작의 지위에 걸맞은 단정한 모습이었다. 자카리는 다짜고짜 물었다.

"혹시 내가 어제 무슨 실수라도 했어?"

"실수?"

두 눈을 동그랗게 뜬 그녀는 가슴 위로 팔짱을 낀 채 고개를 가로저었다.

"아니, 큰 실수를 저지른 건 없어."

"그런데…… 왜 자꾸 내 눈을 피하는 거야?"

자카리는 마치 사고를 친 강아지처럼 죄스러운 표정을 짓고 있었다. 하지만 연녹색 눈동자를 집요하게 따라붙는 푸른 눈동자는 이유를 알아내기 전까지는 절대 물러나지 않겠다는 기세다.

"그건……."

반사적으로 입을 열려던 이엘리는 말을 되삼켰다. 이엘리의 양 뺨이 발그레하게 달아올랐다.

'사실 어제 네게 설레서 그랬던 거라고…… 어떻게 설명해.'

이엘리도 어젯밤 자신이 했던 처신이 그렇게 옳았다고는 생각하지 않았다. 술에 취한 자카리에게 홀로 두근거렸으며, 그의 행동 하나하나에 의미를 부여했던 것. 키스할 거라고 생각하며 설레발을 쳤던 건 이엘리 혼자만의 비밀이었다. 아마 그의 입장에서는 당황스러울 만도 하다.

'하지만 자카리는 내 속마음 따위 전혀 모를 테니까.'

이엘리는 약간 삐뚤어지기로 했다. 그녀는 턱을 치켜세우며 자카리의 눈을 똑바로 응시했다.

"그야 너, 어제 술 마시고 진상 부렸잖아."

"그, 그건…… 맞는데. 하지만 큰 실수는 아니라고 했잖아?"

자카리는 소심한 어조로 항변했다. 이엘리의 눈이 점차 세모꼴로 변하며 그를 쏘아보았다.

잠시 후, 그녀가 쏘아붙였다.

"어쨌든 실수는 실수지. 자잘한 건 실수 아니야?"

이엘리는 꽤나 매서운 기세로 추궁했다. 자카리는 입을 꾹 다물었다. 슬슬 눈치를 살피는 그 모습이 잔뜩 혼나 풀이 죽은 강아지 같았다. 어쩔 줄 몰라 하던 자카리가 조심스럽게 말했다.

"……미안해."

"……."

"이엔, 정말로, 진짜로 미안해."

어찌나 미안해하는지 그대로 바닥에 쪼그라들어 사라질 것 같다. 음, 좀 불쌍해 보이긴 하네.

"그러니까 화 좀 풀어. 응?"

자카리는 간절한 눈빛으로 이엘리를 내려다보았다. 이엘리는 보란 듯이 긴 한숨을 내쉬었다.

"이번만이야."

"응?"

"이번만 용서해 주는 거라고."

새침하게 고개를 돌리며 그리 대답하자, 자카리의 표정이 등불을 켜기라도 한 것처럼 환하게 밝아졌다. 손을 뻗어 이엘리를 와락 제 품 안에 끌어안은 자카리가 안도한 목소리로 외쳤다.

"고마워, 앞으로는 절대 실수 안 할게!"

"으, 저기, 자카리? 수, 숨 막혀!"

이엘리가 자카리의 등을 콩콩 두드려 대며 외쳤다. 성년을 코앞에 둔 소공작 부부의 다정한 모습을, 길을 지나던 사람들은 모두 흐뭇한 눈빛으로 바라보았다. 이엘리의 얼굴이 새빨개졌다.

*　　*　　*

빽빽한 침엽수림 아래로는 울창한 그림자가 드리워져 있었다. 북부는 기온이 차가웠기에 활엽수보다는 침엽수림이 훨씬 많았다. 황태자는 말고삐를 거칠게 잡아당겼다. 뱃속이 울렁거린다.

"……아, 젠장."

현재 황태자는 숙취에 잔뜩 시달리고 있었다. 어제 소공작과 함께 대작한 게 기억의 마지막이었다. 그 괴물 같은 작자는 독주를 쉴 새 없이 비우면서도 눈썹 하나 까닥하지 않고 있었다.

"그 망할 자식, 술은 괴물처럼 강해 가지고는……."

황태자는 입 안으로, 황태자의 신분으로 말하기에는 다소 부적절한 욕설들을 짓씹어 삼켰다.

"젠장, 여긴 왜 이렇게 추운 거야?!"

왈칵 신경질을 낸 황태자가 고개를 들어 올렸다. 황태자의 기분이 저조한 것을 보며 몰이꾼들은 어깨를 잔뜩 움츠리고는 곧바로 눈치를 살핀다. 황태자는 어깨를 부르르 떨면서 투덜거렸다.

"좋은 일이라곤 하나도 없군."

스스로의 고귀함을 잘 아는 황태자였다. 또한 황태자는 자신의 고귀함을 휘하의 신분 낮은 이들을 짓밟는 것으로 과시했다. 얻어맞지 않으려면 알아서 몸을 사려야 한다는 건 상식이었다.

'……그나마 그녀를 만난 것만 좀 괜찮았지.'

황태자는 입맛을 다셨다. 아샤 꽃잎처럼 우아하게 흔들리는 분홍색 머리카락, 그리고 새싹처럼 연한 녹색 눈동자. 앙칼진 목소리마저 사랑스럽고, 그를 거부하는 목소리마저 노래 같았다.

'그렇게 미인일 줄 알았더라면, 그냥 고집을 부려서라도 안네로제를 결혼시킬 걸 그랬어.'

회색 눈동자가 깊숙이 가라앉았다. 병석에 누운 채 반혼수상태에 빠져 있는 황제는, 그 당시 드물게 아버지의 정을 발휘하고 싶었던 모양이었다.

그때의 황제는 안네로제를 결혼시키느니 다른 신붓감을 찾아보라며 역정을 냈고, 황태자는 생각 없이 블랑쳇 자작가의 여식을 골랐다.

'그런데 참 이상하지. 단순한 미인이었더라면 이렇게나 마음이 동하지 않았을 텐데……'

황태자는 두 눈을 가늘게 뜬 채 말머리를 돌렸다. 쯧, 혀를 차던 황태자가 묘한 얼굴을 했다.

'게다가 그녀에게는 '아샤의 축복'도 듣지 않는 것 같고……'

나중에 한 번 더 확인해 봐야 할 테지만, 적어도 지금까진 그렇게 보였다. 그리고 황태자에게 있어, '아샤의 축복'이 듣지 않는 상대는 아무도 없었다. 적어도 헤센바이츠의 핏줄이 아니면.

'그녀는 외부에서 결혼한 여자고, 아직 헤센바이츠의 아이도 낳지 않았는데.'

그렇다면 당연히 '아샤의 축복'이 적용되어야 했다. 하지만 이엘리는 날카로운 눈동자로 황태자를 노려볼 따름이었다. 황태자는 입술 끝을 비죽이 올렸다. 황태자는 비릿하게 미소 지었다.

"뭐, 괜찮아. 앙칼진 고양이는 길들이는 맛이 있으니까."

당연하다는 듯이 이엘리를 애완동물 취급하는 황태자였다. 그런 황태자에게 가까이 가지 않으려 노력하며, 몰이꾼들은 슬슬 뒤를 따랐다. 바로 그때. 황태자가 몰이꾼들을 홱 노려보았다.

"왜 이렇게 늦나?"

커다란 고함 소리에 몰이꾼들이 흠칫 어깨를 굳혔다. 황태자는 말채찍을 위협적으로 휘둘렀다.

"말채찍으로 죽도록 얻어맞고 싶은 건가!"

"아, 아닙니다!"

몰이꾼들이 허둥지둥 달려갔다. 황태자가 두 눈에 잔뜩 날을 세우며 날카롭게 고함을 지른다.

"버러지 같은 것들, 자네들이 모시는 건 제국의 황태자야! 무슨 일이라도 생기면 어쩔 거야!"

사실 그건 말도 안 되는 억지였다. 사냥 숲은 공작 성이 관리하는 곳이었고, 당연히 위험한 마수나 맹수들은 모두 정리되어 있었다. 다만 황태자는 어제 일을 화풀이하고 싶은 것뿐이었다.

'자카리 헤센바이츠!'

갓 내린 설원처럼 새하얀 은발, 빙하처럼 차가운 눈동자. 우아한 맹수처럼 서늘한 청년. 자카리의 새파란 눈동자는 마치 황태자를 조롱하듯이 바라본다. 황태자는 아득 어금니를 물었다.

'그 끔찍한 괴물 따위가!'

황태자도 알지 못할 리 없었다. 자카리는 황태자가 공작 성에 당도한 직후부터 그를 경계하고 있었다. 어제 이엘리를 보호하기 술을 권했던 것도 알았다. 다만 오랫동안 연회와 향락에 길들여 온 황태자였기에, 그는 자신이 고작 술을 대작하는 것에서 패배할 리 없다고 여겼다.

"나는 이 제국의 황태자야! 감히 천것들이, 주제도 모르고!"

황태자는 또 한 번 왈칵 목소리를 높였다. 그런데 그때, 사박사박 서리 내린 풀숲을 밟는 소리가 들렸다.

이 소리, 도대체 뭐지? 황태자는 홱 고개를 돌렸고, 금세 표정을 일그러뜨렸다.

"이런, 황태자 전하."

목소리의 주인공은 바로 자카리였다. 고개를 가볍게 기울인 채,

황태자를 빤히 바라보고 있다.

"전하께서 차후 제국의 지존이 되실 분임은, 여기서 모르는 사람은 아무도 없습니다."

자카리의 우아한 목소리에는 싸늘한 조소가 가득 담겨 있었다. 황태자가 왈칵 언성을 높였다.

"소공작. 지금 날 비꼬는 겁니까?"

"그럴 리가요. 그저 사실을 말씀드리는 것뿐입니다."

자카리는 매끄럽게 어깨를 으쓱거려 보였다. 황태자는 그런 자카리를 응시하며 눈을 빛냈다.

'겨우 저 정도 무기만 챙겨 오다니. 그렇다면 내가 좀 더 좋은 사냥감을 잡을 수도 있겠군.'

현재의 자카리는 단출한 차림이었다. 무기라고는 커다란 장궁 하나뿐. 게다가 혼자다. 짐승을 찾아 몰아 올 몰이꾼들도 없이 혼자서 사냥에 나선다니, 오만하군. 황태자는 속으로 비웃었다.

'좋아. 그러면 훌륭한 사냥감을 잡아서 그녀에게 바칠 수 있겠군.'

황태자는 속으로 고개를 주억거렸다. 그런데 그때, 자카리가 눈을 가늘게 뜬 채 입을 열었다.

"게다가 사냥 숲에 대해 그렇게 말씀하시다니, 공작가의 일원으로서 참으로 섭섭하군요."

"……그건."

설마 들었나. 황태자는 순간 표정을 관리하기 위해 심혈을 기울여야 했다. 제게 무슨 일이라도 생기면 어쩌느냐는 그 말은, 사냥

숲의 주인인 공작가에게 모욕적인 뜻을 품고 있었으니까.

"헤센바이츠가 심혈을 기울여 관리하는 사냥 숲 아닙니까."

들었군. 황태자는 입 안의 보드라운 살을 잘근 깨물었다. 자카리는 느긋한 목소리로 되물었다.

"설마 전하께서 공작가를 믿지 못하신다, 그렇게 말씀하실 속셈은 아니시지요?"

질문을 던진 자카리가 화려하게 웃었다. 하지만 황태자가 아무리 눈치가 없다 한들, 그 화려한 미소 속에 숨겨진 날카로운 기운을 몰라볼 수는 없었다. 황태자는 끙, 앓는 소리를 뱉었다.

"……그, 그런 뜻은 아니었습니다."

그러나 먼저 말실수를 한쪽은 황태자였기에, 결국 황태자는 불만스러운 표정으로나마 그렇게 말했다. 이 정도 입바른 말이면 자카리도 넘어가 줄 테니까, 그런 얄팍한 생각이었다.

하지만…….

"그런 뜻이 아니셨다면, 제게 하셔야 할 말씀이 하나 더 있을 텐데요."

"지금 뭐라고 말씀하셨습니까?"

"제게 하셔야 할 말씀이 하나 더 있다고 말씀드렸습니다."

기가 막힌 낯을 한 황태자 앞에서, 자카리가 곱게 눈매를 휘어 보였다. 그는 낭랑하게 말했다.

"어린아이도 자신의 잘못을 알게 되면 사죄를 합니다."

"헤센바이츠 소공!"

"그런데도 하시는 행동은, 고작 말을 돌리려 하시는 겁니까?"

그렇게 말한 자카리가 장궁에 날렵하게 활을 매겼다.

끼리릭. 한껏 휘어진 장궁에서 비명 같은 소리가 흘러나왔다. 그 모습을 바라보던 황태자의 낯이 새하얗게 질렸다. 그도 그럴 것이……

"무, 무엇을 하는 겁니까!"

화살이 겨누고 있는 방향은 명확히 황태자 쪽을 향하고 있었다. 황태자는 온몸에서 피가 쭉 빠져나가는 것을 느꼈다. 현재 자카리는 북부뿐 아니라 제국 전체에서 이름을 떨치는 전사였다.

'소공작이 미쳤나? 하, 하지만……!'

만약 자카리가 눈이라도 홱 돌아서 황태자를 공격하기라도 하면, 여기서 자카리를 막을 수 있는 자는 아무도 없었다. 게다가 자카리와 황태자가 싸우면 황태자에게 승산이라고는 전혀 없었다. 황태자는 남성 귀족들이 기본 소양으로 익히는 최소한의 검술마저도 연마하지 않았다.

"내가, 내가 소공에게 말실수를 했습니다! 잘못했으니까……!"

황태자의 다급한 목소리를 듣던 자카리의 푸른 눈동자가 경멸의 기색을 품었다. 한심한 자식. 관심조차 아까운 작자 아닌가, 황태자만 아니었더라도.

그와 동시에 핑, 활 사위가 흔들렸다.

"캥!"

여우의 날카로운 비명소리가 울려 퍼졌다. 황태자의 등 뒤편에서, 새하얀 여우가 펄쩍 뛰어올랐다가 바닥에 나뒹굴었다.

자카리는 활을 내렸다. 그가 비뚜름하게 입술 끝을 밀어올려 말한다.

"무엇을 하긴요."

"······."

"사냥을 하고 있지 않습니까."

황태자가 천천히 눈을 굴려 등 뒤를 돌아보았다. 눈에 화살을 맞은 여우가 피를 흘리며 쓰러져 있었다. 방금 전 있었던 일을 생각하자 황태자는 등골이 선뜩해졌다. 온몸에서 힘이 쭉 빠져나갔다.

'방금 그 화살······ 내 왼쪽 귀를 바로 스쳤어.'

자카리는 빙긋 미소를 지었다. 그는 명랑하게까지 들리는 목소리로 황태자에게 대답을 했다.

"전 그저, 사냥감이 전하의 바로 등 뒤에 있기에 쏘았을 뿐입니다."

"······헤센바이츠 소공작."

"놀라셨다면 죄송합니다. 그럴 뜻은 전혀 없었습니다."

이 자리에서 자카리만이 밝은 모습을 하고 있었다. 몰이꾼과 황태자는 경악을 감추지 못했다.

'소공작님, 여우의 눈을 정확히 쏘아 맞혔어······.'

'하나 그렇게 거리가 멀었는데도?'

그 자리에 모여 있던 몰이꾼들은 얼빠진 얼굴로 쓰러져 있는 은여우를 바라보았다. 가죽이 상하지 않도록 일부러 눈을 쏜 것이다. 하지만 은여우와 자카리의 거리는 굉장히 멀었다. 가볍게 눈을 쏘아 맞출 수 있는 거리가 아니었던 것이다.

자카리는 태연한 표정으로 말을 몰았다.

"아, 다행이군요."

가볍게 말에서 뛰어내린 그가 은여우를 집어 들었다. 은여우를 요모조모 살피던 그가 말했다.

"가죽이 상하지는 않은 것 같습니다."

"……."

황태자는 순간 패배감에 가득 찬 낯을 했다. 은여우는 북부에서도 일부 지역에서만 나는 특산품으로, 제국 전체를 통틀어 가장 값비싼 모피였다. 황태자도 내심 노렸던 사냥감이기도 했다.

'젠장.'

특히 헤센바이츠가 은여우 모피는 외부 반출을 엄격히 제한했기에, 황가에서도 보통 황후만이 은여우 모피를 소유할 수 있었다. 드물게는 황제에게 총애받는 황녀나 황자만이 하사받았다.

'그런 은여우 모피를…… 저렇게 쉽게 얻어 간다고?'

정확히는 자카리의 눈썰미와 정확한 활 솜씨가 결합된 결과였다. 하지만 황태자는 자카리의 장점은 전혀 인정할 생각을 하지 않았다. 물론 자카리 또한 그에게 인정받을 마음 따위 없었다.

"어떻습니까. 제 아내에게 잘 어울릴 것 같지 않습니까?"

명백히 황태자가 이엘리에게 관심을 가지고 있음을 알고 있는 목소리였다. 자카리는 황태자에게 일부러 그녀를 '제 아내'라고 호칭함으로써, 그녀에게 가까이 가지 말라 선을 그은 것이다.

"제 아내에게 선물로 주려고 합니다. 그녀는 남부 출신이라 추위를 많이 타는 편이거든요."

그렇게 말하며, 자카리는 희미하게 미소를 지었다. 이엘리의 모습이 눈앞에 선연히 그려진다. 담요로 온몸을 돌돌 감은 채, 따끈따

끈한 벽난로 앞에 앉아 있는 모습. 당장이라도 끌어안고 싶다.

"전하. 전 제 아내를 무척 사랑합니다. 제게 있어 아내는 전부지요."

"……그런 말씀을 왜 굳이 내게 하시는 겁니까, 소공작?"

황태자는 미심쩍은 표정으로 자카리를 바라보았다. 자카리는 매끄러운 목소리로 말을 이었다.

"전하께서는 영민한 분임을 믿어 의심치 않습니다. 그러니……."

순간 자카리의 눈동자가 싸늘하게 식었다. 자카리는 온기라곤 전혀 없는 말투로 입을 열었다.

"……제 손이 미끄러져 화살을 위험한 곳에 날리지 않았다는 것을 기억해 주시기 바랍니다."

그건 명백한 경고였다. 자신이 황태자를 해할 수 있었고, 해할 능력도 있었으며, 해할 의지도 있었다는 선언. 그럼에도 그렇게 행동하지 않았다고 설명하는 것. 황태자는 울컥하고 말았다.

"지금 날 협박하는 겁니까, 소공작?"

"협박이라니요."

하지만 자카리는 여전히 태연한 얼굴이었다. 오히려 특유의 여유로운 미소와 함께 입을 연다.

"아까 전부터 말씀드렸듯이, 전 사실만을 말씀드립니다."

"소공작!"

"그럼 전하께서도 훌륭한 사냥감을 얻기를 바라고 있겠습니다."

제 할 말만 마친 자카리는 마지막으로 꽤나 정중한 태도로 고개를 숙여 보였다.

그리고 황태자는 오히려 그 정중함이 조롱의 의미를 담고 있음을 알았다. 빠드득. 황태자는 이를 갈았다.

"아 참. 이건 전하께 진심으로 충고를 드리는 건데."

막 물러나려던 자카리가 흘긋 뒤를 돌아보았다. 새파란 눈동자가 닿은 이는 바로 몰이꾼이었다.

"사람은 귀하게 대해야 합니다."

"그게 무슨 뚱딴지같은 소리입니까!"

"전하를 위해 이 추운 날, 숲속을 헤집고 다니는 자들입니다."

자카리는 눈 하나 깜짝하지 않고 답했다. 그 말에 황태자의 얼굴이 붉으락푸르락 달아올랐다.

"그런 자들에게 폭력과 폭언을 휘두르는 건, 오히려 전하의 고귀함에 누를 끼치는 행위지요."

"그, 그게 무슨……!"

"그렇다면 좋은 시간 되십시오."

마지막으로 인사를 남긴 자카리는 그대로 말에 훌쩍 뛰어올랐다. 말에 매단 은여우가 황태자를 놀리는 것처럼 반짝거렸다.

황태자는 훌륭한 사냥감을 얻는 문제에 있어서도 제가 자카리에게 패배했음을 깨달았다. 은여우 이상으로 희귀하고 값비싼 사냥감은 얻을 수 없을 것이 분명했다.

"젠장!"

화가 머리 꼭대기까지 난 황태자가 주먹을 허공에 휘둘렀다. 느닷없는 고함소리에 새 무리가 파드득 하늘로 날아올랐다.

하지만 이성을 잃은 황태자는 그대로 고래고래 언성을 높였다.

"젠장, 괴물 자식이, 감히 황태자에게……!"

잔뜩 겁을 집어먹은 몰이꾼들은 서로 눈치를 살폈다. 황태자는 화가 나 가쁜 숨을 내쉬었다.

"헉, 헉, 허억……."

여기서 더 화를 내면 자카리의 도발에 그대로 넘어가는 꼴이다. 황태자는 어금니를 악물었다.

'하지만 이 일을 이대로 묻어 둘 수는 없지.'

황태자의 눈이 가름해졌다. 그는 고민했다. 소공작의 구겨진 낯을 보려면 어떻게 해야 하지?

'……레이디 헤센바이츠.'

그 이름을 떠올린 순간, 황태자의 입가에 비릿한 미소가 걸렸다. 있었다. 단 한 명, 소공작이 거의 이성을 놓아 가면서 집착하는 대상이. 순간 황태자의 비뚤어진 소유욕에 불이 당겨졌다.

'비록 먼저 연을 맺은 쪽은 소공작이라고는 하지만…….'

그래도 그게 끝까지 이어진다는 보장은 없지 않나. 황태자는 입술을 깨물며 생각을 거듭했다.

'오히려 약간의 장애물이 있는 편이, 빼앗을 때의 쾌감이 훨씬 더 강하지.'

애초부터 이상하리만치 사람의 가슴속을 헤집어 놓는 여자였다. 그런데 그녀를 빼앗을 수 있다면, 꼴 보기 싫은 헤센바이츠 소공작에게도 한 방 먹여 줄 수 있다니. 황태자는 흡족해졌다.

'좋아.'

황태자의 눈동자가 위험스럽게 빛났다. 시간이 좀 걸려도 좋았다. 우선 그녀를 확실하게 빼앗을 방도를 강구해야만 했다. 황태자는 말에 박차를 가했고, 몰이꾼들이 허둥지둥 뒤를 쫓았다.

* * *

한편, 이엘리를 포함한 귀부인들은 화려한 천막 안에서 함께 차를 마시고 있었다. 로렌 백작 부인이 그렇게 주최로 서고 싶어 하던 그 티타임이었다. 그러나 솔직히 분위기는 그리 좋지 못했다.

"어머나, 황녀 전하! 제게 전하의 곁에 앉는 영광을 베풀어 주시겠어요?"

백작 부인은 물 만난 고기처럼 주변을 휘젓고 있었다. 특히 황녀에게 어떻게든 아첨을 하고 싶어 하는 그 모습이 귀부인들의 빈축을 샀다. 얼굴을 가린 부채 뒤로 불쾌한 눈빛이 오고 갔다.

'차기 공작 부인을 앞에 두고…… 어쩜 저렇게 천박한지.'

'자신이 소공작님의 외숙모라는 자각은 전혀 없는 건가?'

어쨌든 이 자리의 귀족들은 북부의 사람들이었고, 그들이 알기로 북부의 군주는 헤센바이츠였다. 그리고 황가와 공작가의 흉험한 관계는 따로 설명해 주지 않아도 모를 수가 없지 않은가.

'레이디 헤센바이츠께서는 불쾌하시지 않으신가?'

일부 사람들은 이엘리의 눈치를 넌지시 살피기까지 했다. 그중에서는 이엘리에게 호감을 갖게 된 툴란 남작 부인도 있었다. 이엘리는 걱정하지 말라는 뜻을 담아 방긋 미소를 지었다.

'로렌 백작 부인, 망아지도 아니고 천방지축으로 날뛰고 있잖아.'

'분명 불쾌하실 텐데…… 나이도 어리신 분이, 그래도 의연하게 참고 계시는군.'

귀부인들은 안타까움과 기특함을 담아 이엘리를 바라보았다. 백작 부인의 행보에 따라 반사적으로 이엘리의 평가가 올라가고 있었다. 그 눈빛에 이엘리는 어리둥절한 얼굴이 되어 버렸다.

'아니, 다들 왜 나를 저렇게 갸륵한 눈빛으로 바라보는 거야?'

하나 이유를 물어볼 수는 없는 노릇이다.

한편, 황녀는 그런 백작 부인의 행동을 능숙한 솜씨로 대처했다. 그녀의 요청을 칼같이 잘라 낸 것이다.

"로렌 백작 부인, 제 곁에 앉기에 가장 적합한 분은 아무래도 레이디 헤센바이츠 같군요."

"예에?"

백작 부인의 얼굴에 실망감이 서렸다. 하지만 황녀는 부드러우나 단호한 태도로 말을 이었다.

"제 곁에 앉아 주시겠어요, 레이디 헤센바이츠?"

"……."

이엘리는 좀 당혹스러운 얼굴을 했다. 솔직히 신분과 지위를 따지자면 이엘리가 황녀의 곁에 앉는 것이 맞았다. 하지만 로렌 백작가는 황가가 공을 들여 북부에 심은 황가의 측근 아닌가.

'굳이 이렇게까지 내게 잘해 주실 이유는 없는데.'

하지만 무턱대고 경계의 날을 세우기에는 연회의 밤, 황녀와 나누었던 대화가 마음에 걸렸다.

'특히 그 눈빛.'

어딘지 모르게 체념한 것 같던 서글픈 눈동자. 가만히 시선을 내린 채 중얼거렸던 그 목소리.

  '왜냐하면 저와 소공작의 결합으로 이득을 보는 이는 딱 한 사람 뿐이니까요.'

냉소적인 목소리가 귓전에 쟁쟁했다. 이엘리는 황녀를 바라보았고, 황녀는 고개를 갸웃거렸다.

"레이디 헤센바이츠?"

"아, 황녀 전하. 죄송합니다, 잠시 다른 생각을 하는 바람에."

황급히 표정을 수습한 이엘리는 황녀의 곁에 앉았다. 황녀는 어딘가 짓궂은 얼굴로 질문했다.

"무슨 생각을 하셨기에 그런 표정을 하고 계셨나요?"

"아, 그게……."

이엘리는 눈을 깜박였다. 그도 그럴 것이, 당신의 생각을 하고 있었다고는 말할 수 없지 않나.

"아, 제가 맞춰 볼게요."

생각을 맞춰 보겠다고? 하지만 황녀는 장난스러운 표정으로 이엘리에게 찡긋 눈웃음을 쳤다.

"소공의 생각을 하고 계셨던 게 아닌가요?"

"예에?"

아니, 그거 아닌데? 하지만 그렇게 항변할 수 있을 리 없다. 이엘리는 어색하게 미소 지었다.

"그렇잖아요. 소공께서는 지금 이 자리에 안 계시니까요."

"음, 그렇죠……."

이엘리가 말꼬리를 흐리며 대답했다. 지금 상황, 어떻게 해석해야 하나. 황녀는 환히 웃었다.

"두 분께서는 무척이나 다정한 부부이셔서, 보고 있는 저까지 즐거워져요."

자리에 모여 있던 귀부인들의 표정이 순간 미묘하게 변했다. 한때 황녀가 소공작과 혼담이 오간 건 모두가 아는 사실이다.

그렇다면 황녀가 저렇게 대놓고 소공작 부부에 대해 말하고 있다는 건…….

'……황녀께서는 소공작에게 전혀 관심에 없다는 뜻인가?'

귀부인들은 슬며시 눈치를 살폈다. 어제 연회에서 황태자가 보였던 행동을 기억하고 있었기에 더욱 그랬다. 황태자는 대놓고 황녀와 소공작을 붙여 둔 채, 이엘리를 데려가려 했던 것이다.

"소공께서 사냥을 나가서서 지루하시지요, 레이디 헤센바이츠?"

하지만 아무것도 모르는 것처럼, 황녀는 꽤나 살갑게 말을 붙였다. 이엘리는 빙그레 미소했다.

"괜찮아요. 각자 해야 하는 일이 다르니까요."

"어쩜, 레이디 헤센바이츠는 무척 어른스러우세요."

황녀는 두 눈을 반짝거리며 이엘리를 보았다. 그녀는 낯이 화끈하게 달아오르는 것을 느꼈다.

"저와 동갑이시라고 들었는데…… 제가 많이 배워야겠어요."

이제 황녀는 본격적으로 이엘리의 얼굴에 금칠을 해 주고 있었다. 이엘리와 적대하지 않는다는 것을 어떻게든 보여 주려는 그 노력이 눈물겨울 정도였다.

이엘리는 어색하게 미소를 지었다.

"아니에요. 제국에서 가장 고귀하신 레이디께 그런 말씀을 듣다니, 낯부끄럽습니다."

"……."

황후는커녕 피를 나눈 황녀도 없었으니 맞는 말이었다. 하지만 그 말을 들은 황녀는 아주 잠시 막막한 얼굴을 했다.

이엘리는 순간 깜짝 놀랐다. 황녀의 그 표정을 무어라 설명해야 할까.

"……제국에서 가장 고귀한 레이디라."

황녀는 주변 사람들에게 들리지 않을 만치, 아주 조그마한 목소리로 중얼거렸다. 황녀의 표정은 저에 대한 찰나의 조소를 담고 있었다. 그러나 금세 표정을 밝게 바꾸곤 말머리를 돌린다.

"아 참, 그리고 보니 블랑쳇 자작도 사냥에 나섰다고 들었는데요."

"네, 맞아요. 아마 다른 기사들과 함께 가셨을 거예요."

이엘리는 내심 황녀가 신경이 쓰이기는 했지만, 그래도 우선은 황녀의 분위기를 맞춰 주었다.

"좋은 사냥감을 잡아 오셨으면 좋겠네요."

"그러게요."

어색하게 웃으며 이엘리가 고개를 끄덕였다. 하지만 실은 사냥감에 대한 기대는 별로 없었다.

'아버지께서는 뭐…… 오히려 짐승에게 아버지가 잡히지 않으시면 다행이지.'

블랑쳇 자작은 사실 사냥에는 큰 재능이 없었다. 그랬기에 자카리는 장인을 배려하여, 직접 몰이꾼과 기사까지 붙여 주었다. 장인의 안전을 꼭 책임져야 한다, 신신당부한 것은 물론이었다.

'사냥 숲은 안전하니까…… 사실 그렇게까지 배려해 줄 필요는 없는데.'

이엘리는 슬며시 미소를 머금었다. 부담스러워서 죽을 것 같은 얼굴을 하고 있던 아버지가 문득 떠올랐다. 그럼에도 자카리가 그녀의 가족들을 소중하게 대해 주고 있다는 사실은 기쁘다.

"설마 지금도 소공작을 생각하고 계셔서 그런 미소를 짓고 계신 건가요?"

그때 황녀가 장난스러운 목소리로 질문을 던졌다. 이번에는 정곡을 찔렸기에 이엘리는 화르륵 뺨을 붉히면서 입술을 벙긋거렸다.

말랑말랑하게 변한 티타임의 분위기에 모두가 즐거워했다.

'도대체 이 분위기는 뭐야?'

하지만 언제나 분위기에 적응하지 못하는 사람은 있는 법이다. 그건 바로 로렌 백작 부인이었다. 백작 부인은 현재 속이 부글부글 끓고 있었다. 어떻게든 이번의 티타임에서 황녀와 친분을 쌓기 위해 노력했는데, 실상 결과는 그리 좋지 않았기 때문이었다. 백작 부인은 도끼눈을 떴다.

'황녀 전하께서는 어째서……!'

딱 보기에도 황녀는 자신보다는 이엘리와 더 친분을 쌓으려는

것처럼 보였다. 대놓고 이엘리를 곁에 앉히는 것도 그렇고, 화기애
애하게 대화를 나누는 것도 그렇다. 분해 견딜 수 없었다.

'북부에서 로렌 백작가만큼 황가와 친밀한 가문도 없는데!'

헤센바이츠 소공작의 외가, 전대 공작 부인의 친정. 그리고 공작
가가 아닌 황가에 충성을 바친 가문. 그럼에도 묘하게 찬밥 신세인
것 같은 느낌이다. 백작 부인은 입술을 잘근잘근 씹어 댔다.

'하지만 황녀 전하를 공격할 수는 없는 노릇이니까……'

우선 황녀의 관심을 이쪽으로 끌어야 했다. 백작 부인은 낭랑한
어조로 황녀에게 말을 걸었다.

"황녀 전하, 이 케이크를 드셔 보세요. 무척 맛있답니다."

살가운 음성에 황녀가 살짝 시선을 돌렸다. 백작 부인의 말대로
케이크는 무척 맛있어 보였다.

"아, 고마워요."

연한 갈색 크림을 우아하게 쌓아올린 케이크가 얼른 한입 먹어
달라 유혹한다. 황녀는 포크를 집어 들었다. 케이크를 한 조각 커다
랗게 잘라 내며, 황녀는 크림의 정체에 의문을 품었다.

'크림의 색이 특이하네. 이건 아마도…… 커피 크림 같은 건가?'

황녀의 호의적인 분위기에 백작 부인은 즐거운 얼굴이 되었다.
한편 이엘리는 황녀가 받은 케이크 접시를 바라보다 말고, 미세하
게 미간을 좁혔다. 케이크에는 크림이 잔뜩 쌓여 있었다.

하지만…….

'어라, 저 케이크는?'

분명히 저건 땅콩 크림이 듬뿍 들어간 케이크였다. 주방장의 자

신작이며, 이엘리도 상당히 좋아하는 간식이다. 하지만 여기서는 등장해서는 안 될 음식이었다.

이엘리는 눈을 크게 치떴다.

'황녀 전하는 분명 음식을 가리신다고 하셨어.'

이번 연회를 시작하기에 앞서, 이엘리는 황궁에 직접 귀빈들의 음식 취향이나 건강 상태에 대해 물어봤었다. 그 이후 받은 답변은 두 황족은 음식을 가리지는 않지만, 황녀는 땅콩에 과민 반응을 보이니 조심해야 한다는 내용이었다.

이엘리는 그 사실을 백작 부인에게도 전해 주었다.

'내가 분명히 땅콩이 들어간 음식은 모조리 제외하라고 했었는데?'

그 증거로 이엘리가 직접 주관했던 연회에는 땅콩이 들어간 음식은 하나도 나와 있지 않았다.

'……설마, 내 조언은 싹 무시한 거야?'

이엘리는 휙 고개를 돌려 로렌 백작 부인을 바라보았다. 하지만 백작 부인은 싱글벙글 웃으면서 황녀에게 케이크에 대한 맛을 칭찬할 뿐이었다. 호들갑스러운 어조에 그녀는 미간을 구겼다.

"솔직히 북부는 제도만큼 음식의 질이 뛰어나지는 않지만, 그래도 이건 먹을 만하답니다."

"로렌 백작 부인. 지금 말씀은 좀……."

황녀는 난처한 표정으로 이엘리의 눈치를 살피며 대답했다. 하나 백작 부인은 신이 나 있었다.

"어머나, 전 북부와 제도에 모두 방문해 봤으니까요. 그 경험에 따라 말씀드린 것뿐이에요."

게다가 깨알같이 공작 성의 음식까지 무시하는 그 행동까지. 이엘리는 한숨을 내쉬며 말했다.

"황녀 전하, 그 케이크는 드시지 마십시오."

"그게 무슨 무례한 말씀이십니까?"

로렌 백작 부인이 이엘리에게 휙 고개를 돌렸다. 딴에는 황녀에게 점수를 따려고 했고, 그게 잘 먹히고 있는데 이엘리가 트집을 잡는다고 생각한 거였다.

백작 부인이 날을 세우며 말했다.

"황녀 전하께서 케이크를 좋아하신다는 이야기를 듣고 주방에 미리 말해 제작한 겁니다."

백작 부인은 억울함이 가득한 어조로 쏘아붙였다. 순간 이엘리의 얼굴이 한심한 빛을 띠었다. 아무래도 백작 부인은, '황녀가 케이크를 좋아한다.'는 사실만을 기억하여 티타임을 준비한 것 같다.

'가장 중요한 건 황녀의 건강을 먼저 살피는 것 아닌가?'

이엘리는 한숨을 삼켰다. 한편, 백작 부인은 거의 이엘리를 씹어 먹을 것처럼 노려보며 말했다.

"주방장이 최고의 정성을 쏟아 만들어 낸 최고급 케이크인데!"

"압니다. 저도 그 케이크를 무척 좋아하거든요."

이엘리는 어깨를 으쓱였다. 연녹색 눈동자는 곧, 데구루루 굴러 케이크 접시를 내려다보았다.

"하지만 그 케이크, 땅콩 크림이 들어 있잖아요?"

"예? 땅콩 크림이 어때서요?"

백작 부인은 어리둥절한 표정으로 되물었다. 그와 동시에 주변의 분위기가 싸하게 가라앉았다.

"……땅콩 크림이라고요?"

황녀가 창백한 얼굴로 백작 부인을 바라보았다. 이엘리는 두 눈을 가늘게 뜨면서 말을 이었다.

"황녀 전하께서는 땅콩에 대해 과민 반응이 있으시다고, 미리 말씀해 드렸잖아요?"

"네? 저, 저는 들은 적 없습니다!"

백작 부인이 화들짝 놀라 발뺌을 했다. 하지만 이엘리는 그에 대한 대답은 이미 정해 두었다.

"연회를 준비하면서 총 세 번 말씀드렸습니다."

"저, 저는 무슨 말씀이신지 도무지……!"

"처음 성인식을 총 기획하면서 한 번."

그녀는 냉정하게 입을 열었다. 백작 부인의 얼굴이 핼쑥해졌지만, 제가 상관할 바는 아니었다.

"백작 부인께서 티타임을 주최하시기로 결정된 이후 메뉴를 선정할 때 두 번."

"레, 레이디 헤센바이츠!"

"그리고 어제 오전, 마지막으로 전체적인 과정을 살피면서 세 번입니다."

이엘리가 차분하게 말을 맺었다. 백작 부인은 어쩔 줄 몰라 눈동자를 굴렸지만, 누구도 그녀의 편을 들어주는 사람은 없었다. 무엇보다도 이엘리의 말은 사실이었기에 항변할 여지도 없다.

'솔직한 심정으로는, 이번 티타임은 무사히 넘어가기를 바랐는데.'

이엘리는 짧은 한숨을 삼켰다. 이엘리도 이런 식으로 백작 부인과 충돌하고 싶은 건 아니었다. 무엇보다도 계속 이렇게 대립각을 세우는 건, 이엘리 스스로에게도 피곤한 일이었다.

'그렇지만 이런 건 목숨이 위험할지도 모르는 일인데…… 너무 무신경하지 않나.'

게다가 이건 미리 백작 부인과 선을 그어 두어야 할 문제였다. 아무리 실수라 한들, 백작 부인은 이엘리에게 주최 자리를 양보받은 위치였다. 잘못하면 공작가가 트집을 잡힐 문제가 되었다.

"백작 부인, 황녀 전하께 좋은 음식을 바치고 싶으신 마음은 이해합니다만."

"……."

"그런 호의가 전하께 적절한지에 대해 먼저 고민하시는 편이 좋을 것 같습니다."

그래서 이엘리는 더 매몰차게 말했다. 싸늘하게 식은 분위기 속, 그녀의 목소리만이 쟁쟁했다.

"적어도 티파티의 주최이시면, 귀빈께서 가리셔야 하는 음식은 신경 써야 하지 않을까요?"

구구절절 옳은 지적에 백작 부인의 얼굴이 새빨갛게 달아올랐다. 부인이 곧 고개를 푹 숙였다.

"……죄송합니다."

하지만 백작 부인의 사과는 황녀에게 한정되어 있었다. 포크를 내려놓은 황녀가 말을 이었다.

"저뿐 아니라 레이디 헤센바이츠에게도 사과해야 할 문제 같은데요."

"예?"

백작 부인은 황망한 얼굴을 했지만, 황녀는 백작 부인의 편을 들어주지 않았다. 황녀가 말했다.

"로렌 백작 부인의 실수 때문에, 황가와 공작가가 서로 얼굴을 붉힐 뻔하지 않았습니까."

"화, 황녀 전하!"

"큰 민폐를 끼칠지도 모르는 일이었어요. 그러니 당연히 사과해야지요."

백작 부인은 식은땀을 흘리며 이엘리를 돌아보았다. 하지만 주변의 분위기는 백작 부인에게 전혀 호의적이지 않았다. 결국 그녀는 이엘리에게 고개를 조아렸다.

"좋아요. 이번 건은 황녀 전하의 얼굴을 보아 눈감아 드리죠."

"……."

그 말에 백작 부인의 얼굴이 처참하게 일그러졌다. 어색한 분위기를 무마하려 황녀가 말했다.

"레이디 헤센바이츠. 잠시 저와 함께 이 근처를 거닐지 않겠어요?"

"따르겠습니다, 황녀 전하."

잠시 황녀의 표정을 살펴보던 이엘리가 고개를 끄덕였다. 두 고귀한 여인들이 자리를 비우자, 분위기가 금세 풀어졌다. 귀부인들은 밝은 목소리로, 서로 재잘재잘 대화를 나누기 시작했다.

'황녀께서도 너무하시지, 계속 저 어린 계집아이만 감싸고 계시 잖아!'

백작 부인은 이를 갈았다. 오만한 표정으로 저를 마주보는 어린 여자아이. 지금까지 몇 번이나 그녀에게 당했으면서도, 부인은 아 직도 그녀를 꺾어 놓겠다는 생각을 버리지 못하고 있었다.

'이렇게까지 당했는데…… 아무것도 하지 못한다고?'

그리고 백작 부인의 눈에 마침 좋은 대상이 보였다. 그 대상은 바 로, 블랑쳇 자작 부인이었다.

*　　*　　*

사냥 숲 근처에는 레이디들이 짧게 산책할 수 있도록 산책로를 마련해 두었다. 아직 소녀에 가까운 두 아가씨는 자박자박 걸음을 옮겼다. 잠시 후, 짧게 한숨을 내쉬며 황녀가 입을 열었다.

"로렌 백작 부인은 레이디에게 상당히 무례하게 행동하시네요."

"괜찮습니다. 사실 백작 부인이 그렇게 행동하실 거라고 예상은 하고 있었거든요."

이엘리는 태연한 목소리로 대답했다. 어차피 백작 부인이 그녀 의 말을 순순히 따라 줄 거라고는 기대조차 하지 않았다. 무려 황가 를 뒷배로 둔 데다가, 어쨌든 명목상 자카리의 숙모 아닌가.

"그래도 죄송해요. 아마 백작 부인은 황가를 믿기에 그렇게 행동 하시는 것일 테니까요."

황녀는 진심을 섞어서 사과의 말을 건넸다. 이엘리는 이채 섞인 눈동자로 황녀를 돌아보았다.

'황녀 전하 스스로, 로렌 백작가가 황가를 믿고 있다고 이야기하다니.'

황녀의 입으로 로렌 백작가와 황가의 연계를 증명해 준 것이나 다름없지 않은가. 이건 황녀가 이엘리에게 큰 호의를 베풀어 준 거였다. 그때 황녀가 이엘리를 돌아보며 빙그레 미소했다.

"아마 레이디 헤센바이츠도 잘 알고 계시는 사실이겠지만……."

맑갛게 내리쬐는 햇빛 속에서, 빛을 머금은 짙은 회색 눈동자가 이엘리를 똑바로 바라보았다.

"……오라버니께서는 로렌 백작가를 이용하여 어떻게든 공작가에 간섭하고 싶어 하시죠."

그런 말을 어째서 내게? 이엘리는 황녀의 시선을 맞받았다. 황녀는 어깨를 으쓱거려 보였다.

"실은 그것 때문에 로렌 백작 부인이 계속 제게 친한 척 행동해서, 저도 좀 불편하거든요."

불편하다, 라. 황가가 북부에 심어 둔 가문의 안주인을 앞에 두고 평가할 만한 말은 아니었다.

"그래서 일부러 레이디 헤센바이츠에게 산책을 나오자고 제안한 거예요."

황녀는 사박사박 앞으로 걸어 나갔다. 가녀린 뒷모습을 바라보던 이엘리는 불쑥 질문을 했다.

"황녀 전하께서는 황태자 전하와 그리 친밀하지 않으신가요?"

"레이디가 보시기에는 어때 보이시나요?"

황녀는 뒤를 돌아보지 않은 채 되물었다. 그 질문을 들은 이엘리는 말문이 막히는 것을 느꼈다. 다행히 대답을 원하여 물은 건 아니었는지, 황녀는 깊게 가라앉은 목소리로 말을 이었다.

"황실의 적자이자, '아샤의 축복'까지 타고 난 오라버니께서는 절 마땅찮게 생각하실 법하죠."

"……."

"저는 하잘것없는 서녀예요. 그나마도 제 어머님께서는 황제 폐하의 시녀였고요."

이엘리는 잠시 침묵했다. 안네로제는 황제가 침수 시녀를 안아 태어났다. 그나마도 황녀의 어머니는 오래 목숨을 부지하지 못했다 들었다. 아마 소문으로는, 황태자에 의해 살해당했다고.

"황가의 여자들이란, 그나마도 서출이란…… 결혼 동맹으로밖에 사용할 수 없는 존재죠."

"황녀 전하."

"하지만 정말로 제 쓸모란, 결혼 동맹 이외에는 존재하지 않는 걸까요?"

황녀는 고집스럽게 자리에 멈추어 섰다. 그녀는 입술을 짓씹더니 고개를 떨어뜨린 채로 말을 이었다.

"가끔은 제가 황녀로 태어나지 않았더라면…… 하는 생각이 들어요."

그리 말하는 황녀의 목소리는 가늘게 떨리고 있었다. 피를 나눈 이복 오라비에게 어머니를 잃고, 그나마 황녀를 귀애하던 황제는 병석에 누운 지 오래다. 기댈 곳이 없다. 황녀가 말했다.

"왜 레이디에게 이런 말을 하고 있는지 모르겠어요. 우습죠?"

"아뇨, 우습지 않아요."

쓰디쓴 목소리를 듣던 이엘리는 고개를 가로저었다. 차분한 목소리가 황녀의 귀를 두드렸다.

"오히려 무척 힘드셨을 거라 생각됩니다."

"……."

담백한 목소리에 황녀는 순간 말문이 막혔다. 이엘리는 묘하게, 주변 사람들의 마음을 편하게 해 주는 힘을 가지고 있었다. 아마 그랬기에 소공작도 이엘리를 소중하게 여기는 게 아닐까.

"고마워요."

"별말씀을요."

이엘리는 태연한 목소리로 황녀를 향해 대답했다. 그러고 보니 내내 궁금했던 것이 있었는데.

"그것보다 아까 '아샤의 축복'이라고 말씀하셨는데…… 그 힘은 어떤 힘인가요?"

"아, 그거요."

은근슬쩍 이엘리는 자신의 호기심을 채웠다. 황녀는 관대하게 그녀의 호기심을 채워 주었다.

"사람을 매혹하는 힘이에요."

"매혹이라니요?"

"그게, 오라버니께서 그 힘을 발휘하면…… 대부분의 사람들은 오라버니께 마음을 빼앗겨요."

이엘리는 잔뜩 미간을 구겼다. 마음을 빼앗긴다, 라. 그에게는 지나치게 과분한 능력 아닌가.

"물론 아예 상대를 조종하거나 할 수 있는 건 아니에요."

"그렇다면……."

"보통은 상대방의 호의를 이끌어 내는 정도에서 그쳐요."

그렇게 말한 황녀가 빙글 몸을 돌렸다. 그녀 쪽으로 사뿐사뿐 걸어오며 황녀가 말을 이었다.

"물론 유혹에 약한 사람이 있어서, 그런 사람들은 아예 홀린다고도 하지만요."

유혹에 약한 사람이라. 이엘리는 묘한 표정이 되었다. 황녀는 눈살을 찌푸리며 말을 덧붙였다.

"대신 심력을 많이 소모하기에, 웬만해서는 그 힘을 사용하지 않는다고 들었어요. 아 참."

곰곰이 머릿속을 헤집던 황녀가 뭔가 알아챈 것 같은 얼굴을 했다. 황녀가 어깨를 으쓱였다.

"그래도 헤센바이츠의 직계 혈통은 그 힘에서 자유롭다고 하더군요."

"헤센바이츠의 직계 혈통이라면……."

"아마 공작님이나 소공이겠죠?"

이엘리는 어색하게 미소를 지었다. 정말, 건국 전설에서부터 사이가 좋지 않은 두 가문다웠다.

"그런데 레이디 헤센바이츠는 괜찮으신가요?"

"무슨 뜻으로 말씀하시는 건지 잘 모르겠습니다만……."

황녀가 문득 걱정스레 질문을 해서, 이엘리는 어리둥절한 얼굴을 했다. 황녀가 한숨을 쉬었다.

"이렇게 말씀드리는 것도 좀 면구하긴 하지만…… 레이디께서도 아실 거라 믿어요."

"어떤 것을 말씀하시는 것인지요?"

"제 오라버니께서는 레이디를 갖기 위해서라면, 어떠한 짓이든지 감행할지도 몰라요."

그 말에 이엘리는 말문이 막히는 걸 느꼈다. 사실, 어지간히 눈치가 없지 않은 이상 황태자의 그 비뚤어진 욕망을 눈치채지 못할 리 없다. 그 욕망이 잘못된 방향으로 발현될지도 모른다는 것 또한. 황녀가 말했다.

"전 사실 오라버니께서 레이디께 '아샤의 축복'을 사용하시면 어쩌나, 조금 걱정했어요."

"음……."

그녀는 눈동자를 굴렸다. 만약 황태자가 제게 그 힘을 사용했다면 뭔가 달라진 게 있을 텐데.

"아까 말씀하시기로, 아샤의 축복은 사람을 매혹하는 힘이라고 하셨지요."

"그랬지요."

"그렇다면 아마 제게 그 힘을 사용하시지는 않은 것 같아요."

이엘리는 생긋 웃었다. 황녀는 의아한 낯을 했다. 이엘리는 당연한 표정이 되어 말을 이었다.

"적어도 전 황태자 전하께 아무런 감정도 들지 않으니까요."

오히려 황태자는 싫은 편에 가깝다. 차마 하지 못한 말을 삼키며 이엘리는 어깨를 으쓱였다.

"그래요, 그래도 조심하는 편이 좋을 거예요."

"충고 감사합니다, 전하."

이엘리는 진심으로 감사 인사를 건넸다. 이런 충고를 해 주는 것 자체가, 서출인 황녀에게는 상당히 부담이 가는 행동이라는 것을 알아서였다. 고개를 끄덕인 황녀가 문득 시선을 돌렸다.

"음…… 이제 시간이 얼추 다 됐네요. 사냥을 나간 사람들이 돌아올 시간이에요."

그렇게 말한 황녀가 짓궂게 코끝을 찡그리며 웃었다. 그리고 꽤나 살가운 태도로 이엘리에게 말한다.

"그럼 이만 돌아갈까요?"

"예, 전하."

이엘리는 고개를 끄덕였다. 큰 기대를 하고 따라온 건 아닌데, 의외의 정보를 얻었다. '아샤의 축복'이 누군가를 유혹하는 힘이었다니. 황태자가 왜 그리 자신만만했는지 조금 이해가 갔다.

*   *   *

어느새 황혼이 만물을 부드럽게 덮어 내렸다. 이엘리와 황녀가 돌아왔을 때쯤엔 사냥회는 이제 거의 끝나 있었다. 각자 사냥감을 얻은 기사들이며 귀족들이 하나둘씩 귀환 중이었다.

"다행이네요. 너무 늦지 않게 돌아온 것 같아요."

황녀가 낮게 소곤거렸다. 가볍게 한쪽 눈을 감아 보인 황녀가 이엘리의 귀에 대고 속삭였다.

"그렇다면 레이디 헤센바이츠는 소공을 맞이해야 할 테니까, 이만 찢어지도록 하죠."

"아, 배려 감사합니다."

"아니에요. 오늘 굉장히 즐거웠어요."

손을 살랑살랑 흔들어 보인 황녀가 성큼성큼 걸음을 옮겼다. 이엘리는 주변을 휘둘러보았다.

'자카리는 아직 돌아오지 않았나?'

자카리가 타고 갔던 덩치 큰 흑마는 보이지 않는다. 빨리 보고 싶다. 생각하던 이엘리는 문득 주변이 소란스럽다는 것을 인지했다. 뭐지? 상황을 살피던 그녀의 시선이 한쪽에 고정되었다.

"굉장히 운이 좋으세요."

"로, 로렌 백작 부인."

"미천한 신분의 따님을 공작가의 차기 안주인으로 들여보내시다니, 수완이 대단하세요."

또 어느 불쌍한 귀부인을 희생양으로 삼았나, 생각하던 이엘리는 순간 그 자리에 얼어붙었다.

"그렇지 않나요, 블랑쳇 자작 부인?"

로렌 백작 부인이 한껏 빈정거리며 괴롭히는 상대는 바로, 이엘리의 어머니인 블랑쳇 자작 부인이었다. 이엘리의 눈동자에 불똥이 튀었다. 이엘리는 저도 모르게 날카로운 고함을 내질렀다.

"로렌 백작 부인, 당장 그 입 다물지 못해요!?"

"레, 레이디 헤센바이츠?"

깜짝 놀란 로렌 백작 부인이 이엘리를 돌아보았다. 내내 어깨를 움츠리며 백작 부인의 말을 듣던 자작 부인이 황급히 손을 흔들어 댔다. 자신은 괜찮다는 뜻이다. 화가 나 미칠 것만 같았다.

'나 때문에, 우리 엄마는 제대로 반박도 못 하고……!'

로렌 백작 부인은 공작가의 외척이자, 황가와 친밀한 관계를 유지하고 있었다. 그것 때문에 이엘리에게 피해가 갈까 두려워하여, 블랑쳇 자작 부인은 백작 부인의 모욕적인 말을 그저 듣고만 있었던 것이다. 그리고 백작 부인은 바로 그것을 노려 자작 부인에게 실컷 화풀이를 한 거였다.

'감히 저 망할 여자가 우리 엄마한테!'

이엘리는 입술을 세게 당겨 물었다. 성큼성큼 걸음을 옮기면서 이엘리는 재차 언성을 높였다.

"저를 모멸하는 것으로도 모자라, 이젠 제 어머니께도 모욕적으로 행동하시나요?"

"이, 이엔."

자작 부인이 어쩔 줄 몰라 딸의 팔을 붙들었다. 그 모습을 보던 백작 부인이 모른 척 발뺌했다.

"……저는 사실을 말씀드린 것뿐입니다만."

"아하, 사실요? 그렇다면 저도 지금부터 사실만을 말씀드리도록 하지요."

이엘리는 차갑게 빈정거렸다. 연녹색 눈동자가 경멸의 빛을 가득 담고 백작 부인을 응시했다.

"황녀 전하를 모시고 싶다 계속 고집을 부리셨죠."

"그건……!"

"그래서 전, 원칙대로면 제가 진행해야 하는 티타임 자리를 양보해 드렸어요."

"오해예요! 전 그냥, 레이디께서 아직 티파티를 어떻게 진행하는지 잘 모르실 거라 생각해서!"

백작 부인은 제가 피해자인 척 불쌍한 표정을 지었다. 그 말을 들은 이엘리는 어이가 없었다. 이번 주최 문제는 황가의 면을 봐서 이엘리가 양보한 거임에도, 배려한 척하고 있는 것이다.

"아, 그런가요? 참으로 훌륭한 배려네요."

이엘리는 두 눈을 가늘게 뜬 채 말을 쏘아붙였다. 화가 나니까 오히려 머릿속이 차게 식었다.

"하지만 저를 배려하기 위해, 부인도 잘 하지 못하는 일을 억지로 떠맡으실 필요는 없어요."

"지금 절 바보 취급하시는 건가요?"

제가 저지른 일은 모조리 잊어버린 양, 로렌 백작 부인은 왈칵 성을 냈다. 슬슬 황태자가 귀환할 시간임을 계산하여 항변하는 것이었다. 적어도 황태자는 제 편을 들어 주리라는 속내였다.

"바보 취급이 아니라, 실제로 좀 모자라시잖아요?"

하지만 이엘리는 눈썹 하나 까닥하지 않았다. 로렌 백작 부인의 얼굴이 새빨갛게 달아올랐다.

"마치 백작 부인에게 능력이 있으셔서, 절 배려하여 주최를 맡았다는 식으로 말하고 계신데."

"레, 레이디 헤셴바이츠!"

"아까 전만 해도, 백작 부인께서는 황녀 전하께 실수를 저지르셨잖아요?"

이엘리는 고개를 비스듬히 꼬았다. 연녹색 눈동자가 싸늘하게 가라앉았다.

"그에 더하여, 지금은 제 어머니께 이게 무슨 무례입니까?"

"저는 그저……!"

로렌 백작 부인이 앙칼지게 목소리를 높였다. 이엘리의 표정이 차갑게 굳어졌다.

그런데 그때.

"숙모님. 언제쯤 제 아내에게 제대로 된 예의를 갖추실 생각이십니까?"

얼음장처럼 서늘한 목소리가 들려왔다. 흠칫 놀란 로렌 백작 부인이 뒤를 돌아보았다. 백작 부인의 얼굴이 창백하게 질렸다. 황태자가 제 편을 들어주기 전, 소공작이 먼저 도착한 것이다.

"자카리?"

이엘리가 자카리를 멍하니 불렀다. 이렇게 싸우는 모습을 보여줄 생각은 없었는데. 이엘리의 뺨이 살짝 붉어졌다. 자카리는 말에서 뛰어내려 이엘리에게 다가섰다.

"오늘도 고생하고 있네, 내 아내는."

그렇게 속삭인 자카리가 허리를 숙여 이엘리의 뺨에 쪽 소리 나게 입을 맞췄다. 이엘리는 질문을 던졌다.

"벌써 왔어?"

"응. 네가 보고 싶어서."

"······."

저기, 그 말은 사람들 앞에서 대놓고 하기는 좀 낯간지럽다고 생각하지 않아? 이엘리는 그 질문을 마음 깊숙한 곳에 묻어 두었다. 자카리는 몸을 돌려 백작 부인을 노려보더니, 빙긋 웃었다.

"숙모님께서는 언제나 북부의 안주인에게 오만불손한 행동을 보이시는군요."

"조, 조카님······!"

어떻게든 자카리의 기세를 누그러뜨려 보려 백작 부인은 일부러 조카라는 호칭을 입에 담았다.

"무슨 조카님입니까? 평소처럼 소공작이라고 부르십시오."

하지만 자카리는 눈썹을 삐딱하게 올리며 대꾸할 뿐이었다. 로렌 백작 부인을 공작 성에 들여보낸 것만 해도, 자카리는 자신이 황가에게 보여야 할 최소한의 예의는 모두 지켰다고 여겼다.

"제 아내는 공작령, 나아가 북부의 모든 연회의 주인공이 될 권리가 있는 사람입니다."

"······소, 소공작님?"

"그런데 일부러 그 권리를 양보해 가면서, 백작 부인에게 티타임의 주최의 기회를 드렸지요."

자카리는 고개를 갸웃 기울였다. 나긋한 목소리 안쪽에는 불쾌감과 짜증이 스며들어 있었다.

"그럼 주제를 알고 얌전히 계실 것이지, 도대체 왜 자꾸 소란을 일으키십니까?"

적당히 예의를 갖춰 돌려 말하긴 했지만, 노골적으로 말하자면

'너 왜 자꾸 개념조차 없이 나대는 거냐?'라는 질문과 똑같았다. 자카리는 눈을 가늘게 치떴다. 그가 차가운 어조로 말을 잇는다.

"제 아내가 최대한 배려해 드렸으면 감사한 줄이나 알아야지……."

온기라고는 없는 새파란 시선이 백작 부인을 위아래로 훑어보았다. 이내 픽 비웃음을 짓는다.

"숙모님께서는 어째 예전이나 지금이나, 변하는 것이 없으십니다."

"소, 소공작님."

"삶의 지혜라는 것을 슬슬 갈고닦으실 때도 되지 않으셨습니까?"

아무리 로렌 백작 부인이 생각이 짧다지만 이엘리와 자카리는 그 위치부터가 달랐다. 이엘리는 고작 자작 영애 출신이지만, 자카리는 차후 헤센바이츠 공작령을 상속받을 소공작이지 않나.

"게다가 제 장모님에게 무례하게 행동하시다니…… 생각이란 게 있으신 건지 의문입니다."

장모님. 그 단어에 블랑쳇 자작 부인이 약간 놀란 얼굴을 했다. 이엘리 또한 마찬가지였다. 사람들 앞에서 일부러 '장모님'이라는 단어를 선택했다는 것을 두 사람이 모를 리 없다. 자카리는 여기서, 이엘리와 블랑쳇 자작 부부가 완벽히 헤센바이츠의 일원이라 말하고 있는 것이다.

"이건 개인적인 생각이긴 하지만, 아무리 이엘리가 양보해 줬다 해도 덥석 받아들이다니."

"……."

"때와 장소를 가리는 사양의 미덕을 좀 아서야 할 것 같군요. 아차."

느른한 눈동자가 조소를 가득 담고 백작 부인을 곁눈질했다. 자카리의 입술이 곱게 휘어졌다.

"이번 티타임의 주최는 숙모께서 먼저 조르셔서 성사된 거라고 했던가요?"

"저는……!"

"됐습니다."

손을 휘저어 백작 부인의 항변을 가로막은 자카리가 시선을 돌렸다. 그리고 귀찮다는 어조로 말한다.

"숙모님의 변명은 지금까지 너무 많이 들어서, 귀에 딱지가 앉힐 것 같거든요."

그렇게 말한 자카리는 홱 돌아섰다. 분을 못 이겨 백작 부인의 어깨가 부들부들 떨렸으나, 전연 신경 쓰지 않는다. 자카리의 시선은 이제 그녀를 바라보고 있었다. 그가 부드럽게 웃었다.

"다른 사냥감들은 몰이꾼들에게 가져오라고 했어. 너무 많아서."

"아, 응…….."

"하지만 이것만큼은 네게 직접 주고 싶었거든."

그렇게 말한 자카리가 이엘리에게 은빛 여우를 내밀었다. 반지르르한 털이 우아하게 빛났다.

"……은여우?"

이엘리가 두 눈을 동그랗게 치떴다. 눈에 화살을 정확히 쏘아 맞혀, 가죽이 상하지 않은 은빛 모피가 황혼의 햇살 속에서 주홍색으로 반짝거린다. 자카리는 다정한 목소리로 입을 열었다.

"응. 너 추위를 많이 타잖아. 은여우 모피는 다른 모피들보다도 훨씬 더 따뜻하니까⋯⋯."

이엘리는 손을 뻗어 여우의 털을 쓰다듬어 보았다. 보들보들한 감촉이 손가락을 간지럽힌다.

"⋯⋯정말 고마워, 자카리."

뺨을 붉힌 이엘리가 진심 어린 목소리로 중얼거렸다. 그러자 자카리가 갸웃 고개를 기울였다.

"말로만?"

"그럼?"

이엘리가 미심쩍은 낯으로 자카리를 올려다보았다. 그러자 그는 환히 웃으며 양팔을 벌렸다.

"이리 와."

"⋯⋯저기, 사람들이 보고 있는데?"

기겁한 이엘리가 자카리에게 답했다. 하지만 자카리는 불퉁한 얼굴로 그녀를 바라볼 뿐이었다.

"무슨 상관이야, 내가 내 아내에게 상을 받겠다는데."

"⋯⋯."

"얼른 안아 줘, 응?"

결국 이엘리는 귀 뒤를 빨갛게 물들이며 자카리의 품을 파고들었다. 그러자 자카리는 환하게 웃으며 이엘리를 꼭 끌어안았다. 오랫동안 사냥 숲을 헤치고 다녀서일까, 그의 품 안엔 차가운 감촉과 함께 눈 냄새가 났다.

자카리의 품에 고개를 폭 파묻은 채 이엘리는 작게 투덜거렸다.

"내가 못 살아, 정말."

"그래도 이혼은 안 된다?"

장난스럽게 대답한 자카리가 이엘리의 머리카락을 쓸어내렸다. 그 자리에 모인 사람들은 모두 알 수 있었다. 소공작은 제 아내를 무척 소중하게 생각하고 있었다. 불길처럼 열렬한 감정이었다.

"……젠장."

그리고 뒤늦게 도착한 황태자는 한껏 포옹하고 있는 자카리와 이엘리를 발견했다. 몰이꾼들이 힘겹게 끌고 오고 있는 자신의 사냥감이 더욱 초라하게 여겨졌다. 황태자는 이를 앙다물었다.

그렇게 사냥회의 밤이 저물었다. 내일 아침 성인식의 마지막 행사, '축복 의식'만 끝내면 모든 일정은 끝난다.

여성들은 일찍 잠자리에 들었고, 남성들은 사교를 위해 응접실에 모여 포커를 치고 있었다. 공작 대신 자리를 차지한 자카리는 의자에 길게 늘어진 채로 얼굴을 문질렀다.

'이거 은근히 피곤하군.'

그렇다면 이번 성인식을 총괄하여 주관한 이엘리는 얼마나 더 피곤할 것인가. 자카리는 성인식이 끝나기만 하면 이엘리가 푹 쉴 수 있도록 온갖 배려를 다 하리라 결심했다.

그리고 바로 그때였다.

"소공작님."

"외숙부?"

자카리는 의자에 몸을 기댄 채 비스듬히 시선을 들어 올렸다. 로렌 백작이 자리에 서 있었다.

"이번만큼은 제가 한 말씀 올려야겠습니다."

"말씀이라니요?"

자카리는 고개를 꺾었다. 저 비장한 표정 하며, 중언부언하는 말투까지. 느낌이 좋지 않았다.

"아까 사냥회에서 제 아내에게 하셨던 행동은 부적절하셨습니다."

자카리의 눈썹이 하늘 높은 줄 모르고 치솟았다. 백작은 식은땀을 흘리면서도 계속 지껄였다.

"아무리 레이디 헤센바이츠가 소중하다고 하셔도, 제 아내는 소공작님의 숙모 아닙니까."

그 말에 활기찼던 분위기가 순식간에 얼어붙었다. 자카리는 더 말해 보라는 것처럼 두 눈을 느른하게 내리깔았다. 그리고 백작은 그 행동이 자카리가 제게 동조하는 것이라 착각해 버렸다.

"과한 행동이셨습니다. 아무리 그래도 혈연이 더 중하지 않겠습니까."

저 멀리 황태자가 흥미진진한 얼굴로 이쪽을 바라보고 있는 게 보였다. 황태자에게 점수를 따기 위함인가, 혹은 진심인가. 자카리의 눈이 가늘어졌다. 어느 쪽이든 달갑지 않은 말이었다.

"레이디 헤센바이츠를 감싸기 위해, 혈연까지 무시하시는 건……."

"로렌 백작."

"예?"

싸늘한 목소리를 듣는 순간, 로렌 백작은 얼어붙었다. 게다가 자카리는 그를 '외숙부'가 아닌 '로렌 백작'이라고 불렀다. 그렇다는 것은 자카리는 지금 소공작으로서 말하고 있다는 뜻이다.

"혈연이라니요, 참으로 우습군요."

"……소, 소공작님!"

북부에서 가장 강력한 전사, 그리고 은룡 헤센바이츠의 피를 이은 청년. 자카리의 기세는 어마어마했다. 그 기세를 정면으로 받은 로렌 백작은 물론이고, 주변 귀족들까지도 얼어붙었다.

자카리의 전신에서 겨울의 냉기와도 비슷한 기운이 뿜어져 나왔다. 말 그대로, 손에 잡힐 것 같은 기운이었다. 칼날처럼 벼려진 기운이 주변 귀족들의 목덜미를 콱 잡아 눌렀다.

만인을 완벽하게 찍어 누르는, 완벽한 살기.

"그 무례한 입, 당장이라도 찢어 버리고 싶지만."

자카리가 천천히 자리에서 일어났다. 빙하처럼 새파랗게 가라앉은 눈동자가 백작을 쏘아본다. 백작뿐 아니라, 그 자리에 모여 있던 사람들 중 그 누구도 제대로 입조차 열지 못했다.

잠시 후, 굳게 다물려 있던 입술이 열렸다. 그의 목소리는 싸늘하게 식어 있었다.

"그나마 백작이 내 어머니의 오라비였으니, 그것만큼은 참겠습니다."

"헉, 어헉, 헉 소공작, 소공……!"

백작의 눈동자가 튀어나올 것처럼 부풀어 올랐다. 한때 로렌 백작 부인에게도 가감 없이 쏟아졌던 살기였다.

실제로 자카리는 제 분노를 한껏 억눌러 참고 있었다. 주먹을 꽉 말아 쥔 그의 손등과 팔뚝에 새파랗게 핏줄이 도드라져 올랐다.

자카리는 비스듬히 고개를 꺾었다. 사납게 미소 지은 그가 나지막이 빈정거린다.

"이엘리가 나의 혈연이 아니라고 주장하고 싶은 거라면."

"수, 숨을, 숨을 쉴 수가 없습니다……!"

"한번 제대로 따져 보도록 하죠. 로렌 백작 부인과 저 또한, 피 한 방울조차 섞이지 않은 남 아닙니까?"

로렌 백작은 피가 나도록 입술을 깨물었다. 얼굴이 희게 질렸다. 딸깍딸깍 숨이 넘어가고 있었다. 하지만 제가 내뿜은 살기는 거둘 생각조차 하지 않은 채, 자카리는 비뚜름한 어조로 말을 이었다.

"로렌 백작 부인은 로렌 백작, 당신의 아내일 뿐입니다."

"헉, 억, 허억……!"

"그것보다 로렌 백작. 자꾸 그대가 내 외척임을 주장하여 특별대우를 받길 바라는데."

자카리는 비스듬히 고개를 숙였다. 그가 진심으로 의아한 얼굴이 되어 로렌 백작에게 질문을 한다.

"우리가 그렇게 가까운 사이였던가요?"

"소공작님, 수, 숨을……!"

"무엇보다 난 단 한 번도, 내 외가가 날 그렇게 가치 있게 여겼노라 느낀 적이 없습니다."

온기라고는 단 한 점도 남아 있지 않은 새파란 눈동자. 자카리는 차분한 어조로 말을 이었다.

"그대들이 지금껏 해 왔던 건 그저 날 '쓸모 있는 만능 괴물' 취급하는 것뿐이었는데요."

"주, 죽을 것 같습니다, 제발!"

"그 무례는 까맣게 잊어버리고, 외척임을 내세워 헤센바이츠의 내정에 간섭하려 들다니."

호흡이 막힌 로렌 백작은 말조차 제대로 하지 못했다. 자카리는 보란 듯이 한숨을 내쉬었다.

"로렌 백작가는 꿈이 참 크신 것 같습니다. 그렇지 않습니까?"

그렇게 말한 자카리가 씩 웃었다. 감정이 말끔히 정리되어 싸늘한 미소. 그가 그대로 말을 맺는다.

"게다가 내 어머니께서는, 로렌 백작가에서도 행복했던 적은 전혀 없으신 것 같은데요."

그건 사실이었다. 로렌 백작가는 애초부터 북부에서도 그 세력이 한미한 가문이었다. 신분을 봤을 때 한참 아래인 툴란 남작가에게도 치이는 신세일 정도였다.

그런 로렌 백작가가 지금의 위치를 갖게 된 이유는, 아름다운 딸을 헤센바이츠에게 팔아넘기듯이 결혼시켰기 때문이었다.

'어머니는 단 한 번도 이 가문과의 혼사를 원한 적이 없었지.'

그럼에도 로렌 배작가는 약혼자와의 혼사까지 깨 가며 아델라이데를 공작에게 보냈다.

그 결과, 아델라이데는 천천히 시들어가다가 괴물을 낳았다는 절망감에 빠진다. 그 이후의 결과는…….

'내 어머니는 돌아가셨지. 어머니의 죽음은, 우리 부자와 로렌 백

작가의 합작품 아닌가.'

짧게 조소한 자카리는 고개를 반듯하게 세웠다. 살기를 거두자, 백작이 헉헉거리며 가쁘게 숨을 몰아쉬었다. 그러고는 무릎을 꿇은 채 기절할 것 같은 표정을 짓는다. 그가 비명처럼 애원하기 시작했다.

"사, 살려 주십시오! 살려……!"

푹신한 카펫 위를 침과 눈물로 더럽히는 로렌 백작을, 자카리는 질색하면서 내려다보았다.

"죽인다고 한 적은 없습니다."

자카리는 더러운 것을 피하기라도 하는 것처럼 한 발자국을 뒤로 물린 다음, 곧장 말을 이었다.

"다만 알아 두어야 할 것은, 모욕을 받은 건 내 아내입니다. 로렌 백작 부인이 아니지요."

"저는, 저는……!"

"참고로 로렌 백작 부인이 내 장모님에게 무례한 언사를 지껄이는 걸 제가 직접 봤으니."

짙푸른 눈동자가 로렌 백작을 내려다보았다. 백작은 고개조차 들지 못하고 덜덜 몸을 떨었다.

"다시는 내 아내와 아내의 가족들에게 모욕을 주는 일은 없었으면 좋겠군요."

"소, 소공작님……!"

백작이 어깨를 움츠리며 고개를 떨어뜨렸다. 자카리는 침착한 어조로 백작에게 못을 박았다.

"특히 이엘리에 대한 모욕은, 저에 대한 모욕이나 마찬가지입니다. 아시겠습니까?"

"……."

그는 미간을 좁혔다. 사위는 고요했고, 백작이 헐떡이는 소리만 들렸다. 그가 나직이 말했다.

"대답."

"아, 알겠습니다!'"

그 말을 들은 백작이 발작적으로 외쳤다. 대답을 들은 자카리는 허리를 곧게 세우고 주변을 보았다. 찬물을 끼얹은 것처럼 주변 분위기는 싸늘하게 식어 있었다. 황태자도 입을 다물었다.

"이곳에 모인 분들은 모두 북부의 귀족인 것으로 압니다."

자카리의 말에 귀족들은 마른침을 삼켰다. 황태자는 불쾌한 얼굴이었으나, 지금 일은 로렌 백작의 과도한 인정 욕구에 따른 불상사에 가까웠다. 여기서 자신이 끼어들면 모양이 이상해진다.

"가끔 북부의 군주가 누구인지…… 까맣게 잊어버린 것 같은 사람이 나오는데."

자카리는 눈동자를 굴려 로렌 백작을 돌아보았다. 명백히 로렌 백작을 예시로 드는 행동이었다.

"처신을 확실히 하시는 게 좋을 겁니다."

그건 경고였다. 황태자가 있는 자리에서, 북부의 군주는 명백히 헤센바이츠임을 말하고 있는 것이었다. 황태자의 얼굴이 핼쑥해졌다. 하지만 황태자가 트집을 잡을 만한 언사는 전혀 없었다.

'헤센바이츠 소공…… 일부러 원론적인 말만을 지껄인 거겠지.'

황태자의 눈이 가늘어졌다. 자카리가 한 말은 '북부의 군주는 헤센바이츠'라는 것뿐이었다.

그 말은 즉, 황가의 명예를 운운하여 트집을 잡을 여지가 없다는 것이다. 자카리가 빙긋 웃었다.

"그럼 전 조금 피곤하여, 먼저 들어가 보겠습니다."

"드, 들어가십시오."

"좋은 밤 되십시오, 소공작님."

사람들이 겁에 질린 목소리로 자카리에게 인사를 건넸다. 로렌 백작을 경멸의 눈초리로 바라보던 자카리는, 마지막으로 황태자를 일별했다. 달칵, 응접실의 문이 닫혔다.

제 방으로 돌아가려던 그는 충동적으로 이엘리의 방부터 찾았다. 이상하게 이엘리가 보고 싶었다. 하지만 그녀는 방에 없었다. 대신 방 정리를 하던 메리가 그녀가 있는 곳을 알려 주었다.

"아가씨께서는 부모님의 방에 가 계세요."

"아, 그래?"

고개를 끄덕인 자카리는 곧장 별채의 손님방으로 향했다. 자작 부부가 묵는 손님방의 위치는 그도 알고 있었다. 자작 부부는 황족에게 준 방과 동급의, 가장 좋은 손님방에서 묵고 있었다.

"……러니까요."

"너무 마음 쓰지 말렴."

"하지만……."

노크를 하려던 자카리는 문득 멈칫했다. 방문을 완전히 닫아 두지 않았는지, 조그만 대화 소리가 흘러나왔다. 목소리의 주인공은 바로 이엘리였다. 이엘리는 죄책감 어린 목소리로 사죄했다.

"엄마. 오늘 일, 정말 미안해요."

자카리는 입술을 꽉 깨물었다. 제 외숙모 때문에 이엘리와 자작 부인이 맘고생을 하고 있었다.

"어머나, 우리 이엔. 왜 그런 말을 하니."

"나 때문이야. 로렌 백작 부인을 좀 더 잘 단속했어야 하는데."

"엄마는 괜찮으니까, 그런 문제로 마음 쓸 필요 없단다."

자작 부인은 다정한 목소리로 이엘리를 달래 주었다. 그와 동시에 나긋한 어조로 질문을 한다.

"그보다, 소공작께서는 네게 잘해 주시니?"

'나?'

그 말에 자카리는 흠칫했다. 이엘리는 잠시 침묵했다. 그 침묵은, 자카리에게는 천 년과도 같이 길게 느껴졌다.

잠시 후 이엘리는 조그맣게 대답했다. 확연한 수줍음이 묻어나는 목소리였다.

"……응, 잘해 줘."

"얼마만큼?"

"엄청 많이……?"

이엘리의 어설픈 대답에 자작 부인이 소리를 내어 웃었다. 상냥한 목소리가 그녀에게 답한다.

"그래, 잘됐네. 네가 행복하다면 그걸로 됐어."

"으응."

자카리는 방문 밖에 가만히 섰다. 차마 방 안에 들어갈 용기가 나지 않았다. 방 안의 공기는 부드럽고 따스했다. 그가 단 한 번도 경험해 본 적 없는, 서로를 사랑하고 존중하는 가족이었다.

'……역시 내게는 어울리지 않는 것 같아.'

아무래도 돌아가는 게 좋겠다. 자카리는 씁쓸한 마음으로 그렇게 생각했다. 저렇게 사이좋은 가족이 존재한다니, 신기하기도 하고 약간은 쓸쓸하기도 했다.

그에게는 단 한 번도 허락된 적 없던 가족.

'그래도…… 나도 이엔과 함께할 수 있다면 좋을 텐데.'

그리 생각하며 그는 발을 물렸다. 그때 자박자박 걸음 소리가 들려왔다. 방문이 벌컥 열렸다.

"어라?"

노란 불빛이 환하게 쏟아져 나오는 가운데, 하얀 네글리제를 입은 이엘리가 고개를 반짝 들어 올렸다. 어리둥절한 연녹색 눈동자가 그의 얼굴을 빤히 응시한다. 그녀는 곧장 질문을 던졌다.

"자카리, 여기서 뭐해?"

"아, 그, 그게."

자카리는 답지 않게 우물쭈물했다. 미간을 설핏 좁힌 그녀가 당연하다는 것처럼 그의 양손부터 맞잡았다.

"들어와."

"하, 하지만."

"뭐가 하지만이야?"

이엘리는 불퉁한 표정으로 자카리의 손을 잡아당겼다. 연녹색 눈동자가 자카리를 흘겨보았다.

"자카리 너도, 우리 가족이잖아."

"……그래?"

"그럼. 가족끼리는 그렇게 쭈뼛쭈뼛 밖에 서 있는 거 아니야."

그렇게 말한 이엘리는 그대로 자카리를 제 쪽으로 끌어당겼다. 자카리는 휘청휘청 방 안에 발을 들였다. 그와 동시에 자카리는 헛숨을 삼켰다. 어리둥절한 자작 부인과 눈이 마주친 것이다.

'헉!'

자카리의 귓바퀴가 새빨갛게 달아올랐다. 자카리는 드물게 쩔쩔매며 고개를 푹 숙여 보였다.

"……시, 실례합니다."

"어머나, 소공작님?"

블랑쳇 자작과 자작 부인은 동시에 자리에서 일어났다. 부부는 걱정스러운 얼굴로 그를 본다.

"어서 오세요. 늦은 시간에 피곤하지는 않으신가요?"

"설마 아직까지도 포커를 치다 오신 겁니까?"

자작이 제 아내의 말에 한 마디를 덧붙였다. 자카리는 울컥 죄책감이 밀려오는 것을 느꼈다.

'로렌 백작, 그리고 백작 부인…… 그 쓰레기 같은 작자들이.'

그의 외척이랍시고 잘난 척하던 로렌 백작 부부. 그들 때문에 장모님이 심하게 맘고생을 해야 했다. 응접실 바닥에 죽은 개구리처럼 달라붙어 있던 백작을 떠올리며 자카리는 이를 물었다.

"저, 죄송합니다. 제 숙모가 장모님께 무례한 말씀을……."

자카리는 죄스러운 목소리로 그렇게 말했다. 깊숙이 고개를 숙이자, 세 사람이 손사래를 쳤다.

"저기, 자카리. 우리 부모님은 괜찮다고 하시니까……!"

"이엔의 말이 맞아요. 세상에, 얼른 고개를 드세요."

"소공작께서는 공작 각하와 황제 폐하 외, 누구에게도 고개를 숙이시면 안 되는 분이에요!"

이구동성으로 말을 뱉는 세 가족을 보자 가슴 깊숙한 곳이 따스하게 달아올랐다. 이엘리는 자카리의 옷소매를 붙들고 벽난로가 타고 있는 따뜻한 의자로 안내했다. 그녀가 살갑게 말했다.

"이리 와, 자카리. 여기 앉아."

얼떨결에 자카리는 의자에 주저앉았다. 그의 뺨을 어루만지던 이엘리가 눈을 동그랗게 떴다.

"세상에, 몸이 차갑게 식었잖아. 따뜻한 차라도 한 잔 줄까?"

"아, 아냐. 괜찮아……."

"괜찮긴 뭐가 괜찮아. 따뜻한 우유를 마시면 잠이 잘 온다니까, 이거라도 마셔."

이엘리는 고집스럽게 자카리의 손에 커다란 머그컵을 쥐어 주었다. 따끈하게 데운 우유가 컵 가장자리까지 찰랑찰랑 찼다. 그와 동시에 자작 부인은 과자가 가득 담긴 바구니를 건네준다.

"쿠키도 좀 드세요. 저도 하나 먹어 봤는데, 정말 맛있더라고요."

"아, 예……."

"혹시 쿠키 말고 다른 간식이 필요하신가요? 제가 아까 육포를 좀 받아 왔습니다만."

자작이 은근슬쩍 한 마디 말을 보탰다. 기가 막힌 표정을 한 자작 부인이 옆에서 핀잔을 준다.

"따뜻하게 데운 육포와 우유라니, 그게 무슨 말도 안 되는 조합 인가요?"

"음, 그렇게 안 어울립니까?"

"당연하죠!"

두 부부가 아옹다옹 말씨름을 했다. 기억 속 공작 부부의 싸늘한 침묵과는 대조적인 모습. 자카리는 눈을 깜빡였다. 타인에게 받는 이런 따뜻한 호의는, 이엘리를 제외하면 거의 처음이다.

"미안. 우리 부모님이 좀 어린아이 같지……."

이엘리는 민망한 얼굴이 되어 눈동자를 굴렸다. 자카리는 저도 모르게 슬며시 미소를 지었다.

그리고 약 10분 후. 이엘리는 크나큰 후회에 빠지게 된다.

'……자카리를 괜히 방 안에 들였어. 차라리 같이 돌아갈걸.'

현재 이엘리는 엄청난 피로함을 느끼고 있었다. 그녀는 아버지 를 밉지 않게 흘겨보았다. 자작은 싱글싱글 웃는 얼굴로 온갖 이야 기들을 떠들어 대는 중이었다.

'아니, 내 창피한 과거를 자카리에게 미주알고주알 다 말해 줄 필 요는 없잖아!'

일의 시작은 이랬다. 느닷없이 근엄한 표정을 한 블랑쳇 자작이 자카리에게 말을 건 것이다.

"이엘리가 얼마나 얼굴을 보는지 아십니까?"

"예?"

자카리는 어리둥절한 낯으로 자작을 응시했다. 자작은 마치 승리자 같은 얼굴로 말을 이었다.

"그게 말입니다. 우리 이엘리는 어렸을 적에……."

"아빠!"

이엘리는 빽 고함을 내질렀다. 아니, 처음엔 자카리가 부담스럽다며 곁에도 가지 않으려 했잖아. 언제 저렇게 의기투합해서 내 과거사까지 일일이 얘기해 주는 사이가 된 거야? 기가 막혀!

"쟤는 갓난아기일 때부터 외모를 따졌습니다."

블랑쳇 자작은 거의 일러바치듯이 자카리에게 말했다. 이엘리의 얼굴이 새빨갛게 달아올랐다.

"그만 좀 해요!"

"거울만 보면 어찌나 헤죽헤죽 웃던지, 갓 태어난 녀석이……."

자작은 쯧쯧 혀를 차며 고개를 저었다. 그 당시의 상황은 대충 이랬다. 환생한 이엘리는 어른의 눈높이와 사고방식을 가지고 있었고, 환생자의 몇 안 되는 버프를 마음껏 누리고 있었다.

'나, 엄청 귀엽게 태어났잖아?!'

눈앞의 분홍 머리 갓난아이는 그녀가 지금껏 봤던 아기 중 가장 귀엽고 예뻤다. 그래서 거울을 보며 자신의 미모를 좀 즐겼을 뿐인데…… 이게 이렇게 돌아올 줄이야. 이엘리는 인상을 썼다.

"이엔의 어린아이 모습이라니, 엄청 귀엽고 사랑스러울 것 같은데요."

게다가 이엘리에 한해 팔불출인 자카리는 진지한 얼굴로 그런 말이나 지껄이고 있었다. 이엘리는 이제 창피함에 못 이겨 손으로 얼굴을 가렸다. 그녀가 어쩔 줄 몰라 중얼거렸다.

"으으, 이러다가 나 수치스러워서 죽고 말 거야. 그만해……."

"이엔."

"너도 나 놀릴 거지? 그럴 거지?"

울상이 된 이엘리가 얼굴을 가린 손가락 틈 사이로 자카리를 흘 끗 바라보았다. 그 모습에 커다란 웃음소리가 터져 나왔다. 블랑쳇 가족과 함께 웃고 있던 자카리는 문득 눈을 깜빡였다.

'……신기해.'

괴물이라는 소문에 휘말려 있는 자카리였다. 그럼에도 블랑쳇 자작 부부는 편견이라고는 전혀 없는 시선으로 자카리를 바라봐 주었다. 온기에 익숙지 못한 자카리에겐 놀라울 따름이었다.

'사람들이 어떻게…… 이렇게 따스할 수가 있지?'

따뜻한 가족. 서로를 존중하고 사랑하는 피붙이들. 그 가족 속 에서 애정을 듬뿍 받아 자라난 이엘리. 그래서 이엘리 또한, 색안경 없이 타인을 사랑해 줄 수 있는 사람으로 성장한 것일까.

'아마 그렇겠지.'

그렇다면 이엔은 혹시라도, 외로움을 느낄 수도 있지 않을까. 저 런 따스한 사람들 사이에서 생활했는데, 지금은 북부의 무뚝뚝하고 차가운 사람과 부대끼고 있으니.

그때 자작이 무언가 결심한 얼굴로 입을 열었다.

"저, 소공작님."

"예?"

"소공작님께서는 저희 이엘리의 남편이 되십니다."

이엘리의 남편. 그 단어는 언제나 자카리를 설레게 하고, 또한 묵직한 책임감을 느끼게 했다.

"그러니, 소공작님은 이제 저희의 가족이라고 생각합니다."

"……."

자카리는 순간 말문이 막혔다. 잠깐 머뭇거리던 자작이 이엘리의 눈치를 살피며 말을 이었다.

"그리고 저희 딸이 소공작님을 무척 좋아합니다."

"아, 아빠!"

이엘리는 양 뺨을 새빨갛게 물들이고는 자작을 외쳐 불렀다. 하지만 자작은 계속해서 말했다.

"그저 저희가 바라는 것은, 저희 딸이 소공작님을 좋아하는 것만큼 소공작님도……."

"소중하게 생각합니다."

"예?"

단호한 목소리에 자작이 눈을 동그랗게 떴다. 자카리는 한 음절한 음절에 힘을 주어 말했다.

"어떻게든 이엘리만큼은 최선을 다해, 행복하게 해 줄 생각입니다."

"자, 자카리."

이엘리는 어쩔 줄 몰라 하며 자카리를 불렀다. 자카리는 살짝 뺨을 붉히면서 고개를 숙였다.

"절 가족으로 생각해 주신다고 하셔서 정말 기뻤습니다."

"예? 그, 그것이."

"그러니까…… 앞으로도 잘 부탁드립니다."

자카리의 정중한 말에 자작 부부는 서로의 얼굴을 마주 보고 씩 미소 지었다. 그러고는 얼른 대답한다.

"그렇게 말씀해 주시다니, 저희야말로 감사하지요."

"아닙니다. 저야말로 이엘리를 제게 보내 주셔서 감사합니다."

"오히려 저희가……."

세 사람은 상대방에게 꾸벅꾸벅 고개를 숙여 인사를 했다. 보다 못한 이엘리가 입을 열었다.

"……다들 뭐하는 거예요?"

뚱한 얼굴의 이엘리를 곁눈질하며 자카리는 생각했다. 이제 자카리가 공작 작위를 잇고, 이엘리가 정식으로 공작 부인이 된다면. 원하든 원하지 않든 황가와 더욱 날을 세우게 될 것이다.

'하지만 내가 널 지킬 테니까.'

자카리는 단단히 마음을 먹었다. 그녀의 손을 감싼다. 이엘리는 어리둥절한 표정을 했다.

* * *

밤이 이슥한 시간, 두 사람은 나란히 방 밖으로 빠져나왔다. 손을 마주 잡은 채 나란히 복도를 걷던 이엘리가 문득 자카리의 얼굴을 올려다보았다. 잡은 손을 흔들면서 자카리에게 묻는다.

"그러고 보니 자카리 너, 내가 여기 있는 건 어떻게 알았어?"

"아, 그건……."

"설마 내 방에 먼저 찾아갔던 거야?"

이엘리가 장난스러운 표정으로 샐샐 웃었다. 자카리가 대답하지 못하자, 그녀는 눈을 동그랗게 뜬다.

"헉, 진짜로?"

"맞아."

자카리는 얌전히 고개를 끄덕였다. 이엘리는 미간을 좁혔다. 혀를 쏙 내밀며 장난스레 웃는다.

"자카리. 날 너무 좋아하는 거 아냐?"

"되게 당연한 말을 하네, 이엔."

자카리는 기웃이 고개를 기울이며 대답했다. 이엘리는 머쓱한 표정으로 물러났다. 아니, 그렇게 순순히 인정하면 내가 더 부끄럽잖아. 둘의 눈이 마주친다. 자카리는 버릇처럼 눈웃음을 지었다.

"이제 내일이면 드디어 모든 일정이 끝나네."

"그러게. 공작 성 사람들도 모두 고생했지."

이엘리는 자카리의 옆얼굴을 바라보았다. 창밖으로 비쳐 들어오는 달빛을 머금어, 우아한 콧대와 입술까지 은빛으로 은은하게 빛나고 있었다. 그녀는 문득 자카리가 성장했음을 인지했다.

'그러고 보니 성인식이 지나면…… 자카리는 정말로 스무 살이야.'

내일이 지나면 자카리는 온전한 성인이 된다. 그 말은 곧, 자카리가 공작 작위를 이을 자격을 갖춘다는 뜻이다. 그 어렸던 소년이 이렇게 자랐나. 이엘리는 새삼스러운 기분이 되어 버렸다.

"이엔?"

"으, 응?"

그때 자카리가 이엘리에게 불쑥 고개를 들이밀었다. 깜짝 놀란 이엘리가 그와 시선을 맞췄다.

"아니, 계속 바라보고 있기에. 뭔가 할 말이 있나 했지."

"아, 아냐. 그런 거."

"아니면 됐고."

이엘리는 서랍장에 숨겨 둔 자카리의 선물을 떠올렸다. 성년이 되는 이번 생일은 특별하게 챙겨 주고 싶었던 게 그녀의 속마음이었다. 그래서 서툰 솜씨로 직접 만들어 놓긴 했지만…….

'좋아해 줬으면 좋겠는데.'

내 솜씨가 워낙 조악해서 말이지. 자신이 없던 그녀는 어색한 얼굴이 되어 버렸다.

"그럼 이만 들어가, 이엔."

그때 자카리가 이엘리의 손을 놓으며 말했다. 깜짝 놀란 그녀가 고개를 들어 올렸다. 어느새 그녀의 방문이 코앞이었다. 그녀를 보는 자카리의 눈동자가 장난기가 가득 담긴 채 반짝였다.

"참, 잘 자라는 인사를 해야지."

"응?"

"잠깐만 있어 봐."

허리를 숙인 자카리가 그녀의 이마에 짧게 입을 맞췄다. 그러고는 부드럽게 눈을 휘며 인사를 건넨다.

"좋은 꿈꾸고, 내일 보자."

"으, 응. 너도……."

평소에도 가끔씩 하는 인사의 의미를 담은 가벼운 키스일 뿐이었다. 하지만 이상하게도 얼굴이 홧홧하게 달아오른다. 언제 저렇게 능글맞아졌담. 그렇게 생각하며 이엘리는 문고리를 쥐었다.

"……잘 자."

조그맣게 인사를 건넨 그녀가 방문을 닫았다. 자카리는 닫힌 방문을 오래 바라보며 생각했다.

'오늘 밤 있었던 일들, 모두 꿈이 아닐까.'

이엘리의 가족들에게 인정받았고, 그녀를 잘 부탁한다는 말도 들었다. 자카리의 뺨이 훅 달아올랐다. 손을 들어 양 뺨을 세게 문지르던 자카리가 고개를 툭 떨어뜨리고는 작게 중얼거린다.

"……아, 미치겠네."

너무 좋아서 미칠 것 같아. 자카리의 입술이 호선을 그렸다. 그는 행복한 얼굴로 미소 지었다.

*   *   *

이튿날 아침. 이엘리는 아침 일찍부터 자카리의 침실을 찾았다. 오늘은 무려 은의 홀에서 진행되는 성인식 행사 당일이었다. 자카리의 의복은 미리 세심하게 정돈해 두기는 했다.

하지만…….

'내 눈으로 자카리가 옷을 차려입은 모습을 확인해야 직성이 풀릴 것 같은걸.'

이엘리는 자카리의 모습을 꼼꼼하게 살펴보았다. 하인의 도움을 받았는지, 자카리는 의복 자체는 말쑥하게 차려입은 모습이었다.

그러나 이엘리는 매의 눈으로 옷매무새의 흠을 찾았다.

"가만히 좀 있어 봐. 크라바트는 이렇게 매는 게 아니란 말이야."

두 눈을 가늘게 뜬 이엘리가 남편의 크라바트를 손가락질했다. 크라바트가 삐뚤어져 있었다.

"몇 번이나 크라바트 매는 방법을 알려 줬는데, 넌 왜 매번 모양을 이상하게 잡는 거야?"

이엘리는 허리에 손을 올린 채 자카리를 을러댔다. 자카리는 그녀에게 어색하게 웃어 보였다.

"그게……."

실은 그는 크라바트 매는 방법을 아주 잘 알고 있었다. 다만 이엘리가 그의 옷매무새를 살필 때마다, 매번 잔소리를 하면서도 새로 매 주는 것이 좋아 실수하는 척을 했을 뿐이었다.

'하지만 뭐, 이런 건 굳이 말할 필요 없겠지.'

자카리는 뻔뻔한 얼굴로 그렇게 생각했다. 자카리의 속내 따위는 전혀 모르는 이엘리는, 한숨을 푹 내쉰 채 종종걸음으로 자카리 앞에 다가왔다. 손을 뻗어 자카리의 크라바트를 부드럽게 어루만진다. 그녀의 손에서 크라바트는 단정한 모습을 되찾았다.

"음, 좋아. 내 남편 잘생겼다."

흐뭇하게 말한 이엘리가 한 걸음 뒤로 물러나 자카리의 모습을 감상했다. 오늘을 위해 특별히 마련한 성인식 예복. 금실로 섬세한 수를 놓은 군청색 의복은 청년에게 굉장히 잘 어울렸다.

"가자."

"그, 그래."

잘생겼다, 라는 말 한 마디에 반사적으로 얼굴을 붉힌 자카리였다. 이엘리의 말에 퍼뜩 놀란다. 뭘 그렇게 놀라느냔 얼굴로 이엘리는 자카리를 바라본 후 당연한 동작으로 손을 내민다.

"손."

자카리는 마치 강아지처럼 답삭 손을 잡았다. 속으로 쿡쿡 웃으며 이엘리는 발걸음을 옮겼다.

자카리의 성인식을 맞이하여 은의 홀로 입장하는 문은 활짝 열려 있었다. 화려하게 치장된 은의 홀은 전대 공작 부인이 죽음을 맞이한 이래, 한 번도 열린 적이 없었다. 이엘리가 소곤거렸다.

"어때, 마음에 들어?"

"아, 응. 이엘리…… 정말 고생했겠구나."

자카리는 멍하니 은의 홀 안쪽을 바라보았다. 이엘리는 자신만만한 얼굴로 당당하게 답했다.

"그럼, 내가 얼마나 신경 써서 꾸몄다고."

실제로 귀빈들을 접대하는 곳은 에메랄드 홀이었다. 하지만 이엘리는 자카리가 실제로 성인식을 치르는 은의 홀에 온갖 정성을 쏟아부었다. 황족까지 오는 자리니, 꿀리고 싶지 않은 마음에서였다.

"아 참, 자카리?"

막 은의 홀 안쪽으로 들어가려던 이엘리가 자카리를 돌아보았다. 자카리가 고개를 갸웃했다.

"응?"

"생일 축하해."

"……아."

자카리는 살짝 뺨을 붉혔다. 성인식을 준비하는 것 때문에 워낙 바빠서, 성인식이 제 생일이라는 사실 자체는 까맣게 잊고 있었다. 그녀도 잊고 있는 줄 알았는데 이렇게 말해 줄 줄은.

"이따 단둘이서 생일을 축하하도록 하자. 알겠지?"

여상하게 건넨 말 한 마디에 자카리의 얼굴은 잘 익은 토마토처럼 변해 버렸다. 도대체 왜 저러는 건지. 이엘리는 한숨을 쉬며 그의 얼굴에 한참 동안 손부채질을 해 주었다.

자카리가 간신히 멀쩡한 얼굴이 되어 은의 홀로 들어갔을 땐, 입장 시간을 아슬아슬하게 맞춘 시점이었다.

*   *   *

성인식이 진행되는 과정 자체는 사실 간단하다. 성인식을 치르는 주인공에게 귀빈들이 축사를 남기고, 머리 위에 축복의 의미를 담아 성수를 튕긴다. 가장 먼저 축사를 한 이는 공작이었다.

'다행이야, 오늘 안색은 나쁘지 않으시네.'

이엘리는 공작을 바라보며 그렇게 생각했다. 어제 푹 쉰 덕분인지 공작의 얼굴에는 혈색이 돌았다. 공작은 제 옆에 놓인 성수가 담긴 수반을 내려다보았다. 그가 아들의 머리에 성수를 튕긴다.

"헤센바이츠의 이름에 누가 되지 않는 공작이 되도록."

그 축사의 의미는 명확했다. 자신의 후계는 오로지 자카리뿐이라는 것을 공고히 한 것이었다.

"······감사합니다, 아버지."

자카리는 깊이 고개를 숙여 공작의 축사를 받아들였다. 황태자는 서늘하게 식은 눈으로 자카리를 바라보았다. 공작과 자카리는 지금 성인식의 형태를 빌어, 황태자에게 경고하고 있었다.

'헤센바이츠의 작위 승계에 간섭하지 말라 이건가.'

황태자는 비릿하게 미소 지었다. 다음으로 축사를 건네는 이는 바로 황태자였다. 그는 성수가 담긴 수반에 손가락을 담갔고, 고개 숙인 자카리의 머리에 성수를 튕기며 말을 이었다.

"황가의 첫째가는 오른팔이 되길."

"……."

자카리는 서늘한 시선을 들어 올렸다. 빙하 같은 눈동자가 황태자를 잡아먹을 것처럼 보았다.

"과분하신 말씀이십니다. 저희는 위대한 황가의 벗으로도 족합니다."

자카리는 빙그레 웃으며 말했다. 비록 부드러운 말투였지만, 자카리의 말은 한 가지 뜻을 품고 있었다. '오른팔'은 신하의 위치일 수밖에 없지만, '벗'은 황가와 동등한 위치를 갖고 있다.

'공작가를 당신네들의 발밑에 넣을 생각은 하지 마라.'

자카리는 그렇게 대답한 것이다. 황태자의 얼굴이 붉으락푸르락 물들었지만. 자카리는 더 말하지 않았다. 다만 성큼성큼 걸음을 옮겨 황녀의 앞에 다가섰다. 황녀는 웃으며 입을 열었다.

"성인이 되신 것을 축하드려요. 아내분과 행복하시길."

이런 자리에서 선택할 법한 무난한 축사다. 귀족들은 훈훈하게 웃으며 고개를 끄덕였다. 다만…….

'……망할 계집.'

황태자만큼은 그렇지 않았다. 황태자가 이엘리에게 관심이 있다는 걸 황녀는 알고 있음에도, 황녀는 일부러 그런 축사를 택한 것이다. 따끔따끔한 시선에 황녀는 애써 표정을 가다듬었다.

"감사합니다."

이채 서린 시선으로 황녀를 바라보던 자카리는, 황태자와 다르게 정중한 감사 인사를 건넸다.

"이엘리가 기댈 수 있는 훌륭한 남편이 되어 주세요."

자작 부부는 그런 축사를 남겼다. 그리고 마지막으로 이엘리는 자카리를 향해 밝게 미소했다.

"앞으로도 잘 지내자."

"……응."

이엘리의 말 한 마디에 가슴이 벅차올랐다. 공작이 차분한 목소리로 주변을 돌아보며 말했다.

"이로써 자카리 혜센바이츠가 성인이 되었음을 선언합니다."

장중한 축하곡이 울려 퍼지는 가운데, 이엘리와 자카리는 서로를 가만히 바라보았다.

어느새 그 작았던 소년이 이렇게나 자랐구나. 이엘리는 감회에 차 자카리에게 고개를 끄덕여 보였다.

'수고했어.'

그런 의미였다. 그 뜻을 재빠르게 눈치챈 자카리가 눈웃음을 쳤다. 그렇게 성인식이 끝났다.

*　　*　　*

귀빈들은 점심 식사를 마치고 모두 각자의 영지로 귀환했다. 황족들은 가장 먼저 제도로 돌아갔다. 황태자가 남긴 마지막 미소가 어찌나 느글거렸는지, 이엘리는 표정을 일그러뜨리지 않기 위해 애써야 했다. 귀빈들 사이에 그녀의 부모님도 끼어 있었다. 이엘리는 제 부모님을 붙들었다.

"엄마, 아빠."

"아, 이엔."

자작 부부는 이엘리를 돌아보았다. 이엘리의 손을 꼭 마주 잡은 부부가 다정하게 인사를 했다.

"잘 있으렴. 몸조심하고."

"조심히 가세요."

손을 흔들어 보인 부모님이 마차에 올라탔다. 마차는 경쾌하게 달리기 시작했다. 그 모습을 지켜보던 이엘리는 왠지 조금 허전한 기분이 들었다. 그때 자카리가 이엘리 곁으로 다가왔다.

"저기, 이엔. 부모님과 함께 고향으로 돌아가고 싶지는 않아?"

죄책감이 섞인 조심스러운 목소리였다. 이엘리는 의심스러운 표정으로 자카리를 돌아보았다.

'얘 또 왜 이래?'

무슨 생각을 하고 있는지 모르겠다. 또 어떤 삽질을 통해 자체적으로 자기 멘탈을 부수려고?

"응? 아니, 별로."

"……그래?"

"그럼, 이제 여기가 내 집인걸."

어깨를 으쓱이며 그렇게 대답하자 자카리의 표정이 순식간에 환해졌다. 이미 결혼 생활을 몇 년이나 했는데, 아직도 저런 걱정을 하나. 이엘리는 자카리의 손을 꼭 붙든 채 빙그레 웃었다.

"참, 이제부터 우리 단둘이 생일을 축하해야지. 그렇지?"

"으응."

그는 붉은 얼굴을 숨기려 고개를 푹 숙였다. 왜 매번 수줍어하고 그러니? 그녀가 픽 웃었다.

*　　*　　*

이엘리는 눈을 가린 자카리와 함께 방에 돌아왔다. 타고난 전사의 감각이 있어서였는지, 자카리는 이엘리가 이끄는 대로 의자에 곧잘 앉았다. 눈을 가린 천 조각을 긁적이던 그가 물었다.

"이 눈가리개, 언제쯤 풀면 돼?"

"조금만 기다려."

미리 숨겨 둔 선물과 케이크를 꺼낸다. 그녀가 직접 만든 선물은 왜 이렇게 초라해 보이는지.

'자카리의 마음에 들지 모르겠네.'

사실 그는 이엘리가 하는 모든 것을 기쁘게 받아 줄 것이다. 그래도 단순히 '그녀가 선물해 줘서'가 아니라, 실제로 선물이 마음에 들었으면 좋겠다. 이엘리는 선물 상자의 리본을 매만졌다.

"오전에는 남들에게 보여 주기 위한 성인식이었지만."

"이엔?"

"실은 오늘부터 너 스무 살이잖아. 특별한 날이니까 둘이서만 네 생일을 축하하고 싶었거든."

그렇게 말한 이엘리는 성냥을 들어 생일 케이크의 촛불을 켰다. 암막 커튼을 쳐 어둡게 만든 방 안에서 주홍색 촛불이 별빛처럼 일렁거린다. 자카리의 눈가리개를 풀어 준 그녀가 말했다.

"우리 귀여운 남편님, 스무 살 생일 축하해."

"……."

자카리는 제 앞에 놓인 케이크를 가만히 응시했다. 눈처럼 새하얀 생크림을 바른 케이크 위로는, 빨간 딸기가 보석처럼 빛나고 있었다. 자카리의 곁에 선 이엘리가 조잘조잘 말을 붙였다.

"이 케이크, 내가 직접 만든 거다?"

"진짜?"

자카리가 두 눈을 동그랗게 떴다. 그러고 보니, 이엘리와 대화를 나눈 적이 있었다. 그녀가 예전에 직접 만들어 줬던 케이크에 대한 이야기였다.

'그때 내가 한 말을 기억하고 있다가, 다시 만들어 준 건가?'

그런데 그때, 이엘리가 다급하게 실토했다.

"……정확히는 생크림 장식만 내가 했어."

자카리가 그녀를 돌아보았다. 자카리의 눈치를 슬며시 살피던 이엘리는 황급히 말을 이었다.

"처음엔 내가 구워 보려고 했는데, 자꾸만 반죽이 제멋대로 부풀더라고. 그래서……."

"네가 해 준 건 무엇이든지 다 좋아. 정말 고마워."

중언부언 변명을 하는 그녀에게 자카리가 환하게 웃으며 대답했다. 그녀가 새침하게 말했다.

"그, 그럼 얼른 소원 빌고 초도 꺼. 촛농 떨어지겠다."

"아, 그래. 소원."

자카리는 두 눈을 내리깐 채로, 양손을 모아 빌었다. 사실 자카리의 소원은 언제나 하나였다.

'이엘리와 영원히 함께하게 해 주십시오.'

이엘리를 생각할 때면, 얄팍한 기원에 의지할 정도로 절박해지곤 한다. 후우, 자카리는 바람을 불어 촛불을 껐다. 짝짝짝 박수를 쳐 준 이엘리는 자카리에게 조그만 선물 상자를 건넸다.

"이게 뭐야?"

"한번 풀어 봐."

이엘리는 두 눈을 반짝이며 말했다. 자카리는 어리둥절한 표정으로 선물 상자를 열어 보았다.

"이건……?"

자카리는 선물 상자 안의 팔찌를 들어 올렸다. 가느다란 비단실과 보석을 엮어 만든 팔찌였다.

"그거, 소원 팔찌야. 이거랑 똑같은 거."

이엘리는 제 손을 들어 자카리에게 보여 주었다. 그녀의 가느다란 손목 위, 선물 상자에 들어 있는 팔찌와 똑같은 모양의 실팔찌가 반짝이고 있었다. 실의 색상과 보석의 종류만이 다르다.

"그것도 내가 직접 만든 건데…… 솔직히 좀, 모양이 안 예쁘긴 하지만."

이엘리는 눈동자를 굴렸다. 뭐든지 잘하는 이엘리였지만, 이 팔찌를 만드는 것만큼은 조금 서툴렀다.

"그, 그래도 나름대로 의미가 있다고."

"의미?"

"응. 이 팔찌를 서로 나눠 착용했다가, 1년 후 함께 끊으면 영원히 행복하게 살 수 있대."

이엘리의 설명을 들은 자카리는 문득 손안에 들린 선물 상자를 내려다보았다. 자카리의 눈동자 색을 맞췄는지, 새끼손톱만 한 사파이어 조각들이 하얀 비단실 사이로 우아하게 반짝였다.

"……영원한 행복."

자카리는 낮게 중얼거렸다. 그 말이 새삼스레 피부에 와 닿았다. 그녀는 고개를 쏙 내밀었다.

"뭐어, 우리는 이미 결혼한 사이긴 하지만."

자카리를 빤히 바라보던 이엘리는 어깨를 으쓱이며 쑥스럽게 웃었다. 그가 팔을 들었다.

"팔찌, 네가 매 줄래?"

"아, 그러지 뭐."

이엘리는 고개를 숙여 자카리의 손목을 어루만졌다. 팔찌의 끈을 매는 이엘리의 모습을 자카리는 홀린 듯이 바라보았다. 팔찌의 매듭을 지어 준 그녀가 그와 시선을 맞추며 입을 열었다.

"그리고 자카리, 마지막 선물이 하나 더 남았어."

"마지막 선물?"

지금만으로도 충분한데, 더 있다고? 자카리는 어리둥절한 얼굴을 했다. 이엘리가 소곤거렸다.

"응. 그런데 이 선물은 네가 눈을 감아야 줄 수 있거든."

"알았어."

자카리는 순순히 눈을 감았다. 이렇게 보고 있자면 그는 말을 잘 듣는 강아지처럼 느껴졌다.

"……."

이엘리는 잠시 망설였다. 사실 이엘리가 오늘 자카리에게 하려고 하는 건 일종의 신체 접촉이었다.

'내, 내가 할 수 있을까?'

오랫동안 생각하고 마음을 다잡긴 했는데…… 실제 하려니 부끄러워서 견딜 수가 없었다. 그도 그럴 것이, 이엘리는 지금껏 자카리를 남자라기보다는 동생처럼 생각하고 있었기 때문이었다.

'그런데 왜 자꾸 심장이 뛰는 건지. 나 좀 이상한 것 같아.'

그에게 심장 소리가 들릴까 두려울 정도다. 이엘리는 허리를 숙여 그의 얼굴을 내려다보았다.

'……조각 같아.'

은빛 설원처럼 반짝거리는 긴 속눈썹이 하얀 얼굴 위로 우아한 그림자를 드리웠다. 길게 뻗은 목과 조막만 한 얼굴. 조화롭게 자리 잡은 이목구비는 처음 봤을 때부터 아름답다고 생각했다.

'그리고…….'

이엘리는 자꾸만 제 눈이 자카리의 입술로 향하는 것을 느꼈다.

아, 내가 미쳤나 봐. 이엘리는 입술을 앙다물었다.

성년이 된 연인이나 약혼자에게 입을 맞추는 것은 성인식의 오래된 풍습 중 하나였다. 그래서 최대한 담백하게 하려 했는데…… 오히려 심장 떨려 죽겠다. 결국 울상이 된 그녀는 그의 뺨에 입을 맞추는 것으로 타협했다.

쪽. 순간 자카리의 두 눈이 반짝 뜨였다.

"이, 이엔……?!"

"뭐 어때, 우리 부부잖아."

이엘리는 애써 태연한 척 말했지만 실제로 뺨이 달아오르는 것은 어쩔 수 없었다. 두 눈을 커다랗게 뜬 자카리는 손을 들어 뺨을 어루만졌다. 아직도 부드러운 감촉이 남아 있는 것 같았다.

"그, 그게, 나는, 아, 그러니까……."

자카리는 저도 모르게 더듬거렸다. 이엘리가 먼저 이런 종류의 신체 접촉을 한 건 처음이었다. 언제나 자카리가 먼저였고, 이엘리는 받아 주는 입장이었던 것이다.

"……저기, 자카리?"

세상에, 너무 부끄러운데. 어쩔 줄 몰라 하는 이엘리를 그가 와락 끌어안았다.

"……뭐라고 말해야 할지 모르겠어."

"자, 잠깐만. 이것 좀 놓고……."

"정말 고맙고, 기쁘고, 행복해서……."

자카리의 목소리가 천천히 잦아들었다. 반사적으로 그의 품에서 벗어나려던 이엘리는 문득 멈칫했다. 굳이 벗어날 필요는 없잖아?

그녀는 대신 다정한 태도로 자카리의 목을 끌어안았다.

"우리 울보, 울지 마."

"……안 울었어."

"거짓말. 너 지금 코맹맹이 소리를 내고 있는 거 알아?"

쿡쿡 웃음을 터뜨린 이엘리는 자카리의 눈을 손가락으로 어루만졌다. 자카리는 다시 이엘리를 끌어안고는 그 어깨에 고개를 푹 묻었다. 그녀의 작은 웃음소리가 마치 노랫소리처럼 들렸다.

"제발…… 이런 시간이 영원히 계속됐으면 좋겠어."

그녀의 어깨에 고개를 묻은 채 자카리는 중얼거렸다. 그녀는 자카리의 등을 도닥이며 답했다.

"음, 자카리. 너 혹시 날 떠날 생각이야?"

"아니. 그럴 리가……!"

"그럼 뭐가 문제야? 난 계속 네 곁에 있을 건데."

다정한 목소리다. 그는 왈칵 감정이 치솟는 걸 느꼈다. 그가 이엘리를 있는 힘껏 끌어안았다. 자카리의 등을 가볍게 도닥거리면서, 이엘리가 나직하게 입을 열었다.

"자카리, 그거 알아?"

응? 자카리가 고개를 반짝 들어 올렸다. 이엘리가 말을 이었다.

"성인식의 오래된 풍습 말이야."

"아, 그거…….'

자카리가 눈을 깜빡였다. 그는 당연히 성인식의 풍습에 대해 잘 알고 있었다. 성년이 된 연인, 혹은 약혼자에게 입을 맞추는 것.

'그래서 내 뺨에 키스했던 게 아닌가?'

그런 의문이 들었으나, 자카리는 침묵했다. 아는 것과 그 아는 걸 입 밖으로 내는 것은 별개였다. 게다가, 그 질문은 해서는 안 된다는 강렬한 느낌이 들었다.

이엘리는 빳빳하게 굳어 버린 제 남편을 빤히 바라보았다. 온갖 감정이 가라앉은 초록색 눈동자가 반짝 빛났다.

"아까는 선물이었고."

그녀가 발뒤꿈치를 들었다. 순식간에 두 사람의 거리가 가까워졌다. 애써 태연한 척 웃고 있었지만, 그녀의 뺨은 무척 붉었다.

"지금은…… 성인식 풍습에 따르는 거야."

그와 동시에 이엘리가 그의 입술에 제 입술을 겹쳤다. 따끈하고 보드라운 입술이 맞닿는 순간, 자카리는 머릿속이 새하얗게 물드는 기분을 느꼈다. 혀와 혀가 얽히고, 달뜬 호흡이 교환된다.

"……이엔."

처음 키스를 시작한 쪽은 이엘리였으나, 키스를 집요하게 이어 가는 쪽은 자카리였다.

어느새 자카리는 그녀의 온몸을 단단하게 끌어안고 있었다. 몸과 몸을 밀착시키자, 옷 너머로 뜨거운 체온이 느껴졌다. 이엘리가 내뱉는 숨 하나조차 놓치고 싶지 않다는 것처럼, 자카리는 그녀의 입술을 삼키고 또 삼켰다.

"아……."

자카리의 혀가 입 안의 보드라운 점막을 쓸어내리자, 등골에 기분 좋은 소름이 돋았다. 이엘리는 저도 모르게 진저리를 쳤다.

"하아."

마침내, 긴 숨을 내뱉은 자카리가 이엘리를 시야 안에 담았다.

"선물도, 이 키스도."

짙푸른 눈동자가 우아하게 휘어진다. 배부르게 먹이를 먹은 맹수처럼 만족스러운 것 같으면서도, 묘하게 무언가를 갈구하는 눈빛이었다.

"정말 잘 받았어."

그렇게 속삭인 자카리가 다시 한 번 고개를 숙였다. 촉, 소리와 함께 입술이 닿았다 떨어진다. 이엘리의 얼굴이 새빨개졌다.

*　　*　　*

그렇게 공작 성에 평화가 찾아왔다. 드디어 주문한 화구들을 받은 이엘리는, 오랜만에 휴식 겸 그림을 그리고 있었다. 흐트러진 천과 사과, 바구니 따위를 그리는데 침착한 목소리가 들렸다.

"이엘리."

"아, 공작님."

어느새 그녀의 등 뒤로 공작이 서 있었다. 그녀의 그림을 지켜보던 공작이 여상하게 말했다.

"그림 솜씨가 썩 나쁘지 않구나."

"아, 감사합니다."

"그리고…… 이번 성인식을 주최하는 솜씨는 굉장히 훌륭했지."

짧게 인사를 남긴 공작이 그녀에게 희미한 미소를 지었다. 평소처럼 쌩하니 곁을 지나가기는커녕, 다정하게 인사를 건네는 그 모습에 그녀는 눈을 동그랗게 떴다. 공삭이 말을 덧붙였다.

"수고했다. 헤센바이츠의 이름에 무척 잘 어울리는 연회였어."

그렇게 인사를 남긴 공작은 금방 자리를 뜨려 했다. 마치 자신이 한 말 자체를 부끄러워하는 것 같다. 미세하게 뺨이 달아올라 있었다. 그 모습을 보던 이엘리는 황급히 공작을 붙들었다.

"저, 공작님."

"뭐지?"

공작이 힐끗 이엘리를 돌아보았다. 그녀는 그의 혈색을 살폈다.

"몸은 괜찮으신가요?"

"물론이지."

잠시 이엘리를 빤히 바라보던 공작이 차분한 어조로 대답했다. 이엘리는 빙그레 미소 지었다.

"아, 정말 다행이에요."

"……그래. 걱정해 줘서 고맙구나."

들릴 듯 말 듯 중얼거린 공작은 급히 방을 빠져나갔다. 햇볕이 따스하게 내리쬐는 오후였다.

6
차 한 잔의 시간

이엘리는 오랜만에 재단사를 불렀다. 자카리가 선물해 준 은여우 모피를 어떻게 활용할 것인지 대화를 나누기 위해서였다. 재단사는 은여우 모피를 보자마자 눈을 휘둥그렇게 치켜떴다.

"가죽이 전혀 상하지도 않은 데다가, 이 광채며 윤기까지. 최고급품이네요."

"그렇게 좋은 건가?"

물론 엄청나게 예쁜 가죽이긴 하지만. 가죽에 대해서 잘 모르는 이엘리는 고개를 갸웃거렸다.

"그럼요. 제도에서 이 가죽을 구매하려면 못해도 1,000르뎀은 줘야 할걸요."

"헉."

이엘리는 저도 몰래 짧은 헛숨을 삼켰다. 르뎀은 제국 내 금화의 단위로써, 약 10르뎀이 평민 가족의 1달 생활비였다. 참고로 자작가는 한창 가난했던 시절, 5르뎀까지 조인 전적이 있었다.

'그럼 이 가죽 하나가 우리 집이 가난했을 때, 약 17년 치 생활비가 되는 건가?'

그렇게 생각하니 이 모피를 과연 사용해도 되는지에 대해 고뇌하게 됐다. 재단사가 설명했다.

"그나마도 황가가 아닌 다른 귀족들은 이런 가죽을 접할 기회조차 없을 거예요."

"그, 그런 거야?"

이엘리의 눈동자가 고속으로 진동했다. 그 모습을 보던 메리가 생글생글 웃으며 입을 열었다.

"그보다 이 은여우 모피, 아가씨께 무척 잘 어울릴 것 같아요."

"그렇게 말해 줘서 고맙구나."

"아니에요, 진심인걸요."

메리가 두 눈을 동그랗게 뜬 채 대답했다. 이엘리는 메리를 포함한 공작 성 사람들에게 고마움을 느꼈다. 처음에는 그녀의 신분이 확실하지 않다는 이유로 '아가씨'라고 부르고는 했었지만.

'이제는 다들, 애정을 담아서 '아가씨'라고 불러 주는걸.'

이엘리는 빙그레 웃었다. 외부에서는 철저하게 '레이디 헤센바이츠'라 불리고, 안에서는 친근감을 담아 '아가씨'라 불린다.

공작 성 사람들의 가족이 된 것 같은 느낌에 기분이 좋아진 그녀에게 메리가 말했다.

"목도리로 만드시는 건 어떨까요?"

"목도리?"

"네. 가죽이 하나도 상한 부분이 없잖아요. 이렇게 매끄러운데……."

여우 모피를 요모조모 살펴보던 메리가 고개를 반짝 들어 올렸다. 그리고 단호한 어조로 말을 맺는다.

"제 생각이지만, 이 모피는 통으로 사용해서 목도리로 만드시는 게 좋을 것 같아요."

"흠……."

"저도 같은 생각이에요. 잘라서 장식 같은 데에 쓰기에는 아까우니까요."

재단사가 고개를 끄덕이며 동의를 했다. 어차피 난 잘 모르니까. 이엘리는 선선하게 대답했다.

"그럼 그렇게 하자."

"자세한 디자인은 제도에서도 샘플을 가져온 이후에 다시 말씀드릴게요."

"좋아."

하녀들이 부산스레 움직였다. 조심스러운 손길로 모피며, 늘어놓은 보석들을 치우기 시작했다.

'그러고 보니.'

이엘리는 잠시 움직이는 하녀들을 바라보았다. 이번 자카리의 성인식을 치르며, 공작 성의 사람들도 이엘리 못지않게 꽤나 고생했었다. 그럼에도 싫은 내색 하나 하지 않는 게 고마웠다.

'어떻게든 이번에 고생한 것들을 보답해 주고 싶은데.'

그녀는 물끄러미 하녀들을 응시했다. 정돈을 끝낸 하녀들이 질서정연하게 밖으로 빠져나간다.

"······씨."

"······."

"아가씨!"

"아, 응?"

때마침, 저를 부르는 소리에 화들짝 놀란 이엘리가 고개를 돌렸다. 메리가 의아하게 질문했다.

"무슨 생각을 그렇게 하세요."

"음, 그게······."

이엘리는 어색하게 마주 웃어 보였다. 공작 성의 사람들에게 이번 일의 감사 인사와 소정의 보답이라도 해 주고 싶은데. 어떻게 해야 할지 감이 안 잡힌다.

그래도 여러 경험을 미루어 보아.

'성과급이라도 주는 게 나을까?'

전생에 자본주의에 찌든 삶을 살았던 그녀였다. 일주일간 야근을 했을 때의 기억이 생생하다.

'하긴, 돈으로 주는 게 제일 낫지. 상사랑 밥 먹는 게 얼마나 짜증나는데.'

고생한 팀원들을 위한 회식이랍시고 상사의 비위를 맞춰 주며 술잔을 비워야 했던 삶. 그 삶이 얼마나 피곤한지 그녀는 잘 알고 있었다. 여기도 그럴 테지. 그녀는 조심스럽게 운을 뗐다.

"저기, 이번에 공작 성 사람들이 다들 고생했잖아."

"네? 고생이라뇨?"

"로렌 백작 부인도 성가시게 굴고, 귀빈들을 맞아 접대하느라 일이 많았으니까."

그 말에 메리는 저도 모르게 고개를 끄덕였다. 그러면서도 새삼스러운 기분에 빠져들었다. 대부분의 귀족들은 휘하의 고용인들을 물건처럼 대했다. 고생이라니. 이런 배려 자체가 생경하다.

'로렌 백작 부인만 해도 아무렇지도 않게 뺨을 올려붙이곤 했는데.'

이엘리는 단 한 번도 고용인들에게 폭력을 휘두르지 않았다. 오히려 살얼음판을 걷는 것 같던 공작 성의 분위기가, 이엘리를 통해 훨씬 부드러워졌다. 예전보다는 지금이 일하는 것 자체는 훨씬 편했다.

"그래서 처음에는 다 함께 차라도 마실까 했는데……."

이엘리는 눈치를 살피며 입을 열었다. 생각만 한 거야, 귀찮게 굴지 않게. 자연스러운 대화를 위해 쿠션을 깐 것뿐이니까, 부담스러워하지는 말고! 그때 메리의 얼굴이 환하게 밝아졌다.

"정말인가요?"

"그냥 생각만 한 거야! 부담스러울 것 같아서 그냥 성과급을 주는 것으로…… 응?"

예상치 못한 반응에 이엘리는 고개를 갸웃했다. 메리의 눈동자가 기대감으로 가득 차 있었다.

"정말로 저희와 함께 티타임을 가져 주시겠다는 생각이신가요?"

"아니, 그럼 다들 피곤하지 않겠어?"

"전혀 피곤하지 않아요!"

메리는 두 주먹을 불끈 쥐며 즐겁게 외쳤다. 상사랑 차를 마시는 건데 피곤하지 않다고? 이엘리는 당황해 버렸다. 물론 이렇게 공작 성 사람들과 친해진다면 이엘리는 좋았다. 하지만······.

'그래도 공작 성 사람들은 좀 귀찮지 않을까?'

티타임 한 번을 하는 데 들어가는 노동력을 생각해 보라. 우선 티푸드와 차를 마련해야 하고, 거기에 사람들이 함께 모여앉을 자리까지 마련해야 한다. 게다가 나중에 청소도 해야 하는데.

"정말로 괜찮은 거야? 난 공작 성 사람들에게 쓸데없는 일을 만드는 것 같아서······."

"아니에요, 저희가 언제 주인 나리의 티파티 자리에 초대받아 보겠어요?"

메리는 기대감에 찬 얼굴로 대답했다. 그러더니 갑자기 시무룩해져서 그녀의 눈치를 살핀다.

"아, 혹시 아가씨께서 불편하신 거라면······."

"아니, 그건 아니고!"

이엘리는 양손을 마구 저었다. 메리의 말을 들으면서 이엘리도 깨달은 점이 있었기 때문이었다.

'그렇구나. 여긴 내가 예전에 살았던 현대 한국이 아니라 리펜베르크 제국이야.'

그곳에서는 모두가 동등한 신분을 가진 사람들이지만, 제국은 다르다. 귀족들은 하인들을 같은 사람으로 여기지 않는다. 그러니

단 한 번도, 이런 티파티 초대는 받은 적이 없었던 거다.

"그렇다면 저희는 좋아요."

메리는 양 뺨을 발그레하게 물들인 채로 대답했다. 아마 저 말은 '저희를 한 사람으로서 존중해 주셔서 기뻐요.'라는 뜻이겠지. 새삼스러운 기분이 된 이엘리는 고개를 끄덕였다.

"그렇다면…… 생각해 볼게."

"네! 뭔가 시키실 일이 있으시다면 언제든지 말씀해 주세요!"

메리는 생글생글 눈웃음을 쳤다. 머쓱한 얼굴이 된 이엘리가 메리에게 어깨를 으쓱여 보였다.

"감사 인사를 하는 건데 새로 일을 만드는 것 같아 미안하긴 하지만."

"무슨 그런 말씀을 하세요, 저희가 기뻐서 하는 거예요."

"그렇게 말해 준다면 고맙고."

이엘리가 미소했다. 그러고 보면 이번 대화로 바쁜 메리를 너무 오래 붙들고 있었던 것 같다.

"그럼 지금은 이만 물러가도 좋아."

"알겠습니다, 아가씨!"

메리는 꾸벅 인사를 남기고는 방을 빠져나갔다. 메리는 그 뒷모습을 가만히 응시했다. 메리가 저렇게 신이 난 모습을 보니, 이엘리도 기분이 나쁘지는 않았다. 아니, 오히려 좋았다. 다만.

'……음, 그럼 티타임을 새로 기획해야 하려나?'

어떤 식으로 티타임을 치러야 할지 고민이었다. 이미 성인식을 치르면서 과도한 노동에 노출됐었던 고용인들이기에, 새로이 일거리를 만들어 주고 싶지는 않았다. 그녀는 미간을 좁혔다.

'음, 우선 집사한테 상담을 좀 해 볼까.'

얼마나 예산을 융통할 수 있는지 등등, 이것저것 물어보면 좋을 것 같다. 몸을 일으킨 그녀는 곧장 집사를 찾아 나섰다. 긴 복도를 가로지르는데, 저 멀리 하얀 은발이 반짝이는 게 보였다.

"자카리?"

이엘리는 고개를 갸웃했다. 자카리였다. 그는 자못 심각한 표정을 한 채로 느릿하게 걸음을 옮긴다.

'도대체 무슨 생각을 하고 있는 거야?'

무슨 고민에 그리 깊이 빠져 있는지, 그녀가 자신을 부르는 목소리조차 듣지 못한 것 같았다.

"자카리!"

성큼성큼 걸음을 옮긴 이엘리가 자카리에게 고개를 쏙 내밀었다. 그리고 의아한 어조로 질문을 한다.

"표정이 왜 그래, 무슨 일 있어?"

"아, 이엔?"

느닷없는 그녀의 등장에, 살짝 눈을 치켜떴던 자카리가 고개를 가로저었다.

"아무것도 아니야."

"……아무것도 아닌 표정이 아닌 거 같은데?"

그녀는 의심스러운 표정으로 자카리를 바라보았다. 그러자, 그는 대화의 방향을 바꿔 버렸다.

"그보다 이엔, 넌 어디 가는 거야?"

"아, 그게. 집사에게 물어볼 게 있어서……."

"그래? 데려다줄게."

그렇게 대답한 자카리가 당연하다는 양 이엘리의 곁에 붙어 섰다. 이엘리는 조금 샐쭉해졌다.

"저기, 집사가 어디에 있는지는 나도 알아. 혼자 찾아갈 수 있다고."

입술을 삐죽이며 대답하자 자카리가 부드럽게 웃었다. 그 미소는 이상하게 힘이 없어 보였다.

"그냥 너랑 같이 걷고 싶어서 그래."

"진짜야? 뭔가 걱정이 있다거나, 무슨 일이 생긴 건 아니고?"

"응, 아니야."

자카리는 단호하게 대답했다. 하지만 그런 자카리의 모습은 차라리, 스스로에게 '아무 일도 없다'라고 말하는 것처럼 보였다. 이엘리는 미심쩍은 얼굴이 된 채 자카리의 손을 꼭 맞잡았다.

"무슨 일이 있으면 꼭 말해 주기야. 알았지?"

"……그래."

짧은 침묵을 지키던 자카리는 작게 고개를 끄덕였다. 하지만 애써 웃고 있는 자카리의 얼굴이 묘하게 힘들어 보여서, 이엘리는 걱정스러운 기분을 감추지 못했다.

"이만 들어가 봐."

잠시 후, 사용인 별저에 도착한 자카리가 그녀의 손을 놓아주었다. 이엘리가 뒤를 돌아보았다.

"자카리."

"응?"

"뭐든지 힘든 일이 있으면 내게 얘기해 주는 거야, 알았지?"

연녹색 눈동자에 서린 걱정스러운 기색에, 자카리는 작게 고개를 끄덕였다. 그제야 이엘리는 집사의 방문을 두드릴 수 있었다. 고개를 내민 집사가 작은 주인과 아가씨를 보며 놀란 얼굴을 했다.

"아가씨? 그리고 작은 주인님께서 여긴 웬일이십니까?"

"난 그냥 이엔을 데려다주러 온 거야. 신경 쓰지 말게."

자카리는 어깨를 으쓱해 보였다. 이엘리는 마지막으로 자카리에게 시선을 주고는 집사의 방으로 발을 들였다. 자카리에게 인사를 남기는 이엘리의 목소리는 언제나처럼 다정하기만 했다.

"들어가, 자카리."

"그래."

그녀가 방에 들어갈 때까지 자카리는 미소를 무너뜨리지 않기 위해 간신히 노력했다. 마침내 방문이 닫혔다. 살랑거리는 분홍색 머리채를 하염없이 바라보던 그는 무겁게 고개를 떨어뜨렸다.

"……이엔."

난 어떻게 해야만 하는 걸까. 짙푸른 눈동자가 가늘게 떨렸다. 돌을 삼킨 것 같은 기분이었다.

'아버지.'

사실 자카리는 아까 주치의를 만나고 온 것이었다. 그는 공작이 피를 토한 것을 본 후, 내내 주치의를 찾아갈 것을 고민하고 있었다. 여태까지는 공작의 반응이 워낙 완고한 데다 상황 또한 좋지 못한 터였다. 황족들이 공작 성에 머물 때 굳이 공작의 좋지 못한 상태를 공개할 필요는 없었던 것이었다.

'그래서 지금 찾아가 봤던 건데.'

자카리는 입술을 지그시 깨물었다.

*　　*　　*

자카리의 느닷없는 방문에도 불구하고 주치의는 당황하지 않았다. 주치의에게 물어본 바, 공작의 상태는 예상했던 것보다 훨씬 더 심각했다. 주치의는 그저 낮은 목소리로 입을 열었다.

"각하께서는 비밀을 지켜 달라 말씀하셨지만, 작은 주인님께서 이렇게 찾아오실 정도면……."

"각혈하신 것을 보았어. 숨기지 말고 말해 줘."

그 대답을 들은 주치의는 무겁게 고개를 끄덕였다. 주치의는 조심스러운 목소리로 운을 뗐다.

"공작 각하께서는 오랫동안 병에 시달리셨습니다."

"언제부터?"

날카로운 물음에 주치의가 짧은 한숨을 내쉬었다. 안경 너머의 갈색 눈동자가 깊이 침잠했다.

"전대 공작 부인께서 돌아가신 직후에 발병하셨고, 그 이후 병세는 쭉 진행 중입니다."

"……."

어머니가 돌아가신 직후에? 자카리는 그저 혼란스러웠다. 어머니가 자신을 증오하다 못해 목숨까지 스스로 놓아 버린 이후, 공작은 자카리에게 있어 비정한 신에 가까웠다.

아내를 죽게 한 아들을 죽이고 싶어 하면서도 공작가를 지키기 위해 차마 아들을 포기하지 못했던 아버지.

'그런데도…… 그렇게 공작가를 중요시 여기면서도 스스로의 병을 치료하지 않았다고.'

자카리는 아드득 이를 악물었다. 고개를 번쩍 들어 올리자, 새파란 눈동자가 형형하게 빛났다.

"그래, 그 병은 무슨 병이지? 어째서 치료하지 않았나?"

"병의 이름은 없습니다. 게다가 그 병은 치료할 수 없는 질병이기도 합니다."

"젠장, 세상에 치료할 수 없는 병이 어디 있어!"

자카리가 저도 모르게 언성을 높였다. 안경을 벗어 내려놓은 주치의가 나지막하게 대답했다.

"적어도 헤센바이츠 공작가에는 있습니다."

"그 말이 도대체 무슨 말……."

"아주 드물게, 공작가의 '겨울의 마법'이 발현되지 못하고 체내에서 폭주하는 경우."

그가 덜컥 멈췄다. 겨울의 마법. 이번에도 그 빌어먹을 은룡의 힘인가. 그는 입술을 짓씹었다.

"그 경우에 공작 각하처럼 이유 모를 병이 발병됩니다."

주치의의 목소리는 침착했지만, 자카리는 주치의의 목소리에 서린 절망감을 곧장 알아보았다.

"공작가의 일원에게만 몇백 년에 한 번, 아주 드물게 발병되는 병입니다."

공작가의 일원에게만 발병되는 병이라니. 이 가문은 도대체 제대로 돼먹은 게 하나도 없다.

"당연히 치료법도 존재하지 않습니다. 애초에 그 병에 걸린 사람이 무척 희귀하며, 오래 살아남은 사람도 없습니다. 정확히 말하자면 질병이라기보다는 마법적인 재해에 가까우니까요."

"그렇다면 아버지는……."

"사실 저 병에 걸리신 것치고는 상당히 오랫동안 견디신 편입니다."

주치의가 기나긴 한숨을 내쉬었다. 고개를 떨어뜨린 주치의가 가라앉은 어조로 설명을 했다.

"최대한 증상을 늦추기 위해 약재를 쓰고 있지만, 그도 한계입니다."

"그렇다면 아버지께서는 언제까지 생존하실 수 있는 건가?"

"적어도 긴 시간이 남지 않았다는 것만큼은 확실합니다."

성마른 질문에 주치의는 죄스러운 음성으로 대답했다. 자카리는 문득 공작과 이전에 나누었던 대화를 떠올렸다. 공작이 피를 토했던 것을 발견했던 날, 그는 공작에게 사납게 따져 물었다.

'아버지께서는 공작령을 책임질 분이십니다. 그러니 후계 된 자로서 당연히 걱정해야지요.'

'그 점에 대해서는 마음 쓸 필요 없다.'

그때 자신이 했던 말을 들으며, 공작은 어떤 표정을 지었던가. 조금 미소를 지었던 것도 같다.

'난 네가 공작 작위를 잇는 데 아무런 문제도 일으키지 않을 거라는 뜻이다.'

그 대화를 되새긴 자카리는 스스로가 원망스러워졌다. 당시의 그는 '공작의 몸이 괜찮으며, 안정적으로 작위를 승계할 것이다'라고 해석했었다. 하지만 실제 공작의 상태는 무척 좋지 못했다.

"죄송합니다, 작은 주인님."

주치의가 꾸벅 고개를 숙여 보이며 사죄를 표했다. 자카리는 반사적으로 고개를 가로저었다.

"……아니야. 주치의의 탓은 아니지."

자카리는 혼란스러워졌다. 난 어떻게 해야 하는가. 지금껏 아버지를 증오해 왔는데, 증오를 끝까지 가져가려 했는데. 아버지가 죽을지도 모른다. 그 사실이 심장을 무겁게 짓누르고 있었다.

* * *

주치의와의 만남을 떠올리던 자카리는 퍼뜩 정신을 차렸다. 입술을 깨문 그가 몸을 일으켰다.

'적어도 하나는 확실해.'

언제까지나 대화를 미룰 수는 없었다. 공작이 언제 죽어도 이상하지 않은 상태라는 것을 알게 된 지금은 더더욱. 자카리는 크게 숨을 몰아쉬었다. 공작과 미뤄 뒀던 대화를 나눌 시간이었다.

*　　*　　*

그 시각, 이엘리는 집사와 함께 마주 앉아 있었다. 집사는 그녀의 눈치를 살피며 입을 열었다.

"아가씨께서는 여기에 어쩐 일이십니까?"

"그게, 다 함께 차를 한번 마시고 싶은데요."

"다 함께요? 티파티 준비를 하면 됩니까? 손님의 규모는 어느 정도입니까?"

집사는 전문가다운 태도로 이엘리에게 질문을 던졌다. 이엘리는 작게 웃으며 고개를 저었다.

"아뇨, 제가 원하는 건 공작 성의 사용인들과 차를 마시는 거예요."

"……공작 성의 사용인들과, 말입니까?"

"네. 공작 성 사람들과 말이에요."

집사의 표정이 오묘하게 변했으나, 이엘리는 꿋꿋하게 고개를 끄덕이며 설명했다.

"이번에 자카리의 성인식을 치르면서 다들 너무 고생한 것 같아서요."

"그건 저희가 해야 할 의무입니다."

"알아요. 하지만 의무를 훌륭히 수행했을 때 약간의 보상 정도는 주어져도 되잖아요."

"보상이라면……."

집사가 묘한 얼굴을 했다. 집사가 어떻게 생각할지 모르겠다. 이엘리는 우선 미소부터 지었다.

"고생한 사람끼리 모여서, 차도 마시고 맛있는 것도 먹으면서 쉬면 좋지 않을까요?"

"말도 안 됩니다. 차기 공작가의 안주인이 되실 분과 사용인이 어떻게 한자리에 앉습니까?"

집사는 정색을 하며 고개를 가로저었다. 이엘리는 두 눈을 동그랗게 떴다. 집사에게 설명한다.

"그렇지 않아요. 앞으로도 저를 도와줄 사람들이잖아요."

"……."

"오히려 전, 제가 공작 성의 사용인들에게 잘 보여야 한다고 생각해요."

그렇게 말한 이엘리는 문득 걱정스러운 표정을 지었다. 그녀가 집사의 눈치를 살피며 입술을 열었다.

"음, 아직 정식으로 안주인이 된 것도 아닌데 제가 너무 번거롭게 하나요?"

"작은 주인님의 아내 되시는 분께서 무슨 말씀을 하시는 겁니까."

하지만 집사는 단호하게 대답했다. 어리둥절해진 이엘리 앞에서 집사가 완고한 얼굴을 했다.

"아가씨께서는 이미 공작 성의 차기 안주인이시니까요. 원하시는 대로 하시면 됩니다."

그녀는 눈을 깜빡였다. 공작 성의 사람들이 저렇게 말할 때마다, 어쩔 수 없이 감동을 받고 만다.

'공작 성의 차기 안주인……'

집사는 상당히 깐깐한 사람이라고 들었다. 사용인들은 대부분 오랫동안 공작가를 모신 사람들이지만, 그중에서도 집사는 특별하다고. 집사의 가문은 대대로 공작가의 집사 직위을 맡아 왔고, 지금의 집사도 평생을 공작가에 봉사했다고 했다. 그런 사람에게 인정받은 기분이 들어서, 이엘리는 어쩔 수 없이 조금 즐거워졌다.

"고마워요."

그녀가 생긋 눈웃음을 쳤다. 집사는 그런 이엘리를 가만히 바라보았다.

'작은 주인님의 성인식을 성공적으로 치러 내셨다고 했지.'

사실 이엘리와 집사는 평소 마주치기 힘들었다. 이번에 자카리의 성인식을 치르며 예산안을 정리하기 위해 몇 번 만났을 뿐이었다. 집사는 내심, 이엘리에 대한 스스로의 평가를 상향시켰다.

'적어도 아가씨께서는 권위보다는 자기 사람을 더 챙기는 분이신 것 같군.'

이번에 로렌 백작 부인이 여러모로 오만불손하게 행동했었다. 그러므로 집사는 아가씨가 '다 함께 차를 마시고 싶다'라고 말했을 때, 당연히 화려한 티파티를 열 줄 알았다.

북부의 귀부인들을 초대해서 스스로가 차기 북부의 안주인임을 과시한다. 그건 이엘리의 권리이기도 했다.

'……저런 분이시기에, 공작 각하와 소공작께서 아가씨만큼은 아끼시는 건가.'

실제로 이엘리가 공작 성에 들어온 이후, 공작 성의 분위기는 상당히 온화한 쪽으로 변화했다.

'소공작님은 물론이고, 공작 각하께서도 아가씨가 곁에 계실 때만큼은 자주 웃으시곤 하니까.'

오랫동안 공작과 자카리를 모셔 온 집사였다. 그러므로 집사는 이엘리가 오기 전, 냉랭했던 공작 성의 분위기를 잘 기억하고 있었다. 아들을 외면하는 아버지, 그리고 아버지를 두려워하며 인형처럼 살아가던 아들. 그런 두 사람의 깊디깊은 거리를 이엘리는 말끔하게 좁혀 버렸다.

"참, 이번 티파티의 주제는 휴식이니까요."

한편 무슨 생각을 하고 있었는지, 이엘리는 두 눈을 반짝거리며 제 앞의 집사를 마주보았다.

"적어도 부엌 하녀들이 티파티를 위해 노동하는 것은 바라지 않아요. 그래서 말인데……."

발랄한 목소리가 집사의 귀를 두드렸다. 이엘리는 집사를 힐끔 바라보더니 조심스레 말했다.

"……카페 로랑에서 티푸드를 들여오고 싶거든요. 그렇게 하면 비용이 많이 들까요?"

"헤센바이츠의 차기 안주인께서는 그깟 돈을 사용하는 건 전혀 신경 쓰지 않아도 되십니다."

집사는 차분한 목소리로 그렇게 말했다. 이엘리는 다시 활짝 미소 지었다. 햇빛 같은 미소였다.

"고마워요. 전할 얘기는 대부분 끝났으니, 전 이만 돌아갈게요."

"조심히 가십시오, 아가씨."

자리에서 일어난 집사가 정중한 동작으로 문을 열어 주었다. 이엘리를 배웅하는 집사의 태도에는, 적어도 존중이 가득 차 있었다. 이엘리는 즐거운 얼굴로 복도에 발을 내디디며 생각했다.

'이번 티파티에 자카리와 공작님을 초대한다면…… 두 사람 모두 참석해 줄까?'

만약 그렇게만 된다면 개와 고양이처럼 으르렁거리는 두 부자의 관계가 조금이라도 화목해지지 않을까. 이엘리는 살짝 기대를 품었다. 만약 티파티에 초대한다면 어떤 식으로 해야 할까.

'공작님께 먼저 여쭤보고, 자카리는 좀 나중에 물어봐야겠다.'

상대적으로 거절할 확률이 높은 공작부터 공략하는 게 나았다. 이엘리는 결연한 표정을 했다.

'이왕 할 거면 제대로 해야지. 나중에라도 새로 티파티를 열 일이 있을지도 모르니까.'

그녀는 연습 겸, 티파티 계획이 세워지는 대로 초대장까지 일일이 만들어 볼 것을 다짐했다.

*　　*　　*

자카리는 심호흡을 하며 공작의 집무실 문을 두드렸다. 언제나처럼 차분한 대답이 돌아왔다.

"들어와라."

달칵, 방문이 열렸다. 다행인지 불행인지 공작은 자신의 집무실 안에 있었다. 한참 서류를 정리하던 공작은 책상에 놓여 있는 약병을 슬그머니 숨겼다. 그러고는 아무렇지도 않은 척 질문을 한다.

"자카리. 네가 여기는 웬일이지?"

"……"

자카리는 잠시 입을 다물었다. 잠잠한 아들을 돌아보면서, 공작은 미간을 좁히고 다시 물었다.

"얼굴이 창백하구나. 유령이라도 본 게냐?"

"……아버지."

"왜 그러지?"

공작은 언제나처럼 바늘 하나도 들어가지 않을 것 같은 표정이었다. 자카리가 한숨처럼 말했다.

"어째서 말씀하시지 않으셨습니까?"

"무엇을?"

매끄러운 대답이 돌아온다. 자카리는 피가 나도록 제 입술을 물었고, 한 음절씩 씹어 뱉었다.

"당장 돌아가셔도 이상하지 않은 상태라는 것을요."

"……"

평소라면 냉정한 대답이 돌아왔을 텐데, 이번에는 그러지 않았다. 공작은 드물게 침묵하는 쪽을 택했다. 애써 차분함을 가장하던 자카리의 목소리에 천천히 온갖 감정이 실리기 시작했다.

"아버지의 병, 끝까지 숨기실 작정이셨습니까?"

"물론, 할 수만 있다면."

"아버지!"

자카리가 언성을 높였다. 공작은 눈썹을 찡그렸다. 하지만 자카리는 목소리를 낮추지 않았다.

"어떻게 그러실 수가 있습니까!"

"무엇이?"

공작은 자카리를 향해 침착하게 되물었다. 그 평온한 물음에 그는 말문이 막히는 걸 느꼈다.

"내 병을 외부에 알린다 한들 나아지는 것은 하나도 없다."

"아버지, 정말!"

자카리가 악을 질렀다. 하지만 공작의 얼굴은 여전히, 얼음으로 빚은 것처럼 말끔하기만 하다.

"헤센바이츠 공작이 병에 걸려 있다는 사실을 알면, 황가에서는 어떻게 나올까?"

"그런 말이 아니라는 것쯤 아시지 않습니까!"

"자카리."

공작이 고요한 눈동자로 입을 열었다. 오랜 증오와 미움은 옅게 희석되어 잠잠한 목소리였다.

"내가 원하는 건 너의 안전한 작위 승계, 그리고 모든 일을 정리한 이후의 조용한 죽음뿐이야."

"하지만!"

"솔직히 말하자면 너에게 지금 당장 작위를 승계하고, 난 뒤로 물러나고 싶다. 하지만……."

공작이 말끝을 흐렸다. 설명할 말을 고르는 태도였다. 잠시 후, 공작은 나지막하게 설명했다.

"현 시점에서 내가 네게 작위를 승계한다면 황가를 포함한 작자들은 의심을 품을 거야."

공작은 언제나처럼 차분한 태도였다. 자카리는 그 자리에 얼어붙은 듯 서서 공작을 응시했다.

"적어도 난 겉으로는 멀쩡하고, 병을 가졌다는 것도 숨기고 있으니까."

"......."

"게다가 너는 은룡의 힘을 가졌지. 네게 작위를 물려줄 때 그들은 분명 그 점을 공격할 터."

아버지와 아들, 두 사람 모두 알고 있되 입 밖에 내지 않은 사실이다. 공작이 말을 이었다.

"공작 작위를 맡기에는 너에게 위험한 요소가 다분하다고, 그렇게 주장하겠지."

"......저는."

자카리는 더듬더듬 입을 열었다. 작위를 얻기에 부족한 후계자. 아무리 노력해도, 괴물의 힘을 발휘하여 공작령을 지켜도. 그래도 소용이 없나. 그때 공작이 태연한 목소리로 말을 덧붙였다.

"그러니 적당한 때를 기다리고 있다. 네가 작위를 물려받기에 가장 좋은 때를."

"......아버지?"

"너에 대한 내 감정이 어떻든지 간에, 너 외의 헤센바이츠의 공작위를 물려받을 사람은 없다."

자카리는 멍하니 공작을 바라보았다. 공작은 아들을 향해서 드물게 엷은 미소를 지어 보였다.

"방금 전에도 이미 말하지 않았나. 난 조용한 죽음을 원하고 있다고."

"……."

"어차피 아델라이데가 죽고…… 내게 이 병이 발현한 때부터."

공작의 푸른 눈동자가 아들의 화려한 이목구비를 훑어 내렸다. 그가 비스듬히 고개를 꺾어 말한다.

"내 목숨에는 크게 의미가 없었다."

"그게 도대체 무슨 말씀이십니까?"

"아내를 먼저 보냈는데, 내가 오래 살아 봤자 무에 그리 즐겁겠나."

짓씹듯이 내뱉는 자카리의 말과는 다르게, 공작은 일상적인 대화를 나누듯 가벼운 어조였다.

"가끔씩 난, 이 병이 아델에 대한 죗값이 아닐까…… 그렇게 생각될 때가 있어."

"……."

자카리는 숨을 삼켰다. 공작이 자신의 속내를 이렇게까지 드러낸 건 처음이었다. 언제나 차가운 태도를 방패처럼 두르고 있던 공작이 최초로 솔직하게 말한 것이다.

"그, 그건……."

"멍청한 생각이라는 건 알지만, 이 병이 발병했을 때 난 오히려 기뻤다."

공작은 한숨과 함께 중얼거렸다. 양손을 들어 피로한 눈가를 꾹 꾹 누르며 곧장 말을 잇는다.

"이 병이 아델에 대한 최소한의 사죄라 여겼어."

"……아버지."

"다시 그녀를 만난다면…… 이번에야말로 그녀에게 사죄할 수 있을 거라 생각한다."

그렇게 말한 공작이 양손을 내려 자신의 아들을 마주보았다. 자카리는 멍하니 공작을 바라보고 있었다.

처음이었다. 자카리가 증오도 미움도 없이 공작을 향해 그런 표정을 짓고 있는 건.

"지금 당장 죽어 나자빠질 것도 아닌데, 그렇게 충격받은 얼굴 하지 마라."

공작이 픽 웃었다. 그 미소에 자카리는 약간은 정신을 차릴 수 있었다. 자카리가 따져 물었다.

"좋습니다. 이엘리에게는 언제까지 숨기실 생각이십니까?"

"글쎄…… 내가 죽을 때까지?"

자카리는 이제 할 말을 잃어버렸다. 그런데 그때, 노크 소리가 들려왔다.

똑똑. 자카리는 신경질적인 걸음으로 방문으로 걸어갔다. 벌컥 소리가 나도록 방문을 열자, 이엘리가 서 있었다.

"이엔?"

두 눈을 가늘게 뜬 이엘리가 한 걸음 집무실 안으로 들어왔다.

그녀가 미심쩍게 질문을 했다.

"무슨 일이에요, 설마 두 사람 싸우는 건가요?"

"그게 아니라……."

"잠시 의견 충돌이 있었을 뿐이다. 걱정할 필요 없어."

두 남자는 황급히 입을 열었다. 어쨌거나 이엘리를 걱정시키는 것은 싫다는 게, 항상 감정싸움을 벌이는 두 남자가 드물게 타협하는 지점이었던 것이다. 공작은 미간을 좁히며 되물었다.

"그래서 여긴 무슨 일이지?"

"아뇨, 그냥."

이엘리는 힐끔 둘의 표정을 살펴보았다. 다행스럽게도 두 사람 모두, 화가 난 것 같지는 않다.

"자카리가 여기 있다고 말을 들어서요. 그리고 공작님의 몸 상태도 어떠신가 해서……."

"내 몸은 괜찮다."

공작은 눈 하나 깜짝하지 않고 거짓말을 했다. 자카리는 순간 기가 찬 얼굴을 했지만, 공작은 제 말에 동조하라는 것처럼 아들을 지그시 노려볼 뿐이었다. 자카리는 눈썹을 찡그리며 말했다.

"맞아, 이전보다 꽤 기침이 줄어드셨대."

"그래? 다행이네요, 공작님."

이엘리는 그제야 약간 안심이 된다는 것처럼 환하게 웃었다. 이후 공작에게 종알종알 말한다.

"그래도 약은 꼬박꼬박 드시고, 주치의도 항상 곁에 두셔야 해요. 아셨죠?"

"그러도록 하마."

고개를 끄덕인 공작이 집무실의 의자를 끌어당겨 앉았고, 손을 휘휘 저어 두 사람을 물렸다.

"그럼 두 사람은 이만 물러가도록."

"공작님께서도 너무 무리하지 마세요. 푹 쉬시고요."

"그래."

공작이 선선히 대답했다. 자카리는 여전히 무언가 마음에 걸리는 것 같은 표정이었지만, 이엘리가 손을 잡고 끌어당기자 못 이기는 척 방 밖으로 나섰다.

방을 나서는 두 사람의 뒷모습을 바라보던 공작은 작게 미소했다. 저 아이들이 행복했으면 좋겠다. 진심으로 그렇게 생각했다.

*   *   *

이엘리는 초대장을 뽑기 시작했다. 공작 성의 사람들에게 감사의 의미를 담아서 금박 무늬까지 박았다. 친밀한 귀족들에게나 보내는 친필 서명을 일일이 하고 있자니, 어디선가 목소리가 들렸다.

"웬 초대장이지?"

"아."

펜을 쥔 채, 이엘리는 고개를 반짝 들어 올렸다. 햇빛을 등에 진 공작이 그녀를 응시하고 있었다.

"그게……."

"티파티를 열기로 한 게냐?"

공작이 또다시 질문을 던졌다. 이걸 뭐라고 설명해야 하려나. 이엘리는 손가락만 꼼지락거렸다.

"그게, 자카리의 성인식을 치르면서 공작 성 사람들이 너무 고생한 것 같아서요."

"그렇다면 티파티에 참석하는 사람들은 공작 성의 사람들인가?"

"네, 그렇긴 한데."

이엘리는 눈동자를 굴렸다. 법도에 맞는 일이 아니라면서 화를 내시면 어떡하지, 생각하던 때.

"……그렇다면."

"네?"

"내게는 초대장을 안 주는 건가?"

그렇게 묻는 공작의 목소리는 조금은 짓궂게 들렸다. 깜짝 놀란 이엘리는 두 눈을 크게 떴다.

"공작님도요?"

"그래. 역시 내가 참석하는 게 불편하다면……."

"아니요, 불편한 게 아니라!"

이엘리는 와락 목소리를 높였다. 어떻게 공작을 공략해야 하는지 고민하고 있었는데, 공작이 먼저 물어봐 줄 줄은 몰랐던 것이다. 공작의 눈치를 살피던 이엘리는 조심스럽게 입을 열었다.

"공작님께서는 이런 파티를 좋아하시지 않는 것 같아서…… 하지만 곧 드리려고 했어요."

"내가 억지로 받아 가는 게 아니고?"

"그럼요! 제가 공작님을 얼마나 초대하고 싶었다고요!"

이엘리는 깜짝 놀라 고개를 가로저었다. 그러자 풋, 하는 작은 웃음소리가 터졌다. 그녀는 눈을 휘둥그렇게 떠 공작을 올려다보았다. 공작은 입가를 가렸지만 웃음은 쉬이 멈추지 않았다.

"그렇구나. 고맙다."

도대체 이 반응은 뭐지……? 하지만 공작이 자의로 참석해 준다고 하면 어쨌거나 좋은 일이다.

"공작님께서 이번 티파티에 참석해 주시면 전 정말 기쁠 거예요."

그렇게 말한 이엘리는 조심스럽게 초대장을 내밀었다. 금박으로 장식된 초대장에는 동글동글한 필체로 이엘리의 서명이 들어가 있었다. 공작은 옅은 미소를 지으며 초대장을 받아 들었다.

"그러고 보니, 요새는 약은 꼬박꼬박 드시고 계세요?"

"그래."

"자카리는 공작님의 기침이 줄어들었다고 했지만, 그래도 몸조심하셔야 해요."

"걱정해 줘서 고맙구나."

공작은 선선히 대답했다. 이엘리는 눈동자를 굴렸다. 공작은 자신의 몸 상태가 괜찮다고 말하고 있지만, 그녀가 보기에는 솔직히 안색이 그다지 좋지 않아 보였다.

'그래서 주치의도 찾아가 봤지만.'

주치의 또한 별말을 해 주지 않았다. 한숨을 삼키는 이엘리에게 때마침 공작이 입을 열었다.

"그건 그렇고, 네가 온 이후로 공작 성이 무척 잘 관리되고 있더구나."

"예?"

"오랜만에 성안을 돌아보았다. 흠잡을 곳이 없었어. 이만큼 잘 관리된 성은 무척 드물지."

연녹색 눈동자가 공작을 빤히 바라보았다. 공작은 그런 그녀에게 차분한 어조로 말을 이었다.

"모두 네 노력 덕분이겠지."

"……공작님."

"언제나 네게는 감사하고 있다."

공작 성의 밝아진 분위기도, 자카리와의 관계도. 모두. 공작은 뒷말을 삼킨 채로 다시 말했다.

"이제 그만 가서 자카리도 티파티에 초대해 주거라."

"네?"

"네가 준비하는 티파티 소식이 공작 성 내에 이미 소문이 파다하거든."

그렇게 말하는 공작의 목소리는 부드럽기만 하다. 이엘리는 어색하게 미소를 지었다. 티파티에 대한 걸 일부러 비밀로 삼은 건 아니었지만, 그래도 이미 소문이 다 퍼졌을 줄은 몰랐다.

"그러니 그 녀석도 아마, 언제쯤 네가 저를 초대해 줄 건가 전전긍긍하고 있겠지."

공작님, 이제 자카리도 신경 써 주시고 계신 거구나. 그녀는 양 뺨을 붉히며 고개를 끄덕였다.

"네. 걱정 마세요."

"그럼 나중에 보자꾸나."

툭툭 이엘리의 어깨를 두드려 준 공작이 걸음을 옮겼다. 이엘리는 새삼스러운 기분이 들었다.

'공작님, 확실히 많이 변하신 것 같아.'

어쨌거나 긍정적인 변화였다. 그녀는 즐거운 기분이 되어 초대장에 마저 서명하기 시작했다.

드디어 모든 서명이 끝났다. 공작 성의 사용인은 얼추 백여 명. 백 장의 초대장에 모두 서명을 넣으니, 펜을 쥔 손아귀가 욱신거렸다. 이엘리는 초대장을 모두 챙겨 든 채 자리에서 일어났다.

'그렇다면 우선 초대장을 나눠 줘야 하는데…….'

이엘리는 잠시 초대장을 받을 사람들을 떠올려 보았다. 자카리와 메리는 직접 만나서 건네고, 다른 사람들은 건너 건너 주면 될 것 같았다. 초대장을 추스른 이엘리는 속 편하게 생각했다.

'음, 가장 먼저 마주친 사람부터 주면 되겠지.'

그리하여 가장 먼저 마주친 사람은 바로 메리였다. 메리를 만난 이엘리가 초대장을 내밀었다.

"자, 메리. 초대장이야."

메리는 그 초대장을 멍하니 바라보았다. 감동받은 낯이 되어 조심스럽게 초대장을 받아 든다.

"세상에…… 정말로 저희들을 초대하여 티파티를 여시는 건가요?"

"그럼. 내가 누군데."

부러 잘난 척을 하면서 가슴을 쫙 펴자, 소중하게 초대장을 품에 넣던 메리가 까르르 웃었다.

"그러고 보니, 저 작은 주인님보다 먼저 초대장을 받은 거네요?"

"응, 그렇긴 한데…… 왜?"

"아무것도 아니에요."

하지만 '아무것도 아니다'라고 말하고 있으면서도 얼굴 표정은 무척 흐뭇해 보였다. 이엘리는 고개를 갸웃거렸다. 그런데 그때 짧은 노크 소리와 함께 문이 열렸다. 상대는 바로 자카리였다.

"자카리?"

"이엔."

자카리는 두 눈을 가늘게 뜬 채였다. 그대로 그녀에게 성큼성큼 다가오자, 메리는 승리감에 찬 미소를 지었다.

이엘리는 어리둥절해졌다. 음, 자카리의 저 표정은 뭔가 심통이 난 건데. 도대체 왜?

"너무해, 정말."

자카리가 불퉁한 목소리로 중얼거렸다. 그러면서도 당연하다는 양 이엘리를 품에 끌어안는다.

"뭐야, 뭐가 너무한데?"

어느새 그의 품에 폭 파묻힌 자세가 된 그녀가 자카리를 올려다본다. 그 와중에도, 메리는 뿌듯한 얼굴로 초대장을 살펴보고 있었다. 그는 그녀의 어깨에 고개를 묻은 채 작게 웅얼거렸다.

"티파티 초대장 말이야."

"그게 왜?"

도무지 이유를 알 수 없어서 이엘리는 자카리에게 되물었다. 자카리가 불쑥 고개를 치켜든다.

"어떻게 나보다 다른 사람들을 먼저 초대할 수 있어?"

……설마 너 그런 걸로 질투하니?

이엘리는 순간 기가 막혔다. 하지만 자카리는 나름대로 진지했다. 그녀가 공작 성 사람들을 위해 티파티를 준비하고 있다는 소문은 퍼진 지 오래였다. 게다가 이엘리가 초대장을 마련한다는 소식은 공작 성 사람들에게 묘한 경쟁심까지 심어 줬던 것이다.

'누가 먼저 아가씨에게 초대장을 받을 수 있을 것인가.'

바로 이런 주제의 경쟁심이었다. 비록 이엘리는 몰랐지만, 상냥하고 아름다우며 공정한 성품의 아가씨는 공작 성 내의 인기인이었다. 그 말은 곧, 초대장을 빨리 받는 건 그만큼 아가씨에게 신뢰를 얻고 있다는 뜻이다.

또한 자카리는 내심 자신이 제일 먼저 초대장을 받길 바랐다.

'치사하게 아버지가 이엘리를 직접 찾아가 초대장을 받아 올 줄은 몰랐지.'

자카리는 잔뜩 미간을 좁혔다. 그래도 두 번째 초대장은 자신이 받을 수 있을 거라고 생각했다. 그런데 그 소중한 초대장이 이엘리의 개인 시녀에게 넘어갈 줄은 전혀 상상하지 못했다.

"난 네 남편이잖아. 당연히 제일 먼저 받을 거라고 생각했다고."

"저기, 자카리. 지금 그런 문제로 질투하는 거야?"

어린애도 아니고…… 이엘리는 차마 그렇게까지는 말하지 못했다. 자카리가 목소리를 높였다.

"당연하지! 이게 얼마나 중요한 문제인데!"

"그, 그런 거니?"

"그런 거야!"

단호하게 대답한 자카리가 휙 고개를 돌렸다. 초대장을 살펴보던 메리에게 곧장 질문을 한다.

"메리, 네 생각은 어떤가?"

"맞아요. 초대장을 먼저 받는 건 역시 중요한 문제죠."

이엘리는 황망해졌다. 메리까지 고개를 끄덕이고 있는 거다. 게다가 아주 만족스러운 얼굴로.

'그리고 전 작은 주인님보다도 먼저 초대장을 받았죠.'

비록 입 밖으로 내어 말하지는 않아도 그런 말이 귀에 들리는 것만 같다. 자카리는 이제 상당히 서운한 얼굴을 하고 있었다. 아니, 이게 그 정도로 중요하단 말이야? 그녀는 기가 막혔다.

"저기, 그렇게 중요한 거라고 생각하지 못했어. 마음 풀고……."

하지만 어쩌겠나, 좀 더 어른스러운 쪽이 상대방을 관대하게 받아들여 줘야지. 이엘리는 한숨을 삼키며 남편을 달래 주었다. 손을 들어 자카리의 등을 토닥토닥 두드리자, 그가 중얼거렸다.

"그럼 티파티를 할 때."

"응?"

"내가 네 바로 옆자리에 앉을 거야."

"……."

세상에서 가장 중요한 걸 약속받기라도 하는 양, 그가 그렇게 말했다. 그녀는 말문이 막혔다.

'네가 애냐?'

그럼에도 자카리가 귀엽게 느껴진다는 게 가장 신기하다. 다른 사람들에게는 날이 잘 선 칼날처럼 냉랭하게 구는 주제에, 그녀 앞에서는 커다란 강아지처럼 군다. 이엘리는 픽 웃어 버렸다.

"그래, 마음대로 해."

"약속한 거야."

"그래, 약속."

그제야 자카리는 그녀를 품에서 놓아주었다. 그녀를 바라보던 푸른 눈동자가 곱게 휘어졌다.

"티파티, 무척 기대된다."

"으응……."

이엘리는 두 눈을 가늘게 떴다. 생긴 건 무슨 겨울의 귀공자 같은 주제에, 저렇게 해맑게 웃는 건 미모 낭비 아닌가. 그녀의 남편은 지나치게 귀여운 게 문제다. 이엘리는 한숨을 쉬었다.

그 이후 티파티 당일 아침이 되었다. 카페 로랑에서 주문한 티푸드들이 공작 성에 바리바리 배달되었다. 카페 사람들은 피곤한 얼굴로 티푸드들을 납품하며, 다시는 하고 싶지 않다고 했다.

"주방장님께서 저희 카페에 직접 찾아오셔서 얼마나 놀랐다고요."

언뜻 건너 듣기로, 울상이 된 카페 로랑의 주인이 찾아와 집사에게 하소연을 했다고 들었다.

"아니, 이럴 거면 굳이 카페 로랑에서 티푸드를 따로 주문할 이유가 없었잖아."

이엘리는 다소 황망한 얼굴로 중얼거렸다. 애초에 그녀가 티푸드를 따로 주문한 이유는 부엌 하녀들과 주방장에게 따로 노동을 시키고 싶지 않아서였다.

그런데 듣기로, 부엌 식구들은 이엘리가 카페 로랑에서 주문을 넣자마자 바로 카페에 내려가 요리법을 배우기 시작했다 한다.

'도대체 뭐가 그렇게 맛있기에 아가씨께서 이 카페에서 티푸드를 주문하신 거야?'

울분에 찬 주방장이 그렇게 외쳤다고 메리가 그렇게 귀띔해 주었다. 이엘리는 좀 피곤해졌다.

'어째 오해를 단단히 산 것 같지만.'

그 오해를 풀기에는 너무 멀리 온 것 같다. 뭐, 맛있는 레시피를 더 배워 오면 나야 좋지. 이엘리는 그렇게 자기 합리화를 했다. 그러나 티파티는 이엘리의 예상을 한참 벗어나고 있었다.

'……난 그냥, 공작 성 사람들이 고생하지 않도록 간소하게 진행하고 싶었을 뿐인데.'

이엘리는 피곤한 얼굴로 바쁘게 움직이는 사람들을 바라보았다. 어째 그녀보다도 공작 성 사람들이 훨씬 더 티파티에 열정적인 것 같다. 의자를 착착 내려놓고, 고급 식기들을 늘어놓는다.

'이건 너무 본격적이잖아?!'

향기로운 꽃이 가득 꽂힌 꽃병과 은 접시, 고급 도자기 찻잔. 게다가 기대감에 가득 차 반짝거리는 눈동자들.

다들 원래부터 티파티에 이렇게 열정적이었나. 이엘리는 혼란해지고 말았다.

"이엔."

그때 이엘리의 어깨를 가볍게 끌어안는 손이 있었다. 고개를 돌린 그녀가 자카리에게 물었다.

"자카리, 왔어? 공작님은?"

"뒤에 오고 계셔."

그렇게 말한 자카리가 부드럽게 웃었다. 그녀의 귓가에 입술을 붙인 그가 조그맣게 소곤댄다.

"오늘 네 옆자리는 나에게 주기로 약속했어. 그렇지?"

"걱정 마, 잘 기억하고 있다고."

얼굴을 빨갛게 물들인 이엘리는 자카리를 살짝 밀어냈다. 그렇게 예고 없이 훅 들어오면 조금 설레고 만단 말이야. 게다가 오늘 자카리는 이상하게 자신의 옷차림에도 신경을 쓴 모습이다.

"그보다 웬일로 이렇게 잘 차려입었어?"

"그야 네게 잘 보이기 위해서지."

"아, 그래."

그녀는 눈을 가늘게 뜨며 그를 보았다. 오늘의 자카리는 날렵한 몸매에 착 달라붙는 세미 정장 차림이었다. 거기다 하얀 은발을 빈틈없이 빗어 넘긴 모습까지, 완벽한 신사의 모습이었다.

'다른 여자들이 보면 꽤나 설렐 것 같은 모습이잖아.'

왠지 심술이 돋은 이엘리는 불퉁하게 시선을 돌렸다. 그러나 여전히 잡은 손은 놓지 않았다.

'어째서 이엔은 내 말을 전혀 믿지 않는 걸까?'

한편, 그는 이엘리의 옆얼굴을 보며 짧은 고민에 빠져 있었다. 정말로 그녀에게 잘 보이기 위해 아침부터 준비했다. 하지만 그녀는 제 솔직한 고백을 들을 때마다 전혀 믿어 주지 않는다.

"이엔, 정말로 네게 잘 보이기 위해 준비한 거야."

"응, 그래. 믿어 줄게."

이엘리는 성의 없이 손을 휘저어 보였다. 자카리는 뚱한 얼굴이 되었다. 진짜인데, 난 언제나 진심만을 말하는 건데. 억울함을 담아 이엘리를 바라보자, 그녀는 대충 어깨를 토닥여 주었다.

'……정말로 작은 주인님께서는 왜 아가씨가 저러시는지 이유를 모르시는 걸까?'

그리고 그 모습을 지켜보던 사용인들은 티가 나지 않도록 서로서로 눈짓을 주고받았다. 공작 성의 사람들은, 자카리가 언제나 자신의 진심을 이엘리에게 말한다는 걸 알고 있었다. 하지만.

'작은 주인님께서는…… 솔직함도 과하면 독이 되는 것의 살아 있는 예시라니까.'

메리는 속으로 혀를 찼다. 이렇게 훤히 보이는데 어째서 모르신 담. 이엘리를 좋아하는 마음을 너무 자주, 직설적으로 표현하는 바람에 자신의 진실성이 떨어진 걸 전혀 모르는 자카리였다.

'그래도 그만큼 두 분께서 서로를 좋아하시는 것 같아 다행이야.'

바로 그때, 공작이 이쪽으로 다가오는 모습이 보였다. 이엘리는 환하게 웃으며 공작을 반겼다.

"공작님, 오셨어요?"

"그래."

공작은 작게 고개를 까닥여 보였다. 사용인들은 내심 이엘리의 수완에 감탄했다. 번거로운 일들은 대부분 거절하곤 하는 공작이었다. 그럼에도 공작이 이번 티파티에 참석한다는 건…….

'역시 아가씨이시군.'

'공작 각하와 소공작님을 함께 같은 자리에 둘 수 있는 건, 아가씨만이 유일할걸.'

'게다가 아가씨가 계실 때만큼은 두 분은 서로 얼굴을 붉히지도 않으시니까.'

사용인들의 기대에 충실히 보답하여, 공작 부자는 서로를 바라볼 뿐 언성을 높이지는 않았다.

"공작님을 위해 몸을 따스하게 해 준다는 허브차를 마련해 봤어요."

"그래, 기대되는구나."

이엘리가 공작에게 살갑게 말을 걸자 공작은 미소를 지었다. 이엘리는 공작을 가장 상석에 안내하고, 자카리를 제 옆에 앉혔다. 어딘가 뚱해 보이던 자카리의 표정이 그제야 부드러워졌다.

"다들 앉도록."

가장 연장자인 공작의 느긋한 말에 사용인들도 모두 자리에 착석했다. 티파티의 시작이었다.

티파티는 시종일관 부드러운 분위기로 진행되었다. 공작 가족이 모두 모인 자리임에도, 세 사람은 권위를 내세우기보다는 소탈한 모습을 보였다.

처음엔 약간 긴장한 것 같던 사용인들도, 세 사람의 차분한 태도에 조금씩 긴장을 풀고 있었다. 그때 공작이 이엘리에게 말을 붙였다.

"뭔가 한 마디 해 보는 게 어떠냐?"

공작이 이엘리를 쿡쿡 지르며 웃어 보였다. 이엘리는 놀란 토끼 눈이 되어 공작을 돌아보았다.

"제가요?"

"그래. 네가 이 티파티의 안주인 아니냐."

티파티의 안주인이라. 그녀는 뺨을 붉혔다. 공작이 그렇게 말해 주니, 뭔가 부끄러우면서도 기뻤다.

음, 상사가 축사랍시고 길게 말하는 거…… 아랫사람들이 싫어 한다는 건 이미 잘 아는데.

'그, 그래도 뭔가 한 마디 해야 할 것 같아.'

공작은 흐뭇한 미소를 짓고 있었다. 게다가 곁에 앉은 자카리뿐 아니라, 자리에 모인 사람들은 모두 그녀를 반짝이는 시선으로 보고 있다. 그녀는 뭔가 말해야 한다는 사명감을 느꼈다.

"그, 그럼 최대한 짧게……."

큼큼 헛기침을 해 목을 가다듬은 이엘리는 주변을 돌아보았다. 이후, 조심스럽게 입을 열었다.

"이번 자카리의 성인식을 치르며, 공작 성의 여러분들이 모두 고생하신 걸 잘 알고 있어요."

이, 이 정도면 무난한 시작이려나? 느닷없이 인사를 하게 된 바람에, 긴장감에 가슴이 조였다.

"여러분들의 노고 덕택에 무사히 자카리의 성인식을 치를 수 있게 됐어요."

그 말을 들은 공작 성 사람들이, 이엘리를 반짝거리는 눈으로 올려다보았다.

"그래서 한번, 여러분들과 대화도 나눌 겸 이렇게 함께 모여 봤어요."

이엘리는 활짝 웃었다. 자리에 모인 공작 성 사람들은 코끝이 찡해지는 것을 느꼈다. 이엘리는 사용인들을 존중할 뿐만 아니라, 자신과 동등한 위치에서 사용인들을 대접하고자 한 것이다.

"이번에 무척 고생스러웠을 텐데…… 다들 불만 없이 끝까지 노력해 줘서, 정말 고마워요."

평소라면 공작 가족께서 저희와 동석하시면 안 된다고 정색할 집사마저 제 말을 가만히 듣고 있었다. 그녀는 화르륵 얼굴을 붉히며 고개를 푹 숙였다. 자카리가 그녀의 어깨를 토닥거렸다.

"이엔, 잘했어."

"으응……."

비록 자카리는 그녀가 자리에 늘어져 있기만 해도 '잘했다'라는 칭찬을 할 테지만. 그래도 자카리가 그렇게 말해 주는 게 기뻤다. 이엘리는 살며시 자카리와 시선을 맞추며 미소를 지었다.

"진심이 묻어나는 감사 인사였다."

'윽, 공작님까지?'

이엘리는 또 한 번 홧홧하게 달아오르는 뺨을 느꼈다. 다들 나한테 왜 이러지? 생각하던 때.

"정말 감동적이었어요, 아가씨."

"맞아요. 고작 고용인인 저희에게 이렇게까지 신경 써 주시다니……."

……어쩐지 공작 성 사람들도 감동의 물결에 파묻힌 것 같다. 특히 그중에서도 메리가 열정적인 눈으로 이엘리를 바라보고 있었다. 나, 뭔가 내가 모르는 새 대단한 일이라도 해 버린 건가?

"그, 아무튼. 즐거운 티타임 되셨으면 좋겠어요."

그렇게 말한 이엘리는 빨갛게 물든 낯을 푹 숙이며 다시 의자 위에 주저앉았다. 주변은 금세 와자지껄 시끄러워지기 시작했다. 온갖 디저트와 다기, 꽃병까지 놓인 테이블은 알록달록했다.

'난 이렇게까지 엄청난 자리를 마련하려 한 게 아니었는데.'

어째 황녀와 함께했던 티타임보다도 지금 차려진 테이블이 훨씬 더 정성이 가득한 것 같았다.

"자, 이엔."

그때 자카리가 이엘리에게 불쑥 접시를 내밀었다. 그러면서 당연하다는 양 그녀에게 묻는다.

"이 롤케이크, 네가 좋아하는 거지?"

"응. 좋아하긴 하는데……."

이엘리는 당황한 얼굴로 그가 내미는 접시를 받아들었다. 눈처럼 하얀 생크림을 잔뜩 넣은 딸기 롤케이크. 입 안에 넣기만 해도 부드럽게 녹아내릴 것 같다. 그녀는 눈을 동그랗게 떴다.

"내가 카페 로랑의 롤케이크를 좋아하는 건 어떻게 알았어?"

"그거야 예전에 카페 로랑에 갔을 때 봤으니까 그렇지."

"……."

우리, 그 카페 갔던 게 최소 5년 전인데요? 이엘리는 물끄러미 자카리를 바라보았다. 하지만 자카리는 여전히 부드럽게 미소 짓고 있을 따름이었다.

그리고 마침 생각났다는 것처럼 말을 덧붙인다.

"그리고 밀크 티를 마실 때면, 각설탕을 최소 여섯 개는 넣는다는 것도 알아."

"음…… 그렇구나."

자카리가 그녀에 대해 일일이 기억하고 있다는 건 솔직히 기분이 좋았다. 이엘리는 빙그레 웃었고, 자카리는 그런 그녀를 따스한 눈으로 지켜보았다. 그러던 중, 자카리가 고개를 기울였다.

"하지만 그래도 단 건 좀 줄이는 게 좋겠어. 건강에 나쁘니까."

"……그렇게 말하면서 내 앞에 케이크 접시를 계속 끌어당겨 놓는 건 뭔데?"

기가 막힌 이엘리는 자카리에게 되물었고, 자카리는 머쓱한 표정으로 테이블을 내려다보았다.

"그거야 네가 좋아하는 음식들이 자꾸 보이니까……."

"뭐야, 말과 행동이 전혀 맞지 않잖아."

쿡쿡 웃은 이엘리는 포크를 들고 딸기 롤케이크를 크게 잘라 맛을 보았다.

"맛있어."

그녀의 말에 자카리는 흐뭇한 얼굴을 했다. 그녀가 본격적으로 롤 케이크를 공략하려 할 때.

"이엘리, 그보다 이 샌드위치를 하나 먹어 보려무나."

"네?"

공작이 샌드위치가 담긴 접시를 이엘리 앞으로 밀어 주었다. 베이컨과 양상추, 토마토와 계란을 듬뿍 넣은 두툼한 샌드위치였다. 공작은 자못 걱정스러운 얼굴이 되어 이엘리에게 말했다.

"케이크는 식사 대용으로는 역시 걸맞지 않으니까 말이다."

"……네?"

"끼니를 잘 챙겨 먹지 않으면 안 된다."

아니, 저게 시시때때로 입맛이 없다면서 식사를 거르시는 분이 하실 말씀이신가? 하지만 날 생각해 주시는 건 역시 기쁜 일이니까. 이엘리는 반박하는 쪽보다는 얌전히 샌드위치를 한입 베어 무는 쪽을 택했다. 그리고 바로 그때.

"아가씨!"

주방장이 열정적인 목소리로 이엘리에게 디저트 접시를 내밀었고, 자랑스럽게 설명을 이었다.

"이건 제 특제 레시피로 구워 낸 바나나 팬케이크입니다."

"생크림을 찍어 드시면 훨씬 더 맛있어요."

주방장과 부엌 하녀들이 눈에 불을 켜고 말했다. 머랭을 듬뿍 쳐 넣었는지, 도톰하게 구워진 바나나 팬케이크는 구름처럼 폭신폭신해 보였다. 연갈색 시럽이 우아한 모양으로 흘러내린다.

"……설마, 이거 직접 만든 거야?"

"그럼요. 저희가 직접 카페 로랑의 파티시에에게도 레시피를 물어봤는걸요."

이엘리는 난처하게 눈동자를 굴렸다. 얼른 먹어 보라는 것처럼 열렬한 시선이 따라붙었다. 그녀를 위해 일부러 이렇게 팬케이크까지 구워 오다니. 고마운 일이다. 고마운 일이긴 한데…….

"저기, 이번에 난 부엌 사람들에게 일을 시키기 싫어서 일부러 카페에 주문한 건데……."

문제는 바로 이거였다. 일을 안 시키려 했는데, 알아서 일을 늘려서 디저트를 만들어 오다니!

"어떻게 그런 말씀을 하세요!"

"아가씨의 디저트를 만드는 건 저희의 기쁨이에요!"

"아가씨께서 맛있게 드셔 주시기만 하면, 저희는 뭐든지 할 수 있다고요!"

마치 즐거움을 뺏기기라도 한 것처럼 부엌 사람들이 파르르 몸을 떨었다. 이엘리는 당황했다.

"그런 거야?"

"그런 겁니다!"

"그런 거예요!"

이구동성으로 외치는 사람들을 보며 이엘리는 가슴이 뭉클해졌다. 공작 성의 모든 사람들이 그녀를 아껴 주는 마음이 고마웠다. 활짝 미소 짓던 그녀는 제 앞에 놓인 음식들을 바라보았다.

'아냐, 아무리 그래도 이건 다 못 먹어.'

주변의 모든 디저트들이 이엘리 앞에 모여 있는 모양새였다. 그녀는 조심스럽게 입을 열었다.

"다들 고마워. 그런데…… 음식이 너무 많은데."

"먹을 만큼만 먹으면 돼, 괜찮아."

"맞아요, 입맛에 맞는 음식을 드시면 되죠."

아니, 말과 행동이 일치하지 않고 있잖아. 그녀는 마른침을 삼켰다. '원하는 디저트만 먹고 싶은 만큼 먹어도 된다.'라는 말과 다르게, 다들 그녀가 무엇을 먹는지 촉각을 곤두세우고 있었다.

'최대한 열심히 먹자.'

결국 이엘리는 굳게 마음을 다져 먹었다. 이엘리는 결연한 표정으로 디저트를 먹기 시작했다.

"아가씨께서 우리 팬케이크를 드셨어."

"설마, 샌드위치가 더 입맛에 맞으셨던 건가?"

"안 돼, 저 롤케이크는 카페 로랑 거잖아!"

저기, 소곤거린다고 해도 잘 들리거든…… 공평하게 한 입씩 롤케이크와 샌드위치, 팬케이크를 먹던 그녀는 급격히 피곤해지고 말았다. 무슨 티파티를 하는 게 이렇게 힘든지 모르겠다.

*   *   *

'……역시 기사들은 초대하지 말 걸 그랬어.'

자카리는 부글부글 끓는 속을 간신히 다스렸다.

이번 티파티엔 공작 성 사람들은 모두 초대되었다. 그 말은 즉, 기사단들도 모두 초대되었다는 소리다. 넓은 공작령 곳곳에 파견나가 있는 기사들을 제외하더라도 그 수는 거의 오십여 명이었다.

언제나 그렇듯이 이엘리는 공작 성에서 인기가 높았다. 특히 공작가의 젊은 기사들에게 이엘리는 거의 환상 속의 레이디와 가까운 존재였다.

'물론 이해는 할 수 있어. 하지만……'

기사들이 이엘리에게 보이는 호의는 사실, 이성에 관한 감정이라기보다는 주군의 아내에 대한 존경의 감정이었다. 하지만 자카리는 대부분의 일은 유하게 넘어갈 수 있지만, 이엘리에 한해서만큼은 그러지 못했다. 그런고로 그는 현재, 그녀의 곁에 붙어 앉아 도끼눈을 뜨고 있었다.

"아가씨, 이번 소공작님의 성인식은 정말로 멋졌습니다."

"그래요? 고마워요, 그렇게 말해 주니 무척 기뻐요."

이엘리는 생긋 눈웃음을 쳤다. 그런데 그때, 매의 눈을 하고 있던 자카리가 불쑥 끼어들었다.

"경들, 이엔에게 말 걸지 마."

"정말 치사하십니다!"

"불만이면 경들도 결혼이라도 하든지."

불만을 터뜨리는 기사들을 향해 자카리는 당당하게 말했다. 푸른 시선은 자신감으로 빛난다.

"이엔은 내 아내니까."

"……."

기사들은 모두 할 말을 잃었다. 이엘리는 그냥 자카리를 말리는 것을 포기하고, 그냥 호로록 차를 한 모금 마시는 편을 택했다. 어차피 자카리가 저렇게 행동하는 건 익숙해진 지 오래다.

'저러는 게 한두 번도 아니고.'

하지만 자카리는 마치 주인을 지키는 강아지라도 된 것처럼 이엘리의 곁에 찰싹 붙어 있었다.

"서러워서 살겠습니까?"

"차후에 공작가의 안주인이 되실 분이시지 않습니까. 그러니까 저희도……."

"아니, 말 붙이지 마."

자카리는 마치 철옹성처럼 기사들의 접근을 쳐 내 버렸다. 이엘리는 눈앞에서 펼쳐지는 이 광경을 바라보며, 웃어야 할지 말아야 할지 애매한 기분이 되어 버렸다. 그가 단호하게 말했다.

"그냥 빨리 결혼해 버려, 그리고 경들의 아내들에게나 잘하도록."

"너무 그러지 마, 그냥 칭찬해 주는 것뿐이잖아."

보다 못한 이엘리가 입을 열었다. 하지만 자카리는 기사들을 향하여 고개를 가로저을 뿐이었다.

"그래도 이엔은 안 돼."

"……예에, 알겠습니다. 누가 애처가 아니랄까 봐, 정말."

고개를 절레절레 저은 기사들은 칠면조 고기가 잔뜩 들어간 샌드위치를 전투적으로 먹어 치우기 시작했다.

다소 민망해진 이엘리가 자카리를 흘겨보았으나, 그는 태연하기만 했다.

"왜 그렇게 쳐다봐, 이엔?"

"아냐, 아무것도."

어차피 이 문제로는 입씨름해 봤자 답도 안 나온다. 이엘리는 고개를 설레설레 저어 버렸다.

그렇게 황혼이 내려앉았다. 차와 음식을 실컷 먹은 사람들의 분위기는 녹진한 느긋함으로 가득 차 있었다. 슬슬 티파티를 정리할 시간이다. 이엘리는 박수를 쳐 사람들의 시선을 모았다.

"다들 오늘 즐거우셨는지 모르겠어요."

이엘리의 말에 사람들은 환히 웃으면서 제각기 고개를 끄덕였다. 어쨌거나 이번 티파티는 성공적으로 치른 것 같다며, 그녀는 내심 안도의 한숨을 내쉬었다. 사실 그녀의 용건은 따로 있었다.

"참, 여러분들에게 성과급을 지급할 생각이에요."

"성과급이라니요?"

"지금 티파티로도 충분한데……."

티파티를 열어 준 것으로도 모자라 따로 성과급까지 지급한다니. 사람들이 놀란 얼굴을 했다.

"아니에요. 여러분들이 얼마나 고생했는지, 저 자신이 잘 알고 있는걸요."

빙그레 미소를 지은 이엘리가 사람들을 둘러보았다. 그 이후, 준비한 나머지 보상을 설명했다.

"그리고 모든 분들에게 3일간 유급 휴가를 드릴게요. 휴가는 원할 때 사용하시면 돼요."

파격적인 대우에 놀란 사람들이 자카리와 공작의 눈치를 살폈다. 하지만 그저 두 남자는 이엘리의 말에 작게 고개를 끄덕일 따름이었다. 이엘리는 사람들과 시선을 맞추며 차분하게 입을 열었다.

"자세한 이야기는 집사와 나누도록 해요."

느닷없는 보상에 사람들은 어안이 벙벙했다. 이엘리는 자리에서 일어나 고개를 숙여 보였다.

"전 오늘 여러분들과 함께 시간을 보내서 정말로 즐거웠어요."

이엘리는 차후에 공작 부인이 되기로 약속된 아가씨였다. 그런 사람이 우리 앞에서 직접 고개를 숙인다고? 도무지 믿을 수가 없어, 사람들은 서로와 시선을 맞추었다. 그녀가 생긋 웃었다.

"앞으로도 잘 부탁합니다."

공작 성의 사람들은 오랫동안 공작 가문을 모셔 왔지만, 단 한 번도 저런 말을 들은 적이 없었다. 공작 가문은 다른 가문들에 비해, 휘하의 사용인들을 굉장히 잘 대해 주었음에도 그랬다.

'내 귀가 이상한 거 아니지?'

'아가씨께서 우리에게…… 함께 시간을 보내서 즐거웠다고 말씀해 주셨어.'

하지만 눈앞의 아가씨는 전혀 달랐다. 언제나 냉랭했던 공작 성의 분위기를 따스하게 바꾼 아가씨는 이제, 차별 없이 사용인들을 대하고 있었다. 이엘리는 마지막으로 다정한 인사를 남겼다.

"그럼 먼저 돌아갈게요. 여러분은 마저 즐기다, 편하실 때 자리를 정리하도록 하세요."

그렇게 말한 이엘리는 공작 부자를 데리고 자리에서 벗어났다. 뒤에 남은 사람들은 멍해졌다.

"……세상에."

"이게 무슨……."

주인 가족들이 자리를 비우자, 남겨진 이들은 서로를 빤히 바라보았다. 이런 대우는 처음이다. 단순히 성과급과 유급 휴가를 받아 기쁜 게 아니다. 사용인들은 공통된 생각을 하고 있었다.

'아가씨는 우리를 인간적으로 대해 주고 계셔.'

왠지 가슴이 따스해지는 기분이었다. 사용인들은 행복하게 웃었다. 그렇게 그날이 저물었다.

*　　　*　　　*

공작은 먼저 방으로 돌아갔다. 자카리는 무거운 얼굴로 공작이 방에 돌아가는 것을 배웅했다.

공작을 바라보는 자카리의 얼굴은 조금 복잡해 보였다. 요새 몸 상태가 그리 좋지 못한 공작이었다. 사실, 티파티에 이렇게 오래 남아 있었던 것 자체가 최선을 다한 것이었다.

"저기, 자카리."

그리고 나란히 복도를 걷던 중, 이엘리가 문득 입을 열었다.

"오늘 어땠어? 재미있었어?"

"응, 재미있었어. 그렇지만……."

그렇게 대답한 자카리가 문득 눈동자를 굴렸다. 마음에 들지 않았던 모습을 떠올린 탓이었다.

"그래도 그 자식들이 너에게 말을 붙이려 하는 모습은 보기 싫었어."

자카리는 정색을 하면서 대답했다. 아마 '그 자식들'이라 함은 헤센바이츠의 기사들일 것이다.

'뭐, 내가 보기에는 그냥 차기 안주인에 대한 존중의 의미 같았지만.'

아무래도 자카리에게는 다르게 보인 것 같았다. 이엘리는 제 어깨를 가볍게 으쓱거려 보였다.

"내가 뭐라고 말해도 그냥 마음에 안 든다고 할 거지?"

"당연하지."

자카리는 뚱한 얼굴을 했다. 어차피 저렇게 완고할 때는 입씨름을 해 봐야 소용없었다. 기사들의 편안한 생활을 위해서는, 말을 더 하지 않는 게 차라리 나을 것 같다고 그녀는 생각했다.

"그런데."

자카리가 문득 이엘리를 돌아보았다. 창문 너머, 황혼의 빛을 받은 이엘리의 뺨이 발그레했다.

"우리 이엔, 그렇지 않아도 공작 성 사람들에게 인기가 엄청난데."

"응? 그게 무슨 소리야?"

어리둥절해진 그녀가 자카리에게 되물었다. 자카리는 손을 뻗어 그녀의 뺨을 어루만졌다. 간지러운 감촉에 그녀가 살짝 눈살을 찡그리며 웃었다. 자카리는 한숨을 섞어 작게 중얼거렸다.

"앞으로는 더 사랑받는 사람이 되겠는걸."

"갑자기 웬 뜬금없는 말인지 모르겠어."

"난 사실을 말하는 것뿐이야."

넌 이미 이곳에서 그 누구도 대체할 수 없는 사람이 되었으니까. 나에게도, 아버지에게도, 그리고 공작 성의 모든 사람들에게도. 그렇게 생각하던 자카리는 그녀와 시선을 맞추며 웃었다.

"네가 다른 사람들에게 사랑받는 건 좋지만……."

"응?"

"그냥."

무어라 자신의 속내를 설명해야 할지 모르겠다. 네가 사랑받는 건 좋지만, 그 사랑으로 인해 네가 다른 곳을 바라보는 건 좀 싫다. 그녀를 독점하고 싶은 마음이 피어오른다.

"음, 자카리."

그때 새싹처럼 연연한 연녹색 눈동자가 자카리의 눈동자를 빤히 응시했다. 이후 단호하게 말한다.

"무슨 생각을 하는지 모르겠지만, 그래도 공작 성에서 내가 제일 좋아하는 사람은 너야."

"……."

"그러니까 쓸데없는 생각 좀 하지 마."

그녀는 마주 잡은 손에 힘을 주었다. 자카리가 사랑해 마지않는 연녹색 시선이 부드럽게 휜다.

"가끔 넌, 생각을 줄일 필요가 있다니까."

"……그래."

자카리는 고개를 푹 숙였다. 귀 뒤가 발갛게 달아오른다. 언제나 그녀는 제 마음을 들여다보고 있는 것 같았다. 어떻게 저렇게 듣고 싶은 말을 골라 해 주는지, 이젠 신기할 따름이었다.

"이엔, 혹시 너 독심술 같은 거 해?"

"그거 농담이야? 너무 재미가 없는데."

미간을 찌푸린 그녀가 그를 흘겨보았다. 그가 쿡쿡 웃음을 터뜨렸다. 그녀가 한숨을 내쉬었다.

"뭐, 그래도 이 정도 재미없는 것쯤은 용서해 줄게."

"정말?"

"그래. 넌 내가 제일 좋아하는 사람 중 하나니까."

여상한 말 한 마디에 심장이 쿵쿵 뛰었다. 그녀를 바라보며, 자카리는 행복한 미소를 지었다.

그리고 자카리의 예언은 적중했다. 공작 성내의 이엘리에 대한 애정은 끝없이 높아져서, 이제 사람들은 그녀를 마주칠 때마다 흐뭇한 얼굴을 하곤 했다. 다만 이엘리는 전혀 눈치채지 못했다.

'다른 부분에서는 눈치가 빠르면서, 자기 자신에 대한 것만 둔감하단 말이야.'

자카리는 불만 반, 귀여움 반으로 그렇게 생각했다. 만약 그녀가 다른 부분에서 발휘하는 눈치의 일부만 발휘했어도, 공작 성 사람들은 물론이고 자카리의 마음도 알고도 남았을 것이다.

"자카리, 아까 주방에서 쿠키를 구워서 보내 줬어. 너도 좀 먹을래?"

서류를 살펴보던 이엘리가, 오독오독 쿠키를 씹으며 자카리를 올려다보았다. 자카리는 웃었다.

"아냐, 괜찮아."

"한 개 먹어 보지, 되게 맛있는데."

작게 중얼거린 이엘리는 다시 서류로 시선을 내렸다. 자카리는 어깨를 으쓱거렸다. 입맛에 맞는 게 당연했다. 왜냐하면 저 쿠키는 철저히 이엘리의 입맛을 맞춰 구워 낸 것이기 때문이다.

'뭐, 우리 이엔이라면 당연히 저런 대우를 받을 만하지.'

그때 모든 서류를 살펴본 이엘리가 서류를 정돈하여 책상에 쌓아 두었다. 그리고 조심스레 입을 연다.

"이유는 잘 모르겠지만, 요새 다들 내게 무척 잘해 줘."

"그래?"

"응. 몸 둘 바를 모를 정도야."

그렇게 말한 이엘리는 미간을 좁혔다. 의자에 몸을 폭 파묻어 앉은 채, 그녀가 질문을 던졌다.

"그래서 말인데, 뭔가 더 내가 해 줄 게 없을까……."

자카리는 싱긋 웃었다. 버릇처럼 분홍색 정수리를 살살 쓰다듬자, 부드러운 감촉이 감겨 온다.

"그냥 넌 그대로 있으면 돼."

"하지만, 지금은 그저 내가 해야 할 일을 하고 있는 것뿐이잖아."

자카리의 손길을 느끼던 이엘리가 고양이처럼 눈을 사르르 감았고, 그대로 작게 중얼거렸다.

"뭔가 더 해야 할 것 같아."

"괜찮아."

자카리는 힘을 주어 말했다. 아마 이엘리는 스스로가 공작 성 사람들을 대하는 방식이 특별하다는 것을 인지하지 못하는 것 같다. 이엘리는 불퉁한 얼굴이 되어 그의 손에 뺨을 기대 왔다.

"뭐, 네가 그렇다면 그런 거겠지만……."

그녀는 언제나 모든 사람을 공평하게 대한다. 그러면서도 상대에 대한 최소한의 존중을 잃지 않는다. 그런 다정함은 귀족 가문에서는 드물게 보이는, 아니 거의 존재하지 않는 덕목이었다.

"정말이니까."

"으응."

"나 믿지?"

이제 자카리는 대놓고 그녀의 뺨을 만지작거렸다. 그녀가 설핏 웃더니 장난스럽게 대답했다.

"그럼, 그럼. 내가 너 아니면 누구를 또 믿겠니."

그 말 한 마디에 내 심장이 덜컹 내려앉는 건, 아마 넌 전혀 모르겠지. 자카리는 의자에 기대앉은 이엘리의 모습을 바라보며 그렇게 생각했다. 햇살이 말갛게 비치는 날씨 좋은 오후였다.

7

아샤 꽃가지의 주인 1

반갑지 못한 손님이 찾아든 건 새벽에 가까운 이른 아침이었다. 황가의 문장이 박힌 검은 조기를 치켜든 전령이 쏜살같이 공작 성에 달려들어 온 것이다. 전령은 충격적인 소식을 전했다.

"황제 폐하께서 승하하셨습니다!"

오랫동안 병을 앓고 있던 황제가 드디어 숨을 거두었다. 공작과 자카리, 그리고 이엘리는 신경을 곤두세웠다. 아무리 황태자가 황제 대신 국정을 대리하고 있었다 한들, 허울뿐인 황제라도 버티고 있는 것과 황태자가 즉위하는 건 다른 문제였다. 정치적으로 큰 변화가 올 것이다.

'게다가 황태자는 황제보다도 훨씬 더 공작가에 공격적인 태도를 가지고 있으니까.'

이엘리도 이렇게 긴장되는데, 자카리와 공작은 심경이 어떨 것인가. 제도와 공작령 사이의 거리가 있으니 장례식은 이미 끝났다. 전령은 대관식이 치러진다는 소식을 남기고 다시 떠났다.

"어떻게 할 거야, 자카리?"

"우선 아버지와 상의해 봐야겠지."

그렇게 말한 그가 그녀의 머리를 토닥토닥 두드렸다. 새초롬한 낯의 그녀를 보며 씩 웃는다.

"너무 걱정하지 마."

"……하지만."

"네게 문제가 될 일은 없을 테니까."

아니, 그런 문제가 아닌데. 이엘리는 입술을 삐죽거렸다. 자카리가 몸을 일으키며 입을 연다.

"그럼 난 아버지께 잠시 다녀올게."

"알았어, 이야기 잘하고 와."

이엘리는 애써 미소를 지으며 고개를 끄덕였다. 자카리는 무거운 마음으로 방을 빠져나갔다.

*　　　*　　　*

공작은 집무실에 있었다. 심호흡을 한 자카리가 노크를 했다. 똑똑. 나직한 대답이 들려왔다.

"들어와라."

자카리가 집무실에 들어섰다. 의자에 비스듬히 앉아 있던 공작이 자카리를 가만 올려다본다.

"아버지, 아버지께서도 대관식에 참석하실 생각이십니까?"

"아니. 난 참석하지 않는다."

공작은 단호하게 대답했다. 자카리는 말없이 공작의 얼굴을 바라보았다. 하긴, 저런 몸 상태로 긴 여행을 견디는 건 역시 무리겠지. 기침은 좀 잦아들었다지만 여전히 혈색은 좋지 않았다.

"그렇다면 대관식에는 공작가 사람들은 참석하지 않는 걸로 답신을 보내겠습니다."

"어째서?"

공작이 고개를 갸웃 기울이며 되물었다. 담담한 그 목소리는 처음부터 답을 정해 둔 어조다.

"네가 내 대리로 참석하면 해결되는 게 아니냐."

자카리는 순간 멈칫했다. 공작이 그를 대리로 보낸다는 의미는 간단하다. 헤센바이츠 공작 대리로 자카리를 보냄으로써 그의 후계자 지위를 확고하게 하겠다는 뜻이다. 하지만 그건……

"아뇨, 그건 불가능합니다."

"자카리?"

"아버지의 몸 상태가 좋지 않으신 것을 알고 있으니까요."

자카리는 단호히 고개를 가로저었다. 공작은 당장 대답하는 대신 아들을 물끄러미 응시했다.

"그런데 어떻게 아버지를 두고, 제가 어떻게 공작 성을 비우고 대관식에 참석합니까?"

"……"

자카리가 내뱉듯 대답했다. 그는 속을 알 수 없는 짙푸른 시선을 하고 있었다. 아버지는 무슨 생각을 하고 계실까.

"걱정 말거라."

잠시 침묵하던 공작이 입술을 열었다. 자카리는 공작을 빤히 마주 보았다.

"우리가 언제부터 그렇게 살가운 부자 사이였나?"

예전이라면 그 발언에 상처를 받았겠지만, 지금은 자카리도 그 목소리에 섞인 희미한 온기를 알아볼 수 있게 됐다. 이엘리와 함께한 시간은 두 부자 사이의 관계를 조금이나마 부드럽게 만들었다.

"하지만……."

"이 얘기는 됐다. 대관식에는 네가 참석하는 걸로 해."

"아버지!"

자카리가 왈칵 언성을 높였다. 하지만 공작은 여전히 완고한 태도로 자카리를 설득할 뿐이었다.

"나와 네가 둘 다 대관식에 참석하지 않는다면 분명 황가는 공작가를 의심할 것이다."

"그건……!"

"공작가에 무슨 일이 있는지 탐색하려 하겠지. 그런 건 역시 사양이다."

발끈한 자카리가 무어라 항변하려 했으나, 공작은 현실을 말함으로써 그의 입을 다물게 했다.

"그렇다고 몸이 좋지 않은 내가 제도에 직접 올라가기는 어려워."

"……."

"오히려 잘됐지. 사람들 앞에서 네가 내 후계자임을 밝히기엔 여러모로 적기라 생각한다."

공작은 드물게 길게 설명하고 있었다. 고압적으로 제 의견을 관철하기보다는 이해시키려 하는 태도. 그 태도 자체가 낯설었기에 자카리는 잠시 침묵했다. 말을 고르던 공작이 말을 이었다.

"네가 공작 대신 대관식에 참석하는 것 자체가……."

공작의 눈동자가 물끄러미 자카리를 바라보았다. 그 시선에 담긴 온기에 그는 말문이 막혔다.

"……사람들에게 네가 헤센바이츠의 적법한 후계자임을 못 박는 것이니까."

"아무리 그렇다 해도 안 됩니다. 아버지의 몸 상태는 본인이 더 아시지 않습니까. 어떻게 제가 이런 상황에서 성을 비우겠습니까?"

자카리는 고개를 가로저었다. 침묵하는 공작 앞에서 자카리는 열을 내어 항변하기 시작했다.

"전 아버지를 혼자 둔 채, 제도로 올라가고 싶지는 않습니다."

아들이 저를 걱정하고 있다. 공작은 감회에 젖었다. 처음부터 증오로 쌓아 올린 관계였다. 또한 명백히 공작의 잘못으로 시작된 관계이기도 했다. 관계가 개선되리라는 기대는 하지 않았는데.

'이건 아마도 그 아이 덕분이겠지.'

아샤 꽃처럼 화사한 아가씨 하나가 공작 성의 분위기를 바꿨다. 공작은 희미하게 웃어 보였다.

"내 몸은 걱정하지 말고 대관식에 참석하도록."

"아버지!"

"그리고 이엘리도 데리고 가거라."

"……."

자카리는 입을 꾹 다물었다. 당연히 제도로 가게 되면 이엘리도 함께 갈 생각이다. 그럼에도 타인에게는 전혀 관심이 없는 공작이, 그녀만큼은 직접 챙겨 주는 모습을 보는 것이 신기했다.

"그 아이는 마땅히…… 헤센바이츠의 차기 안주인이 받을 대우를 받아야 하니까."

"하지만 아버지!"

"너와 더이상 입씨름을 하고 싶지는 않구나."

공작은 단호한 목소리로 그렇게 말했다. 아마 공작은 제 고집을 꺾지 않을 것이다. 결국 자카리는 제가 먼저 굽혀야 함을 깨달았다.

"……알겠습니다."

"그럼 이만 물러가거라. 피곤하구나."

공작은 손을 내저었다. 자카리는 한숨을 쉬었다. 모래를 입에 문 것처럼 입 안이 버석거렸다.

*　　　*　　　*

대관식에 맞추기 위해선 당장 이튿날 제도로 출발해야 했다. 소공작 부부가 탈 마차가 급히 준비되었고, 두 사람은 새벽부터 자리에서 일어났다.

공작의 몸 상태가 좋지 않다는 걸 알아, 최대한 조용히 떠날 생각이었다. 그런데 그들을 배웅하기 위해 성 밖에 나온 사람이 있었다.

"공작님?"

어슴푸레한 어둠이 깔린 이른 새벽, 자카리와 이엘리는 놀란 얼굴이 된 채 뒤를 돌아보았다.

"주무실 줄 알았는데요."

이엘리는 두 눈을 동그랗게 뜨고 상대를 바라보았다. 성 밖에 서 있는 이는 바로 공작이었다.

"아무리 그래도 너희가 떠나는데, 얼굴은 보고 가야 하지 않겠느냐."

"그, 그런 건가요?"

"그래."

공작은 작게 고개를 끄덕였다. 머뭇거리던 이엘리가 공작 앞에 다가섰다. 공작은 빙긋 웃었다.

"몸 조심히 잘 다녀오너라."

"아버지께서도 건강 조심하십시오. 금방 다녀오겠습니다."

자카리가 인사를 건넸다. 두 부자는 데면데면하게 서로를 마주 본다. 보다 못한 그녀가 말했다.

"이렇게 오랫동안 성을 비우는 건 처음인데, 서로 포옹이라도 하셔야 하지 않나요?"

"저, 이엔."

"얼른요."

이엘리는 빙그레 미소를 지었다. 잠시 주춤거리던 공작이 못 이기는 척 양팔을 활짝 벌렸다.

"……이리 오거라."

"……."

머쓱한 얼굴로 자카리가 공작을 포옹했다. 두 부자가 서로를 끌어안은 모습을 이엘리는 흐뭇한 표정으로 바라보았다. 그때 자카리가 이엘리에게 손짓했다. 어리둥절한 이엘리에게 말한다.

"이엔도 와야지, 뭐해?"

"나, 나도?"

"당연하지."

두 부자는 똑같은 표정으로 그녀를 바라보았다. 분위기에 못 이긴 그녀가 주춤주춤 다가선다.

"그럼…… 곧 다시 뵈어요, 공작님."

수줍은 얼굴이 된 이엘리는 공작과 자카리를 꼭 끌어안았다. 두 사람을 감싸 안은 공작의 팔이 가벼워서 마음이 아팠다. 이엘리는 공작의 얼굴을 바라보았다. 무표정하지만 다정한 눈빛이 보였다.

'……기분이 좀 이상해.'

아직 공작 성을 떠나지 않았는데도 이상하게 이 장소가 그리워질 것 같은 느낌이 들었다. 이엘리는 묘한 기분으로 마차에 올라탔다. 뒤에 남은 공작은 떠나는 마차를 오랫동안 지켜보았다.

그리고 대관식 전날, 두 사람은 제도 리펜에 도착했다. 오랜만에 보는 제도의 모습은 기억과 거의 비슷했다. 깔끔하게 차려입은 사람들이 오가는 거리는 잘 정돈되어 있었다.

귀족들이 머무는 구역 안쪽엔 화려한 가게들이 줄줄이 늘어섰다. 하지만 이엘리는 시큰둥한 얼굴이었다.

'그래도 공작령과 크게 다른 모습은 없는걸.'

솔직히 말하면 두 도시의 발전된 정도는 비슷했다. 그녀는 제가 공작령을 처음 봤을 때의 문화 충격을 아직 잊지 못했다. 제도가 공작령보다 번화했다는 황가의 자부심이 우스울 뿐이다.

"이엔. 뭘 그렇게 열심히 봐?"

그때 자카리가 쏙 고개를 내밀었다. 창밖을 내다보고 있던 그녀가 그를 향해 고개를 돌렸다.

"그냥, 제도 모습이 예전이랑 거의 비슷하다 싶어서."

그 말을 들은 자카리의 눈동자가 금세 가늘어졌다. 자카리가 미심쩍은 목소리로 질문을 했다.

"혹시 제도에서 살고 싶다거나……."

"그런 거 아니니까 걱정하지 마."

기가 막힌 이엘리는 자카리의 뺨을 꾹 잡아당겼다. 그는 기죽은 강아지 같은 표정을 지었다.

"그것보다 공작저까지는 얼마나 남았어?"

"글쎄, 이제 곧?"

자카리가 힐끗 창밖을 내다보았다. 이엘리도 함께 고개를 내밀었다. 귀족가의 타운하우스들이 모여 있는 구역 안쪽, 유난히 눈에 띄는 저택이 있었다. 장밋빛 벽돌로 쌓아 올린 우아한 건물이었다.

"……설마 저거야?"

"응."

자카리가 당당히 고개를 끄덕였다. 이엘리는 멍하니 저택을 바라보다 말고, 작게 중얼거렸다.

"……규모가 엄청나네."

"겨우 이 정도로 가지고 뭘."

이게 '겨우'라는 소리를 들을 일인가. 그녀는 미간을 좁혔다. 물론 공작 성에 비교할 규모까진 아니지만, 공작가의 타운하우스는 주변 귀족가의 저택들에 비하면 압도적인 규모를 자랑했다.

"내리자, 이엔."

"아, 응."

자카리가 마차에서 내리는 이엘리의 손을 잡아 주었다. 이엘리는 잘 정돈된 저택의 정원을 돌아보았다. 저택 앞에 늘어서 있던 사용인들이 90도로 허리를 굽혀 정중히 인사를 올린다.

"소공작님, 그리고 레이디 헤센바이츠를 뵙습니다."

"그래."

자카리는 오만하게 대답했다. 이엘리가 자카리를 곁눈질했다. 그녀에게는 언제나 다정한 자카리이지만, 다른 사람들을 대할 때면 약간은 벽을 세우는 것이 느껴진다. 그녀는 방긋 웃었다.

"다들 반가워요."

"레이디를 뵙습니다."

사용인들은 호기심 어린 눈으로 이엘리를 바라보았다. 결혼 내내 소공작 부부는 공작 성에 머무르고 있었기에, 타운하우스의 사람들은 새로이 들어온 차기 안주인에 대해 꽤나 궁금해했다.

'소공께서 저렇게 유한 모습을 보이시는 건 처음 보네.'

'아무래도 안주인께서 곁에 계셔서 그런 건가?'

사용인들이 가장 놀랐던 점은 역시 자카리의 태도였다. 아주 드물게 타운하우스에 들렀던 자카리는, 이제껏 단 한 번도 공작 성 사람들과 인사를 나눈 적이 없었다. 하지만 지금은 다르다.

'그리고 레이디 헤센바이츠께서는……'

마치 맹수의 목줄을 쥔 것만 같은 차기 안주인. 살랑거리는 긴 분홍색 머리카락과 연녹색 눈동자, 그리고 가녀린 체구. 살가운 태도의 그녀는 화사하게 핀 아샤 꽃가지 같은 미인이었다.

"이엔, 피곤하지는 않아?"

마차에서 내려선 둘은 도란도란 이야기를 나누었다. 사용인들은 그 모습을 신기하게 보았다.

'소공작께서 저렇게 잘 웃으실 수 있는 분이었던가?'

'게다가 레이디의 안부까지 물어보시다니!'

사용인들은 여러모로 충격을 감추지 못했다. 이엘리는 자카리를 바라보며 불퉁하게 말했다.

"참, 이번 마상 시합에는 황제 폐하도 출전하시겠지?"

"마상 시합?"

"응. 뭐, 아마도 대리 기사를 내보내겠지만."

대관식과 이어지는 마상 시합은 제국의 전통 중 하나였다. 제국의 첫 번째 황제가 기사인 것을 기념하는 것으로, 먼 과거에는 황제가 직접 출전했었다. 지금은 안전상 대리 기사를 내보낸다.

'아마도 공작가에서는 출전하지 않겠지.'

황가와의 대립 구도를 피하기 위해서라도, 공작가는 일부러 기사를 내보내지 않을 것이다. 이엘리는 조금 아쉬워졌다.

'그래도, 공작가는 훌륭한 기사를 키워 내기로 유명한 가문인데.'

마상 시합은 일종의 자존심 싸움이었다. 공작가와 황가가 지금보다도 사이가 더 좋지 않았을 무렵에는, 공작가는 일부러 몇 번이나 황가의 마상 시합에 기사를 내보냈었다.

그때마다 공작가는 보란 듯이 황가를 꺾어 '아샤 꽃가지의 주인'이 되었고, 공작가와 황가의 관계는 악화 일로를 걷게 되었다. 이엘리는 두 눈을 가늘게 떴다.

'뭐, 당사자도 아니고 대리 기사를 내보내는 것 자체가 좀 초라해 보이긴 하지만.'

그래도 기사 황제를 선조로 둔 가문의 핏줄 아닌가. 마상 시합의 승리자 타이틀은 갖고 싶지만, 귀한 몸이시니 다치긴 싫은 거겠지. 황제가 미우니 별 게 다 고깝다. 그녀는 별생각 없이 중얼거렸다.

"누구라도 좋으니 황제 폐하의 대리 기사, 확 고꾸라뜨려 버렸으면 좋겠네."

"그래? 그 외로 원하는 건 없어?"

순간 자카리의 시선이 반짝 빛났다. 그 외로 더 원하는 거? 고민하던 그녀가 무심코 답했다.

"그럼…… 이번 마상 시합에서 우승한 기사의 꽃을 받아 보는 거?"

어차피 받을 일이 없기에 꿈이나 꿔 보는 것이다. 그 말을 들은 자카리가 고개를 갸웃하는가 싶더니, 이엘리에게 되물었다.

"아, 이엔도 그런 거 받고 싶었어?"

"그야 당연하지. 그건 나 말고도 대부분의 레이디들이 가진 환상 아닐까?"

마음을 바친 레이디한테 꽃을 바치고 첫 춤의 권리를 갖는다니.

낭만적이잖아? 그녀는 어색하게 웃었다. 솔직히 말하면 꽃은 자카리에게 받고 싶지만, 그런 말 하면 너무 속 보일 테니까.

"그래, 알았어. 너도 이만 들어가 쉬어, 여행길이 길었으니까."

그때 속 모를 미소를 지은 자카리가 대답했다. 아, 벌써? 뭔가 아쉬운데. 하지만 실제로 굉장히 피곤한 건 사실이기에, 자카리를 더 붙들 수도 없었다. 그녀는 뚱한 낯으로 고개를 끄덕였다.

"알았어. 그럼 오늘은 자고, 내일 보…… 앗!"

"이엔!"

다소 급하게 뒤돌아서던 그녀가 발을 헛디뎠다. 놀란 자카리가 허리를 휘감아 부축해 준다. 어떡해, 심장이 내려앉는 것 같아…… 그녀가 얼굴을 새빨갛게 물들였다. 심장이 쿵쿵 뛴다.

"괜찮아?"

"……어? 아, 으, 응."

그녀는 고개를 크게 끄덕였다. 오늘은 정말 이상했다. 자카리는 평소와 똑같은데, 그녀만 자꾸만 그를 의식하고 있었다. 그녀가 똑바로 설 수 있도록 부축해 준 자카리가 걱정스레 말했다.

"다친 곳은 없어?"

"응, 없어. 그, 자카리. 나 이만 들어가 볼게."

"그래, 이엔. 푹 쉬도록 해."

자카리는 빙그레 미소 지었다. 그 미소를 바라보던 이엘리는 황급히 몸을 돌렸다. 얼굴이 홧홧하게 달아올랐다. 요새 나 정말 이상한 것 같아. 혹여나 심장 뛰는 소리가 들릴까 초조했다.

＊　　　＊　　　＊

 가녀린 뒷모습이 한들한들 멀어진다. 자카리는 그 자리에 선 채, 제가 열렬히 사랑하는 소녀의 모습을 눈 안에 가득 담았다. 잠시 후 그는 손을 들어 입을 가렸다. 흰 낯이 붉게 물든다.

 "이엔…… 너는 정말."

 애써 아무렇지도 않은 척 정돈했던 표정은 이미 무너진 지 오래다. 심장이 제멋대로 두근거려 견딜 수가 없다. 집착에 가까운 애정에 시달려, 낮게 그르렁거리는 목소리로 그가 중얼거렸다.

 "넌 아마 아무것도 모르고 있겠지."

 나의 이엘리. 네가 내 앞에서 미소 지을 때마다 난 미쳐 버릴 것만 같아. 네가 내 앞에서 황제를 거절하는 모습을 볼 때, 난 기뻐서 심장이 터져 버릴 것 같았어. 자카리는 입술을 깨물었다.

 "그리고 방금 전, 발을 헛디딘 네 허리를 끌어안던 때……."

 ……난 하마터면 그대로 네게 키스할 뻔했지. 네가 좋아서 견딜 수가 없어. 그는 쓰게 미소했다.

 "모르니까, 나를 향해 그렇게 웃어 줄 수 있는 거지……."

 어떻게든 너를 갖고 싶어. 난 언제쯤 네게 있어, '가족'이 아닌 '사랑하는 연인'이 될 수 있을까? 위험하게 빛나는 푸른 시선이 깊숙이 가라앉는다. 제 감정을 억누르려 그는 눈을 감았다.

 이튿날. 두 사람은 휴식을 취할 겨를도 없이 황제의 대관식에 참석해야 했다. 그나마 선황의 장례식은 이미 끝난 게 다행이었다. 대관식은 황실의 사원인 렘뢰르데 사원에서 진행되었다.

"화려하네."

"그러네."

대관식에 참석한 두 사람은 시큰둥한 얼굴로 그런 감상을 내뱉었다. 오랫동안 황가의 대관식과 장례식, 기타 대소사를 주관한 렘 피르데 사원.

웅장한 사원 내부는 금빛 휘장을 늘어뜨리고, 황가의 문장이 곳곳에 걸린 화려한 모습이었다. 그 화려함이 보는 이를 짓누를 것만 같다.

"세상에, 헤센바이츠 소공작께서 부인과 함께 오셨네요."

"공작 각하께서 본인이 참석하시는 대신, 소공작을 대리로 보내셨다지요?"

"이렇게 공작가의 후계 계승은 소공작님으로 확실시되는 거겠죠?"

자카리와 이엘리가 사원에 입장하자마자 사람들의 시선이 쏟아지더니, 소곤소곤 대화가 오갔다.

"자카리, 인기 많네?"

"이런 인기는 사양이야."

쿡쿡 웃음을 터뜨리며 이엘리가 소곤거리자, 자카리는 불퉁한 얼굴이 된 채 그렇게 대답했다.

"공작 각하와 소공작님의 사이가 좋지 않다는 소문도 있었지 않나요?"

"소문은 소문일 뿐이니까요. 아, 그런데……."

자카리를 바라보던 시선이 이엘리에게로 옮겨 갔다. 관찰하는 듯한 시선에 이엘리는 움찔했다.

"······레이디 헤센바이츠가 들어오면서 공작 성 분위기가 달라졌다는 말도 있긴 해요."

"아, 이번에 소공작의 성인식을 맡아서 준비했다죠?"

"황태자 전하와 황녀 전하께서도 방문하신 그 성인식 말인가요?"

아니, 그 성인식 얘기가 어느새 제도까지 돌았단 말이야? 이엘리는 슬그머니 눈치를 살폈다.

"북부 귀족들은 그래도 레이디 헤센바이츠를 인정하는 분위기라고 하더라고요."

"아, 저도 북부로 시집을 간 사촌 언니에게 이야기는 들었어요."

어느새 화제는 이엘리로 옮겨간 지 오래였다. 그녀가 어깨를 굳히자, 자카리는 고소한 낯을 했다.

"이엔, 너도 인기 많은데?"

"음······ 나도 이런 인기는 사양하도록 할게."

이엘리는 두 눈을 가늘게 뜨며 질색했다. 바로 그때 황가의 시종이 두 사람 쪽으로 걸어왔다.

"두 분께서는 이쪽으로 오시지요."

황가의 시종이 정중하게 두 사람을 자리로 안내했다. 대사제가 차기 황제에게 보관을 씌워 주는 곳, 바로 그 옆이었다.

황제의 최측근, 그리고 제국 최고의 귀족들만이 설 수 있다는 자리.

'정말로 황위를 계승하는 건가.'

이엘리는 묘한 감상을 느꼈다. 황태자가 황위를 계승하는 모습 따위 보고 싶지 않았는데, 가장 가까운 자리에서 보게 되다니.

자카리도 비슷한 기분인지, 그녀의 손을 가볍게 움켜쥐었다.

"좀 기분이 이상하다."

"그렇지?"

두 사람은 서로에게 작게 소곤거렸다. 그런데 때마침 황제의 입장을 알리는 장엄한 음악이 흘렀다. 제국의 국가다. 사람들이 모두 침묵하는 가운데, 붉은 망토를 두른 황태자가 들어섰다.

"요슈아 리펜베르크, 제국의 새로운 태양이 될 이여."

대사제가 황태자를 힘 있게 불렀다. 곁엔 보관을 붉은 비단 쿠션에 받쳐 든 시종이 함께였다.

"만민의 가장 자애로운 아비이자, 단단한 방패가 되도록 축복합니다."

"명심하겠습니다."

붉은 주단을 가로질러 대사제의 앞에 선 황태자는, 무릎을 꿇고 대사제의 말을 들었다. 만인의 아래에서 몸을 낮춰 백성을 섬기겠다는 의미였다. 대사제는 진지한 목소리로 말을 이었다.

"그렇다면 이제 나아가, 백성과 제국의 부름을 받드십시오."

대사제가 황제의 보관을 들어 올렸다. 주름진 손으로 황태자의 머리에 보관을 씌운다. 황태자의 머리에 씌워진 보관에 빛이 영글어 차게 빛났다. 대사제는 허리를 굽히며 축사를 맺었다.

"이로써 새로운 제국의 태양이 우리 앞에 떠올랐습니다. 홍복을 누리소서, 폐하."

사람들이 파도처럼 고개를 숙여 보였다. 대사제의 선창에 뒤이어 쩌렁쩌렁 목소리가 울린다.

"홍복을 누리소서, 폐하."

"홍복을 누리소서, 폐하."

이엘리와 자카리도 내키지 않는 얼굴로 고개를 숙였다. 사원의 중앙, 길게 깔려 있는 주단을 가로지르며 황제가 즐겁게 웃었다. 새로운 황제의 탄생이었다. 새로운 황제가 차후 공작가에게 어떤 영향을 끼칠지 이엘리는 감이 잡히지 않았다. 아마 긍정적인 영향은 아닐 것 같았다.

대관식이 끝났다. 새로운 황제에게는 축복의 말이 쏟아졌다. 다들 눈도장을 찍으려 아우성이었다. 황제는 자못 자애로운 얼굴로 축사를 받았다. 이엘리와 자카리는 슬그머니 뒤로 물러났다.

"그러고 보니 로렌 백작 일가가 보이지 않네."

"그러게. 북부의 유일한 황가 측 귀족인데 말이지."

주변을 둘러보던 자카리는 조소 어린 얼굴이 된 채 조그맣게 고개를 끄덕였다. 로렌 백작 일가는 대관식 내내 마주치지 않았다. 아마 의도적으로 서로 마주치지 않게 자리를 피한 것 같다.

"그렇다면 인사나 일찍 하고 돌아갈까?"

"그래. 어차피 여기에 오래 있어 봤자, 말만 많아지지."

자카리는 질색하는 낯을 했다. 사람들을 헤치고 나아간 두 사람이 꾸벅 고개를 숙여 보였다.

"즉위를 축하드립니다, 폐하."

"훌륭한 군주가 되시기를 기원합니다."

"감사합니다."

황제는 밝은 얼굴로 두 사람의 인사를 받아 주었다. 이엘리와 자카리는 상대방에게 작게 눈짓했다. 기회를 보아 빠져나가려 한 것이다. 그러나 황제는 둘을 놓아줄 마음이 없는 것 같았다.

"그리고 보니 두 분, 내 대관식을 기념하여 몇 가지 행사를 치를 생각입니다."

행사? 이엘리는 미간을 좁혔다. 전통적으로 대관식에는 마상 시합이 따라온다. 하지만 굳이 '몇 가지 행사'라고 언급하는 걸 보니, 그 외에도 다른 귀찮은 일들을 덕지덕지 덧붙일 것 같았다.

"그러니 부디, 헤센바이츠의 두 분께서도 제도에서 행사를 즐기다 가셨으면 좋겠군요."

"아니, 저희는……."

"두 분을 오래 뵙고 싶어서요. 두 분께선 선황 폐하의 장례식도 참석하시지 못하셨으니까요."

황제는 유들유들하게 입을 열었다. 선황의 장례식까지 끌고 오면 거절하기 어려워진다. 소식이 늦었다 한들, 참석을 못 한 건 사실이니. 이마를 구긴 자카리가 짜증 섞인 한숨을 내뱉었다.

"……알겠습니다. 그렇게 하겠습니다."

"좋습니다."

환하게 웃은 황태자, 아니 황제의 눈동자가 미끄러지듯 움직였다. 그의 시선 끝에는 이엘리가 서 있었다. 유리구슬처럼 투명한 회색 눈동자가 이엘리를 깊숙이 담은 채 부드럽게 휘어졌다.

"무척 즐거운 시간이 될 겁니다. 내 약속하지요."

"아, 감사합니다."

이엘리는 떨떠름한 음성으로 그렇게 대답했다. 자카리는 경계하는 얼굴로 황제를 바라보았다.

"마침 이번에 포르투나 오페라하우스에서 황실에 관련한 공연을 올리기로 했거든요."

"포르투나 오페라하우스면……."

제국에서 가장 이름 높은 오페라하우스다. 두 사람을 바라보던 황제는 느긋하게 말을 이었다.

"건국 전설을 주제로 한 오페라이니, 헤센바이츠 공작가와도 일부 관련이 있지요."

"……."

이엘리는 두 눈을 가늘게 떴다. 아무리 봐도 황제가 좋은 의도로 초대하는 것 같지가 않았다.

"건국 전설이라 하면, 은룡과 회색 기사의 이야기인가요?"

"거기에 아샤 요정도 있죠."

아, 네. 떨떠름한 얼굴이 된 그녀를 향해 황제는 빙그레 눈웃음을 치며 나긋하게 입을 연다.

"그러고 보면 아샤 요정과 레이디 헤센바이츠는 꽤 닮은 것 같습니다."

"……저와 아샤 요정이요?"

"그럼요. 분홍색 머리카락과 연녹색 눈동자라니."

그렇게 말하는 황제의 목소리가 묘하게 끈적거리는 것처럼 들린다. 이엘리는 어깨를 굳혔다.

"마치 아샤 꽃의 현신처럼 보이지 않습니까."

그 순간 자카리가 이엘리의 손을 가만히 움켜쥐었다. 명백히 마음에 안 든다는 얼굴이 되어 자카리가 입을 연다.

"어쨌거나 저희는 이만 물러나겠습니다."

"벌써 말입니까?"

"예. 폐하께 인사를 드려야 할 사람이 저희 말고도 많아 보여서요."

두 눈을 가늘게 뜬 자카리가 이엘리를 제 쪽으로 끌어당겼다. 그녀는 못 이기는 척 남편 곁으로 움직였다. 그 태도에 황제는 기분이 별로 좋지 않아 보였지만, 딱히 트집을 잡지는 않았다.

"그럼 폐하, 다시 한 번 축하드립니다."

마지못해 한 마디 인사를 더 건넨 이엘리는 자카리와 함께 총총 물러났다. 멀어지는 이엘리의 뒷모습을 아쉽게 바라보던 황제는 고개를 돌렸다.

자카리와 이엘리는 한시바삐 렘뢰르데 사원에서 벗어나려 움직였다.

"헤센바이츠 소공작님. 여기서 소공을 뵙게 될 줄은 몰랐습니다."

그러나 반가운 기색이 가득한 목소리가 자카리를 불렀다. 멈칫 몸을 굳혔던 자카리가 고개를 돌렸다.

"……론도 후작?"

"예. 소공작께서 어렸을 때 뵈었는데, 기억하시는군요!"

중년 남자 한 명이 자리에 서 있었다. 남자의 환한 얼굴과는 다르게, 아쉽게도 자카리는 번거로워하는 기색이 역력했다. 남자는 슬쩍 곁눈질로 이엘리를 바라보며 미심쩍게 입을 열었다.

"곁에 계신 분은……."

"이미 들어 알고 계시겠지만, 제 아내입니다."

"아아, 예. 물론 소공께서 결혼을 하신 것은 이미 알고 있습니다만."

이엘리를 바라보던 론도 후작의 표정이 부드러워졌다. 후작은 살가운 목소리로 말을 이었다.

"이렇게나 미인이실 줄은 몰랐군요."

"이엘리 헤센바이츠입니다."

"제이슨 론도입니다. 반갑습니다, 레이디 헤센바이츠."

아무래도 론도 후작은 자카리와 약간의 친분을 다지고 싶은 것 같다. 그 기색을 기민하게 잡아낸 이엘리는 남편의 등을 톡톡 쳤다. 자카리가 슬쩍 그녀를 돌아본다. 그녀가 말을 꺼냈다.

"오랜만에 제도에 올라왔는데, 후작님과 대화는 좀 나누어야 하지 않겠어?"

"하지만……."

힐끔 후작을 바라보던 자카리는 미안하다는 표정을 지어 보였다. 이엘리는 어깨를 으쓱였다.

"괜찮아, 다녀와."

이엘리는 빙그레 웃었다. 자카리는 북부 공작령에 머무르고 있으니 제도 내 다른 귀족들의 얼굴을 보기 힘들다. 다른 귀족들이 먼저 접근해 올 때 대화라도 몇 마디 하는 게 좋을 터였다.

'어째 일찍 돌아가기로 한 계획이 계속해서 어그러지는 것 같지만…….'

뭐 어쩌랴. 이엘리는 관대하게 자카리를 보내 주었다. 그는 한숨을 쉬며 그녀의 귀에 속삭였다.

"금방 돌아올게."

"그래, 알았어."

그녀가 고개를 끄덕여 주었다. 자카리는 뒤를 힐끔힐끔 돌아보며 남성 귀족들 사이에 파묻혔다.

언제 우리 자카리가 저렇게 컸지? 그녀가 그 모습을 흐뭇하게 바라보고 있던 바로 그때.

"혼자 계십니까, 레이디 헤센바이츠?"

그 기회를 놓치지 않고 황제가 다시 다가왔다. 이엘리는 표정 관리를 하느라 애를 써야 했다.

"소공작께서 오실 때까지 제가 말벗이라도 해 드릴까요?"

"괜찮아요. 자카리는 금방 돌아온다고 했으니까요."

"이런, 그렇게 대번 거절하실 필요는 없으십니다."

능글거리며 대답한 황제가 이엘리의 곁을 차지했다. 결국 이렇게 되나. 그녀는 짜증을 삼켰다.

"그러고 보면, 마상 시합에서는 저도 황제를 대리하는 기사를 내보낼 생각입니다."

"아하, 그러시군요……."

이엘리는 영혼 없이 대답했다. 어차피 대관식의 마상 시합에 황제가 대리 기사를 내보내는 것은 이미 황가의 전통으로 굳어진 지오래였다. 그런데 왜 굳이 내게 와서 저런 소리를 하나.

"마상 시합의 우승자는 레이디에게 아샤 꽃가지를 바칠 수 있는 권리를 얻으니까요."

그렇게 말하던 황제가 느른한 시선으로 이엘리를 바라본다. 그녀는 묘하게 기분이 나빠졌다.

"이 연회장의 모든 레이디들이, 폐하께 꽃을 받을지도 모른다는 기대에 잔뜩 부풀어 있겠네요."

"아, 물론 그럴 수도 있겠습니다만……."

황제는 눈썹을 슬쩍 찌푸렸다. 아무래도 그녀에게서 황제가 원하는 대답이 나오진 않은 것 같다.

그러나 이엘리는 그런 황제의 표정을 모르는 척, 입꼬리를 올리는 데 최선을 다했다.

"네, 그 운 좋은 레이디가 누구인지는 모르겠지만…… 폐하께 꽃가지를 받게 된다면 분명 기뻐할 거예요."

"이런, 레이디께서는 제 뜻을 오해하고 계시는군요."

황제가 고개를 갸웃 기울이며 그녀를 돌아보았다. 회색 눈동자가 그녀를 위아래로 뜯어본다.

"저는 제 기사에게 아샤 꽃가지를 얻기 위하여 분발하라는 명을 내릴 테지만."

왠지 불쾌한 말을 들을 것 같은 예감에 그녀는 어깨를 굳혔다. 황제는 태연하게 말을 잇는다.

"그 명령의 이유는 안네로제가 아닙니다."

"그렇다면……?"

"바로 레이디 헤셴바이츠지요."

아니, 여기서 내가 왜 나오는데? 이엘리는 어리둥절해졌다. 황제는 이엘리를 빤히 바라보았다.

"마상 시합에서는 승전을 기원하며 레이디가 기사에게 손수건을 건네곤 하지요."

"아, 맞아요. 그런 전통이 있긴 하죠."

귀부인들과 기사들 사이에 오랫동안 전해져 온 전통이었다. 그녀는 대충 맞장구를 쳐 주었다.

"전 레이디 헤센바이츠의 손수건을 받고 싶습니다. 대신……."

뭐? 누구의 손수건을 받아? 이엘리는 순간 튀어나오려는 반박의 말을 간신히 꿀꺽 되삼켰다.

"……제 기사가 아샤 꽃가지를 바칠 권리를 얻게 되면, 레이디께 그 꽃가지를 바치겠습니다."

이엘리는 순간 기가 막혔다. 자신이 직접 마상 대회에 나서는 것도 아니면서 손수건을 달라는 뻔뻔함은 도대체 뭔가. 황제는 빙글빙글 미소를 짓고 있을 따름이었다. 그녀는 한숨을 삼켰다.

'하지만 거절하는 것도 좀 곤란한데.'

황제가 그녀에게 직접 손수건을 요청했다. 마상 시합에 기사를 내보내지 않는 헤센바이츠였기에, 그녀는 마땅히 손수건을 줄 상대가 없었다. 게다가 이런 건 궁중의 사소한 여흥에 가까웠다.

'이런 조그만 여흥에 정색하며 거절한다면…… 분명 이쪽이 예민한 거라며 몰아가겠지.'

그렇다고 해서 황제에게 손수건을 주지 않기 위하여 마상 시합에 기사를 내보낼 수도 없지 않나.

'굳이 황제와 이런 소모적인 부분에서 경쟁할 필요는 없으니까…….'

황제는 여전히 여유로운 낯이었다. 그냥 적당히 대화를 넘기자. 이엘리는 그렇게 마음을 굳혔다.

"하지만 안네로제 황녀 전하가 계시잖아요. 폐하의 꽃을 받지 못하시면 서운하실 텐데요."

이엘리는 대충 안네로제의 이야기를 꺼내며 화제를 전환하려 했다. 이미 남편이 있는 자신보다는, 아직 미혼의 황제가 하나뿐인 여동생에게 꽃을 주는 편이 더 보기 좋을 테니까.

"오라비가 얻어 낸 꽃 따위가 여동생에게 반가울 리가 있겠습니까."

"음, 그래도……."

"아마 안네로제도 그렇게 생각할 겁니다."

황녀의 의사는 전혀 고려하지 않는 발언이었다. 황녀를 완벽히 무시하는 그 태도를 보며, 이엘리는 문득 황녀가 안쓰럽다고 느꼈다. 보이는 곳에서도 이 모양인데, 뒤에서는 어떨 것인가.

"죄송하지만 황제 폐하."

그때 낭랑한 목소리가 들렸다. 그와 동시에 그녀의 어깨를 가볍게 끌어안는 손길이 느껴졌다.

"그건 아마 좀 어려울 것 같습니다."

자카리였다. 황제는 불쾌감이 서린 얼굴로 자카리를 바라보았다.

"그게 무슨 말씀이십니까, 헤센바이츠 소공작?"

"그거야 이엔의 손수건은 이미 제 것이니까요."

이건 또 무슨 소리야? 한 번도 제가 마상 대회에 참석한다는 소리를 한 적 없는 자카리였다.

"어차피 공은 마상 시합에 참가하지 않는다고……."

"이상하군요. 저는 그런 말씀을 드린 적이 없는 것 같습니다만."

도대체 대화 흐름에 적응할 수가 없어, 이엘리는 힐끔 자카리를 곁눈질로 바라보았다. 자카리는 홀로 뻔뻔한 낯을 하고 있을 뿐이었다.

"이번 마상 시합에는 저도 참가할 생각입니다."

뭐라고!? 이엘리는 기겁했다. 굳이 마상 대회에 참가해서 황제와 대립해야 할 필요가 있나? 그러나 당황한 그녀와 다르게 자카리는 태연하기만 했다. 황제의 얼굴이 새빨갛게 달아올랐다.

"이렇게 갑자기 말씀해 주시니 무척 당황스럽네요, 소공작."

"이런, 폐하를 당황케 할 의도는 아니었습니다."

유들유들하게 대답한 자카리가, 부드럽게 제 눈매를 휘며 말을 맺었다.

"그리고 이만 이엔은 제가 데려가겠습니다. 너무 오랫동안 혼자 둔 것 같거든요."

황제가 황망한 얼굴로 자카리를 바라보았다.

그녀에게 지금 상황은 전혀 예상치 못한 흐름이었다. 솔직히 기분대로 마상 시합에 참가한다고 저지르는 건, 전혀 현명하지 못한 처사였다. 그런데도.

'솔직히 기분이 좋은 걸 어떡해?'

이엘리는 저도 모르게 터져 나오려는 웃음을 지그시 삼켰다.

"뭐, 부부는 함께 있어야 하지 않겠습니까."

들으란 듯이 '부부'를 강조하며 자카리는 빙그레 웃었다. 두 사람은 얼이 빠진 황제를 내버려둔 채, 곧장 사원을 빠져나갔다.

*   *   *

그리고 공작가의 타운하우스로 돌아가는 길. 기분이 좋은 건 좋은 거고, 물어볼 건 물어볼 거다. 마차 안에 앉자마자 이엘리가 다급하게 질문을 던졌다.

"자카리, 정말로 마상 시합에 참가하려고?"

"응."

"어째서?"

답답한 기분이 된 그녀가 목소리를 높였다. 굳이 마상 시합에 참가해야 할 이유가 없지 않나.

"글쎄…… 네가 낭만적이라고 했으니까?"

"……으응?"

그러나 자카리는 아리송한 대답을 할 뿐이다. 도대체 무슨 소리야. 이엘리는 미간을 찌푸렸다.

"꼭 참가해야 해? 그건 그냥 한 소리야, 다치기라도 하면 어떡해."

"이엔."

"왜?"

자카리가 슬쩍 그녀를 돌아보았다. 그녀의 머리를 툭툭 쓰다듬는가 싶더니 싱긋 미소 짓는다.

"넌 그런 문제에는 신경 쓰지 않아도 돼."

"그게 무슨 소리야?"

이엘리는 불퉁한 낯으로 되물었다. 자카리는 애정이 담긴 눈동자로 이엘리를 빤히 바라본다.

"내가 다칠지도 모른다는 그런 사소한 문제는, 신경 쓰지 않아도 된다는 소리야."

"아니, 그게 무슨 사소한 문제야? 엄청 중요하지!"

이엘리는 뚱한 얼굴로 자카리를 올려다보았다. 자카리는 그녀의 뺨을 톡 튕기며 말을 이었다.

"매번 넌 내게 걱정이 많다고 하지만, 너도 이럴 때는 마찬가지잖아."

"내가?"

"그래. 내 입으로 이런 말 하기는 뭐하지만, 난 북부에서 제일가는 기사라고."

그 말에는 반박하기 어려워, 이엘리는 입술을 꾹 다물었다. 하긴 그건 그렇다. 자카리 이상으로 강력한 기사는 북부에서 찾아볼 수 없다. 솔직히 말하면 제국에서 가장 강하지 않을까.

제국 내에서 가장 강한 기사들은 북부의 기사였고, 자카리는 그들의 신뢰받는 주군이니 말이다.

"마상 시합 같은 행사로 내가 다칠 일은 절대 없으니까."

"……."

"대신 내게 줄 손수건이나 미리 준비해 줘. 알았지?"

아 참, 손수건! 이엘리의 눈동자가 커다랗게 뜨였다. 안절부절못하던 그녀가 조심스레 물었다.

"어, 어쩌지? 나 손수건을 만들 손재주는 없단 말이야."

"네가 만드는 건 뭐든지 괜찮으니까. 그런 건 전혀 상관없어."

자카리는 그런 그녀를 다정한 눈빛으로 바라보았다. 제국 최고의 기사를 앞에 두고도 자카리의 안위를 걱정하는 이엘리의 모습이 귀엽기만 하다.

솔직히 겨울의 마법을 제외하더라도, 개인적인 무력으로 자카리를 이길 수 있는 상대는 제국 전체를 뒤져도 그리 흔치 않을 것이다.

"그, 내가 만든 손수건…… 정말로 이상할 텐데……."

"안 이상하다니까?"

넌 괜찮겠지만 내가 괜찮지 않다고! 분명 이상할 거야! 그렇게 항변하고 싶은 마음을 꾹꾹 눌러 담으며, 이엘리는 원망을 담아 자카리를 흘겨보았다. 자카리는 어깨를 으쓱일 따름이었다.

그리고 이튿날 아침. 자수 실이며 천 조각을 늘어놓은 이엘리는 막막한 기분에 빠져 있었다.

'그러니까 나, 마상 시합이 개최되기 전까지 손수건을 만들어야 한다는 거지.'

마상 시합까지는 약 일주일이 남았다. 그때까지 제대로 된 수를 놓을 수 있을지 이엘리는 회의적이었다. 그녀는 적어도 스스로의 자수 실력에 대해 상당히 객관적인 시각을 가지고 있었다.

'……어쩌면 좋아.'

이엘리는 푹 고개를 숙였다. 자카리는 괜찮다고 했지만, 그래도 이건 그녀의 자존심 문제였다.

'도무지 어떻게 만들어야 할지…… 자수의 도안조차 감이 안 잡히는데?'

마상 시합에서 건네는 귀부인의 손수건은 승전을 기원하는 의미였다. 귀부인은 직접 손수건을 만들어 자신의 기사에게 건네며, 그 손수건이 얼마나 아름다운지가 묘한 자존심 싸움이 된다.

'자존심 싸움에서는 한 번도 진 적 없는 나인데…….'

또한 손수건을 받은 기사는 마상 시합이 진행되는 내내 그 손수건을 손목에 감아 둔다. 그렇게 함으로써 레이디의 기원을 짊어지고 있음을 증명하는 것이다. 이엘리는 잔뜩 미간을 좁혔다.

'그렇다는 건…… 내가 만든 손수건을 자카리가 계속 감고 다닌다는 뜻이잖아.'

자카리의 성격상 그녀가 만든 손수건을 감추기는커녕 자랑스럽게 내보이겠지. 그렇다는 건 그녀의 처참한 실력이 만천하에 드러난다는 건데…… 그녀는 머리를 감싸 쥐며 신음을 흘렸다.

"아으, 내가 못 살아……."

"이엔?"

그때 자카리가 그녀를 불렀다. 깜짝 놀란 그녀가 고개를 들어 올렸다. 나 분명 혼자 있었는데?

"뭐야, 언제 왔어?"

"아까 전에 왔는데?"

그럼 내가 저를 알아챌 때까지 기다렸다는 소린가. 그녀는 미간을 좁히며 자카리에게 말했다.

"그럼 부르지 그랬어."

"그게, 네가 하도 진지한 얼굴로 고민하고 있기에."

그렇게 말한 자카리가 그녀를 응시했다. 아무것도 모르는 얼굴로 이엘리에게 질문을 던진다.

"무슨 일이라도 있어?"

"……그냥."

그 순진한 얼굴을 바라보자, 차마 네게 줄 손수건을 제대로 만들지 못할까 봐 고민 중이라고는 말할 수가 없었다.

이엘리는 불퉁한 얼굴로 고개를 돌렸다. 솔직히 이건 다 너 때문이잖아.

"혹시 손수건 때문에 그래?"

그때, 테이블 위에 흩어져 있는 자수 실이며 천 조각을 내려다보던 그가 눈치 빠르게 물었다.

"……."

"맞구나?"

"……."

이엘리는 장렬한 침묵 속에 빠져들었다. 자카리가 피식 웃었다. 다정하게 이엘리를 달래 준다.

"그렇게 신경 쓰지 않아도 된다니까."

"너에게 줄 손수건인데 어떻게 신경을 안 써?"

이엘리가 톡 쏘아붙이고는 자카리를 힐끔 올려다보았다. 그녀가 못을 박듯 말했다.

"그보다 오페라 날짜가 내일이야. 알고 있어?"

"응, 알고는 있는데."

자카리는 뚱한 얼굴로 시선을 돌렸다. 굳이 그 오페라에 참석해야 하나. 그런 뜻이 만만하다.

"어떻게든 핑계를 대서라도, 불참하고 싶어 하는 표정인데."

"그 정도까진 아니야."

"솔직히 아직도 고민은 하고 있지?"

"……."

정곡을 찔렀다. 좀 많이 아프다. 자카리는 입을 꾹 다물었다. 그녀는 고개를 절레절레 저었다.

"자카리. 이미 네가 마상 시합에 출전하는 것 때문에 황제의 비위를 건드렸잖아."

"하지만……."

발끈한 자카리가 무어라 반박하려 했다. 그렇다면 내가 네 손수건을 황제에게 뺏기도록 그대로 보고 있어야 했다는 말이야?! 그런 의미를 가진 눈빛이다. 이엘리는 태연하게 말을 이었다.

"물론 나도 황제 폐하에게 손수건을 주지 않게 돼서 그건 기뻐."

"……."

"하지만 이왕 제도까지 왔는데, 굳이 황가와 대립하여 불편할 필요는 없잖아."

자카리를 살살 달래자, 그의 표정이 슬며시 풀어지는 게 보였다. 이엘리는 빙그레 웃어 보였다.

"그러니까 이번에는 좀 참자, 알았지?"

"……노력은 해 볼게."

"그래, 우리 자카리. 착하지."

이엘리는 생글생글 웃으며 자카리의 머리를 쓰다듬었다. 이엘리의 손길을 느끼던 자카리가 사르르 눈을 감는다. 아무리 봐도 말 잘 듣는 대형견 같단 말이야. 그녀는 흐뭇한 기분이 됐다.

*   *   *

포르투나 오페라하우스는 제도에서 첫손에 꼽히는 명소다. 이곳은 유명 오페라 가수들을 보유했으며, 화려하면서도 고급스러운 인테리어로 알려져 있었다.

그런 곳을 황제의 초대를 받아 방문해야 한다니, 정말 너무해. 그녀는 터져 나오려는 한숨을 삼켰다. 그렇지 않았다면 훨씬 즐거웠을 텐데.

"미안, 이엔. 널 이런 불편한 자리에 참석하게 하고 싶지 않았는데."

"무슨 말을 그렇게 해? 난 네 아내라고."

자카리의 죄스러운 목소리에 이엘리는 두 눈을 가늘게 떴다. 자카리가 그녀를 빤히 응시한다.

"정말로 괜찮은 거 맞아?"

"당연하지. 네 잘못도 아닌데 네가 왜 사과해?"

그렇게 말한 이엘리는 불퉁한 얼굴을 했다. 턱을 괸 채, 그녀가 자카리의 볼을 쭉 잡아당겼다.

"아얏."

"이건 네 잘못도 아닌데 내게 사과한 벌이야."

쿡쿡 웃음을 터뜨리며 손을 떼어 낸 그녀가 자카리를 바라보았고, 이내 장난스럽게 입을 열었다.

"오히려 사과는, 이런 불편한 자리를 만드신 황제 폐하께서 하셔야 하는 거 아냐?"

"이엔."

"물론 폐하께서 사과할 눈치가 있으셨다면, 애초 이런 자리부터 만들지 않으셨겠지만."

이엘리는 단호하게 말했다. 황제가 직접 보내온 초대장을 들여다보는 연녹색 시선이 차갑다.

'도대체 폐하께서 무슨 생각이신지 알 수가 없어.'

초대장을 팔랑대던 그녀가 미간을 좁혔다. 아무리 생각해도 황제의 속내가 수상하기만 하다.

'솔직히 빈말로라도 공작가와 황가의 사이가 좋다고는 할 수 없는데, 도대체 왜?'

게다가 대관식에서 마주쳤던 황제의 눈빛도 기분이 나빴다. 마치 자신을 맛 좋은 먹잇감처럼 바라보던 그 시선. 불쾌감을 꾹꾹 누르며 그녀는 앞으로 참석해야 할 행사를 생각해 보았다.

'게다가 초대장의 구성까지 쓸데없이 알차잖아. 오페라 관람에 마상 시합, 무도회까지…….'

홈쇼핑이니? 39,900원짜리 특가 3종 세트야? 누가 보면 두 가문이 세상에서 제일 절친한 관계인 줄 알겠네! 어떻게든 그들을 오래 남겨 두려는 속내가 보여, 이엘리는 조금 울컥해 버렸다.

"……이엔?"

"아, 미안. 잠시 다른 생각을 해서."

그녀의 눈치를 살피던 자카리가 이엘리를 불렀다. 그녀는 황급히 고개를 가로저었다.

자카리는 죄책감을 느꼈다. 그녀가 나와 결혼하지 않았다면 저런 고민 따위 하지 않아도 됐을 텐데.

"슬슬 도착한 것 같은데……."

그때 그녀가 창밖을 흘끗 내다보며 입을 열었다. 어느새 오페라하우스에 도착한 것이다. 가까이에서 보니 오페라하우스의 위용은 상당했다. 마차에서 먼저 내린 자카리가 손을 내민다.

"이엔, 내 손 잡아."

"아, 고마워."

자카리는 당연하게 이엘리를 에스코트해 주었다. 마차에서 내리던 이엘리는 새삼스레 자카리의 미모를 인지했다. 주변에 서 있던 레이디들이 힐끔거리며 자카리를 바라보고 있던 것이다.

'뭐, 내가 결혼은 좀 잘하긴 했지.'

이엘리는 뿌듯하게 그렇게 생각했다. 평소 자카리도 멋있지만, 오늘 자카리는 최고였다.

잘 빗어 넘긴 은발, 몸에 잘 맞도록 재단한 고급 정장. 탄탄한 몸은 은빛 표범처럼 우아해 보인다.

'이렇게 눈이 가다니, 역시 꾸며 놓은 보람이 있어.'

흐뭇한 얼굴의 그녀가 오페라하우스의 긴 계단을 오르기 시작했다. 그때 그가 무심코 물었다.

"이엔, 혹시 내 얼굴에 뭐라도 묻었어?"

"아무것도 안 물었는데. 왜?"

이엘리는 의아한 표정으로 그를 돌아보았다. 조금 머쓱해진 자카리가 자신의 뺨을 긁적였다.

"그게, 계속 네가 쳐다보기에…….'

"응? 그거야 당연히 네가 엄청 잘생겼으니까 그렇지."

"……."

태연한 대답에 자카리의 얼굴이 화악 붉어졌다. 다행인지 불행인지 그녀는 그를 보지 않고 있었다.

"그것보다 자카리 덕택에 이런 곳도 와 보게 되네."

"아, 여기가 마음에 들어?"

"물론이지. 제국에서 제일 유명한 오페라하우스잖아, 한 번쯤 와 보고 싶었어."

실은, 하급 귀족이었던 그녀는 이런 비싼 곳에 와 볼 기회가 없었다. 자카리는 빙그레 웃었다.

"이번 폐하의 초대의 유일한 장점이네."

"그런 셈이긴 한데…… 너와 단둘이 왔다면 더 좋았을 뻔했어."

자카리와 시선을 맞춘 이엘리는 뚱하니 답했다. 자카리는 두근 거리는 심장을 진정시키느라 한참 고생해야 했다. 아마 그녀는 그가 오페라하우스에는 전혀 관심이 없다는 걸 모를 것이었다.

"그보다 자카리, 불편하진 않아? 오늘 황족들을 마주칠지도 모르는데."

그때 이엘리가 자카리를 빤히 올려다보았다. 자카리는 붉어진 뺨을 감추지 못하며 되물었다.

"지금 나 걱정해 주는 거야?"

"당연하지. 아내가 남편 걱정하는 게 뭐가 이상해?"

고개를 끄덕거리자, 자카리는 활짝 웃었다. 비록 그녀가 말하는 '부부'라는 말은 '연인'보다는 '가족'에 더 치중되어 있는 것 같지만, 그럼에도 그녀의 따스한 온기가 고스란히 전해져 온다.

"고마워, 이엔."

"황제 폐하에게 기죽으면 안 돼, 알았지?"

쿡쿡 웃음을 터뜨린 자카리가 고개를 끄덕였다. 언제나 제 편이 되어 주는 그녀가 사랑스럽다.

"이엔. 내 인생의 가장 행복한 일은 너를 만났다는 거야."

그녀를 가만히 바라보던 자카리가 달콤한 목소리로 속삭였다. 묘한 감회가 뒤섞인 어조였다.

"그러니까 절대로…… 너만큼은 누구에게도 빼앗기지 않겠어."

"응? 미안, 잘 못 들었어. 뭐라고 했어?"

"그냥, 별거 아니야."

목소리가 너무 작아 뒷말은 듣지 못했다. 고개를 갸웃하는 그녀의 손을 쥐면서 그가 말했다.

"얼른 들어가자."

"아, 그래."

도대체 무슨 말이었지? 이엘리는 고개를 갸웃대며 그의 뒤를 따라 오페라하우스로 들어갔다.

긴 계단을 올라 화려하게 꾸며진 오페라하우스 안에 들어서자, 눈앞에 펼쳐진 풍경은 마치 별세계 같았다. 가장 먼저 눈에 들어오는 건 화려한 샹들리에. 은하수처럼 반짝이는 빛이 머리 위로 쏟아져 내렸다. 새하얀 대리석으로 만든 기둥도, 굽이굽이 펼쳐진 계단도 모두 아름답다.

"와…… 세상에, 여기 정말 예쁘다."

제국 최고의 오페라하우스라는 명성은 허명이 아니었다. 그녀는 저도 몰래 작은 탄성을 올렸다.

"자카리, 아까 그 샹들리에 봤어? 엄청 반짝거려."

"응, 봤어. 예쁘더라."

자카리는 고개를 끄덕였다. 주변 풍경을 감상하던 이엘리는 문득 벽에 걸린 오페라의 대형 포스터를 발견했다. 포스터엔 잔혹해 보이는 은룡과 용감한 기사, 가녀린 요정이 그려져 있었다.

"……잠깐만. 이게 도대체 뭐야?"

순간 그녀의 얼굴이 굳어 버렸다. 포스터 앞에 선 그녀가 오페라의 제목을 소리 내어 읽었다.

"'저주받은 은룡과 정의의 기사'라니?"

은룡 혜센바이츠는 공작가의 시조다. 그렇다면 '정의의 기사'는 분명, 황가의 시조인 리펜베르크 경을 일컫는 거지. 건국신화를 주제로 한 이번 오페라의 목적은 명확해 보였다.

황실을 높이고 공작가를 낮추는 것. 설마 이런 식으로 자카리를 모욕하기 위해서 초대장을 보낸 거야?

"뭐, 황가에서 직접 의뢰를 넣어 매년 공연하는 오페라니까."

자카리의 담담한 대답을 듣자, 이엘리는 더욱 화가 치밀어 올랐다. 이건 명백히 공작가를 모욕하는 행동이었다. 그녀가 자카리의 아내라는 사실을 감안하더라도 넘어가기 어려울 정도로.

'아니, 자카리는 보살이야? 화도 안 나? 황족이라는 작자들이 이렇게나 치졸하다니!'

이엘리는 입술을 깨물었다. 날카롭게 날이 선 연녹색 눈동자가 포스터를 뚫어져라 노려본다.

"제국 최고의 오페라하우스에서, 최고의 가수들을 불러다 만든 게 고작 이딴 거였어?"

이엘리는 저도 모르게 언성을 높였다. 이 오페라가 황실의 얼굴에 금칠을 하는 게 목적이라는 건 알겠다. 하지만 이렇게 노골적인 표현이라니. 이건 유치함을 넘어서서 무례한 행동이잖아!

"너무 화내지 마. 난 괜찮으니까."

"괜찮다고? 어떻게 이런 모욕을 받고도 괜찮을 수가……!"

화를 내려던 그녀는 자카리를 바라보며 문득 멈칫했다. 그녀가 가라앉은 어조로 그를 불렀다.

"자카리."

그녀의 부름에 자카리가 이엘리를 돌아보았다. 침착한 낯을 한 제 남편. 자카리는 '괜찮다'고 했지, '화가 나지 않는다'고는 하지 않았다.

이엘리는 왜 자카리가 마음대로 화조차 못 내는지 이유를 깨달았다. 조금만 생각해 봤다면 알았을 텐데, 바보같이. 한숨을 쉰 그녀가 입을 연다.

"그렇구나. 자카리는 헤센바이츠의 차기 가주가 될 사람이니까……."

한없이 다정하기만 한 자카리. 하지만 그 어깨에 얹힌 무게는 무척 무겁다.

제국 유일의 공작가, 헤센바이츠의 후계자이자 은룡의 힘을 각성한 청년. 황실이 가장 경계하는 사람 중 하나.

'자카리의 행동 하나하나가 정치적인 의미를 가지니…… 함부로 감정을 표현하기도 어렵겠지.'

어째서 그걸 지금껏 떠올리지 못했던 걸까. 이엘리는 한숨을 삼켰다. 자카리와 시선을 맞춘다.

"네 입장을 제대로 고려하지 못했네. 생각이 짧았어, 미안해."

"아냐, 이건 네가 사과할 필요 없는 일이니까……."

당황한 자카리가 이엘리에게 고개를 가로저어 보였다. 짓궂은 표정이 된 그녀가 생긋 웃었다.

"그런데 뭐, 이왕 생각이 짧은 사람이 된 김에."

"……응?"

"내가 너 대신 화내 줄게."

그렇게 말한 이엘리가 팔짱을 꼈다. 비딱하게 고개를 기울인 그녀가 예쁘장한 입술을 열었다.

"망할 황족들. 바보, 멍청이, 머저리들. 무례하고 개념도 없고 짜증 나. 완전 재수없어."

이엘리는 눈썹 하나 까닥하지 않고 황실에 대한 욕설을 쏟아 냈다. 그가 눈을 동그랗게 떴다.

"저기, 이엔?"

"널 괴롭히려 드는 것도 적당히 해야지, 이렇게 치졸한 방식이라니."

미간을 좁힌 채 이엘리는 입술 끝을 비뚜름하게 올렸다. 비웃음을 지은 채 실컷 빈정거린다.

"애도 이것보단 덜 유치하겠어. 저런 작자들이 황족이라니 제국의 미래가 참 어둡네."

눈을 깜빡이던 자카리가 숨털 같은 미소를 지었다. 그녀는 뚱한 얼굴로 자카리를 올려다보았다.

어쨌든 자카리의 기분은 괜찮아진 것 같아 다행이긴 한데, 이번엔 그녀 자신이 문제였다.

'어떻게 감히 우리 자카리한테 그럴 수 있어? 아, 열 올라!'

이엘리는 속이 부글부글 끓는 걸 느꼈다. 내가 얼마나 애지중지 키웠는데, 고작 황족 따위가!

"이엔, 진정해. 난 괜찮으니까."

"내가 안 괜찮아, 진짜 치사하게."

자카리의 웃음 섞인 목소리에 이엘리는 홀로 씩씩거렸다. 자카리가 그녀의 뺨을 어루만졌다.

"그래도 이엔, 난 고작 황제 때문에 네 기분이 상하는 게 더 싫으니까."

"……."

이엘리는 뚱한 얼굴로 자카리를 바라보았다. 아무래도 그녀의 남편은 보살인 것 같다. 그렇지 않고서야 저렇게 평온한 얼굴을 할 리가 있나. 푹 한숨을 쉰 그녀가 고개를 절레절레 저었다.

"그럼, 자카리. 먼저 안에 들어가 있을래? 나 화장실 좀 들렀다 가려고."

그래도 찬물에 손이라도 씻으면 조금 진정되겠지. 그런 마음으로 입을 열자, 자카리가 말했다.

"그럼 그 앞까지 함께 가자. 기다릴 테니까."

"으음…… 아니야, 그리 오래 걸리지도 않을 거고."

그녀가 빙긋 웃었다. 먼저 들어가라는 뜻에서 자카리의 등을 톡톡 쳐 주고 돌아서는데, 그때.

"이엔."

"응?"

뭐야, 왜 저렇게 급하게 부르지? 그녀가 뒤를 돌아보았다. 잠시 머뭇거리던 그가 환히 웃었다.

"고마워."

"어, 왜?"

"나 대신 화를 내 줘서."

그 미소를 보는 순간 머릿속이 희게 물들었다. 세상에, 심장아. 두근거릴 상황 아냐, 진정해!

"……뭐야, 별것도 아닌데 뭐."

"아냐, 무척 기뻐."

자카리는 기쁜 얼굴로 그렇게 말했다. 이엘리는 애써 태연한 척 뒤돌아섰다. 뺨이 달아오른다.

'도대체 뭐지? 요새 왜 자꾸 자카리의 말 한 마디, 표정 하나에 설레는 거야?'

자카리, 그렇게 웃는 건 반칙이야. 분명 별다른 뜻이 없다는 건 알지만, 네 외모가 너무 열심히 일하고 있다고. 마음이 자꾸 들뜨고, 나도 몰래 너만 보게 돼. 이 무슨 바보 같은 짓이야?

'예전에는 우리 사이는 남매 같은 관계라고 생각했었어. 하지만…… 지금도 그럴까?'

마음이 혼란스러워 갈피를 잡기 어렵다. 그를 의식하지 않으려, 그녀는 입술을 슬쩍 깨물었다.

찬물을 틀어 둔 이엘리는 손등이 발갛게 될 때까지 손을 담갔다. 손수건을 꺼내 대충 물기를 닦아 내며, 그녀는 달아오른 얼굴이 원래대로 돌아왔는지 꼼꼼하게 살폈다. 다행히도 멀쩡했다.

'오페라 시간이 좀 남은 게 다행이네.'

그렇게 생각하던 이엘리는 화장실 밖으로 빠져나왔다. 그래도 슬슬 자리에 들어가야 할 때다.

"레이디, 손수건을 떨어뜨리셨습니다."

"아, 감사합니다."

그때 한 남자가 그녀에게 손수건을 건넸다. 나, 손수건을 가방에 집어넣지 않았었나? 얼떨결에 손수건을 받아들며 감사 인사를 하던 이엘리는 두 눈을 휘둥그렇게 떴다. 설마 저 남자는?

"보내 드린 초대장은 잘 받으셨습니까?"

"……황제 폐하?"

아니, 당신이 왜 여기서 나와? 이엘리는 기가 막힌 얼굴을 했다. 그녀의 앞에 서 있는 남자는 바로 황제였던 것이다. 붉은 머리카락 아래, 회색 눈동자가 반짝였다. 그녀는 고개를 숙였다.

"폐하를 뵙습니다."

"그렇게 딱딱하게 굴지 마십시오, 우리 사이에."

……우리 사이가 어떤 사이인데요? 이엘리는 혀끝까지 치밀어 오른 반박을 간신히 되삼켰다. 상대는 새로 등극한 황제였다. 그런 황제를 '우연히', 게다가 '개인적으로' 마주치게 될 줄이야.

'정말로 이 만남, 우연인 걸까?'

이엘리는 순간 의문을 품었다. 물론 황제가 이번 오페라를 직접 관람한다는 것은 미리 알고 있었다. 그래도 한 나라의 지존이 개인적으로 이런 곳을 돌아다니다가 나와 마주치게 된다고?

"그러고 보니, 오페라에 대해 꽤나 불만을 갖고 계신 것 같던데."

그때 황제가 여유롭게 입을 열었다. 그녀는 순간 멈칫했다. 설마 나와 자카리의 대화를 들었나? 하지만 이번 오페라의 내용은 엄연히 공작가의 일원이라면 불쾌해할 만한 내용이지 않나.

"죄송합니다, 폐하."

그럼에도 이엘리는 정중하게 사죄했다. 그렇지 않아도 황가와 공작가의 사이는 살얼음판을 걷고 있었다. 그 말 때문에 가문의 관계가 악화되기라도 하면 큰일이었다.

"아까 전의 제 발언은 다소 무례했습니다."

그렇게 말한 이엘리는 힐끔 황제를 곁눈질로 바라보았다. 황제는 오만하고 독선적이었지만 바보는 아니었다. 황가가 먼저 공작가에게 장갑을 던진 모양새이니, 아마 사과를 받아들일 터다.

"걱정하지 마십시오. 문제를 삼을 생각은 없습니다."

그녀의 예상대로 황제는 씩 웃었다. 이엘리는 조금 안도했다. 황제는 관대한 척 말을 이었다.

"겨우 그 정도 말로 제가 레이디를 곤란하게 만들겠습니까?"

"감사합니다."

"다만 그 발언은, 레이디가 말씀하신 것이기에 용인한 겁니다."

이건 무슨 의미지? 이엘리는 바짝 어깨를 긴장시켰다. 황제는 느른한 목소리로 말을 이었다.

"왜냐하면 저는 레이디 헤센바이츠를 특별하게 생각하고 있으니까요."

"그 말씀이 무슨 뜻인지 여쭈어도 되겠습니까?"

"글쎄요."

황제의 눈동자가 그녀를 똑바로 응시했다. 그 안에는 이름 모를 감정이 진득하게 엉겨 있었다.

"전 레이디가 헤센바이츠가 아닌, 블랑쳇의 성을 되찾기를 바란다고 말씀드리면 될까요."

"……."

이엘리는 지그시 입술을 깨물었다. 그녀의 표정을 흥미롭게 관찰하던 황제가 툭 말을 뱉었다.

"물론 농담입니다."

"이미 결혼한 레이디에게 건네는 농담으로는 다소 부적절한 것 같군요."

이엘리가 냉정하게 대답했다. 방금 황제가 했던 말, 정말로 농담일까. 차라리 농담이라면 좋을 텐데, 황제가 저를 바라보는 눈빛은 아쉽게도 그렇지 않은 것 같다. 황제는 비스듬히 웃었다.

"이것으로 레이디가 했던 개인적인 생각에 대한 앙금을 털어 버리도록 하죠."

저 치졸한 작자 같으니라고. 그녀는 표정 관리를 하느라 애를 써야 했다. 황제가 다시 말했다.

"그보다 오늘 무척 아름다우시군요."

"……칭찬 감사합니다."

이엘리는 떨떠름한 얼굴이 되어 대답했다. 황제는 느긋한 얼굴로 이엘리를 바라보았다. 분홍색 머리카락을 곱게 틀어 올린 아름다운 아가씨. 황제를 향한 적대감을 간신히 숨기고 있다.

'그 모습까지 어여쁘다니…… 놀랄 일이지.'

그의 눈동자가 치솟는 소유욕으로 짙게 물들었다. 한 송이 아샤꽃처럼 화사한 여자.

수많은 여자들을 만났음에도, 이엘리만큼 제 감정에 불을 붙이는 여자는 없었다. 그는 입술을 핥았다.

'하지만 지금은 때가 아니니까.'

그 무엇보다도 아름다운 꽃을 꺾기 위해선 그만큼의 노력이 필요하다. 황제는 뒤로 물러났다.

"참, 레이디 헤센바이츠께 드린 손수건은 레이디의 것이 아닙니다."

"그 말씀은……."

"제 겁니다. 레이디가 저를 좀 피하시는 것 같아, 그걸 핑계로 삼아 말을 건 거죠."

이엘리는 기가 막힌 낯을 감추지 못했다. 하지만 황제는 부드럽게 웃어 보이며 말을 맺었다.

"그 손수건은 선물로 드리겠습니다. 이따 오페라가 끝나면 다시 뵙죠."

아뇨, 전 다시 보고 싶지 않은데요. 이엘리는 간신히 그 대답을 말하지 않을 수 있었다. 황제는 미소 한 조각만을 남긴 채 그대로 사라졌다. 이엘리는 손에 들린 손수건을 내려다보았다.

"아샤 꽃과 검……."

고급스러운 손수건 구석에는 금실로 정교한 문장이 수놓아져 있었다. 황가를 상징하는 문장.

"……싫다, 정말."

차마 손수건을 버리지는 못한 그녀는, 질색하는 얼굴로 그것을 대충 가방 안에 쑤셔 넣었다.

오페라하우스의 로얄석, 즉 개인실을 사용하는 사람들은 오며 가며 얼굴을 마주치게 된다. 3층 중앙에 로얄석이 몰려 있기 때문이었다.

그리고 황족들과 제국 유일의 차기 공작 부부는 로얄석을 사용하는 게 당연했다. 그 말은 곧, 황제와 그녀가 마주칠 확률도 낮지는 않다는 뜻이다.

'이따 오페라가 끝나면 다시 뵙죠.'

그 말을 떠올리던 이엘리는 부르르 어깨를 떨었다. 절대로 황제를 다시 만나고 싶지는 않았다.

"이엔?"

"……아, 자카리."

"왜 그래. 유령이라도 본 것 같은 얼굴이네?"

이엘리는 비틀비틀 개인실 안으로 들어섰다. 자카리가 걱정스러운 얼굴로 그녀를 마주 보았다.

'그래, 보긴 보았지. 유령은 아니고 황제.'

이엘리는 속으로 투덜거렸다. 아니, 하필이면 황제를 그런 식으로 마주칠 건 뭐람? 게다가 사람을 떠보는 것도 아니고, 그딴 질문은 왜 하냐고. 자리에 앉은 그녀가 막막한 얼굴로 답했다.

"그게, 오는 길에 황제 폐하를 뵈었거든."

"······황제 폐하를?"

되묻는 자카리의 얼굴은 이미 딱딱하게 굳어 버린 채였다. 그가 싸늘한 목소리로 재차 캐물었다.

"설마 폐하께서 네게 무슨 일이라도 저지르신 거야?"

자카리의 마치 전쟁이라도 불사하겠다는 양 사나웠다. 이엘리는 다급하게 고개를 가로저었다.

"아니, 그런 건 아니고."

오히려 황제가 내가 욕하는 걸 들었으니, 내가 실수한 건가? 입술을 깨물던 그녀가 대답했다.

"굳이 따지자면······ 내가 실수한 것에 가까운 것 같아."

"네가?"

자카리의 표정이 애매해졌다. 정말, 머리 아파. 이엘리는 양손에 얼굴을 묻고 신음을 흘렸다.

"응. 아무래도 폐하께서 내가 했던 말을 들으신 것 같거든."

설명하던 이엘리는 좀 억울해졌다. 솔직히 이건 황가가 먼저 잘못한 거였다. 제국 유일의 공작가를 노골적으로 폄하했을뿐더러,

그 폄하한 내용을 오페라로 만들기까지 하다니. 하지만…….

"비록 먼저 무례하게 군 건 황가였지만, 그래도 트집을 잡으려면 잡을 수는 있잖아."

"이엔."

"물론 폐하께서 묻어 주신다고는 하셨지만…… 그래도 나 때문에 뭔가 문제가 생기면 어떡해."

관자놀이가 지끈지끈 아파 왔다. 그녀는 피곤한 얼굴로 의자의 등받이 위에 몸을 늘어뜨렸다.

"괜찮아."

패닉에 빠진 그때, 자카리가 그녀의 손등을 토닥거렸다. 언제나처럼 다정한 목소리로 말한다.

"너무 걱정하지 마."

"……자카리?"

"네가 어떤 일을 저질렀건 간에, 난 무조건 네 편이니까."

매번 스스로가 했던 말이 이렇게 돌아올 줄은 몰랐다. 이엘리는 자카리를 멍하니 바라보았다.

"정 문제가 된다면 내가 알아서 처리해 줄게."

"뭐야, 그게 가능한 거야?"

이엘리는 저도 모르게 피식 미소를 지었다. 하지만 자카리는 단호한 얼굴로 고개를 끄덕였다.

"물론이지."

"응?"

"솔직히 작위 계승에 문제가 생길까 봐, 지금껏 공작가가 양보하고 있을 뿐이야."

자카리의 눈빛이 싸늘하게 가라앉았다. 어쨌거나 공작가는 명목상 황가의 아래에 있었다. 작위를 잇기 위해선 황제의 허락이 있어야 했다. 그를 위해 황가의 행동을 참아 주는 것뿐이다.

'물론 황제의 허락 없이 작위를 잇는 경우가 아예 없는 것은 아니지만.'

피치 못할 경우가 있었다. 예를 들면 귀족가의 가주가 급사하고 후계가 단 한 명밖에 남지 않은 경우. 그럴 때는 가문의 존속을 위해 황제의 허락 없이 후계가 작위를 계승하는 게 가능하다.

"자카리?"

"아, 미안. 잠깐 다른 생각을 했어."

제 아버지의 건강 상태를 떠올리며, 불길한 기분을 애써 털어 버린 자카리가 빙긋 웃어 보였다.

"황가에서는 내가 가진 겨울의 힘을 그리 탐탁지 않게 생각하지."

"그건 알고 있어. 하지만……."

"혹여나 그 힘을 트집 잡아 작위 계승에 제동을 걸까 봐, 걱정하여 물러나 있긴 하지만."

그렇게 말한 자카리가 이엘리의 뺨을 쓰다듬었다. 빙하 같은 눈동자가 싸늘하게 가라앉았다.

"유사시에 공작가가 왕작을 가지고 독립할 수 있다는 말은 허언이 아니야."

"으응……."

두 눈을 동그랗게 뜬 채 이엘리가 조그맣게 대답했다. 자카리는 냉랭한 어조로 말을 잇는다.

"다만 황가와 대립하면 피차 귀찮아지니까 참고 있을 뿐이지."

"자카리?"

"그러니까 내 말은, 이런 자잘한 문제 정도는 내가 처리해 줄 수 있다는 뜻이야."

그렇게 말한 자카리가 그녀의 뺨에 살짝 입을 맞추었다. 스치듯 지나간 짧은 키스. 예전이라면 아무렇지도 않게 받아들였을 키스지만, 그녀는 심장이 이상하게 두근거리는 것을 느꼈다.

"내가 너에게 의지하는 만큼, 너도 내게 의지해 줬으면 좋겠어. 알았지?"

"그, 그럴게."

순식간에 얼굴이 달아오르는 기분에, 그녀는 황급히 시선을 내렸다. 내내 소년처럼 느껴졌던 자카리였다. 언제 저렇게 자라서 사람을 설레게 하는지. 그러던 중, 이엘리는 문득 생각했다.

'그러고 보니, 황제가 내게 했던 말을 전해 줘야 하나?'

이엘리는 힐끔 자카리의 눈치를 살폈다. 진득한 감정이 가득한 목소리로 속삭였던 그 음성들이 기억났다.

'왜냐하면 저는 레이디 헤센바이츠를 특별하게 생각하고 있으니까요.'
'전 레이디가 헤센바이츠가 아닌, 블랑쳇의 성을 되찾기를 바란다 고 말씀드리면 될까요.'

그 음성을 되새기던 그녀는 속으로 고개를 내저었다. 말해 봤자 뭐 하나. 긁어 부스럼 만드는 일이다.

'……아냐, 별것도 아니고. 자카리의 마음만 불편해질 뿐이니까.'

자카리의 표정이 심각해지는 것은 이제 더이상 보고 싶지 않았다. 그리고 이엘리의 표정을 어떻게 해석했는지, 자카리는 부드럽게 미소를 지었다. 그가 다정한 목소리로 이엘리를 달래 주었다.

"너무 걱정하지 마. 알았지?"

그의 미소를 보자 약간이나마 긴장이 풀리는 것 같았다. 이엘리는 조그맣게 고개를 끄덕였다.

오페라를 관람하던 이엘리는 혼이 빠져나가는 희귀한 경험을 했다. 이 재미없는 오페라는 여러모로 엄청났다. 지루함과 졸림을 선사함으로써, 황제가 준 스트레스까지 잊게 해 준 것이다.

'인간적으로 이건 너무 재미없잖아?'

지루함에 못 이겨 하품을 하던 그녀는 문득 눈꺼풀이 무거워지는 것을 느꼈다. 졸지 않기 위해 필사적으로 손등을 꼬집었지만, 모조리 헛수고였다. 어느 순간 기억은 완전히 끊겨 버렸다.

"……엔."

"…….."

"이엔, 일어나."

다정한 목소리가 내 이름을 불렀다. 아 왜 자꾸 귀찮게 구는 거야? 사람이 자고 있는 거 안 보…… 아니, 잠깐만. 자고 있다고? 순간 잠이 확 달아났다. 그녀는 파드득 고개를 들어 올렸다.

"어라……?"

이엘리는 졸음에 겨운 눈을 멍하니 깜빡였다. 우렁찬 박수 소리가 주변을 가득 메우고 있었다. 어느새 오페라가 끝난 것이다. 그녀는 기겁했다. 설마 나, 공연 내내 자고 있었던 거야?

"버, 벌써 오페라가 끝났어?"

"벌써가 아니야. 무려 세 시간이 지나갔다고."

"……."

얼굴을 붉힌 이엘리는 황급히 옷매무새를 매만지는 척 시선을 돌렸다. 아, 창피해. 여기가 개인실 형식의 관람석이어서 정말 다행이었다. 만약 그렇지 않았다면, 꾸벅꾸벅 조는 모습을 다른 사람들에게 모조리 공개하게 되었을 테니까.

그때 자카리가 유들유들한 어조로 속삭였다.

"잘 자더라, 이엔."

"그, 그건."

"아무리 피곤해도 그렇지, 한 번도 안 깨고 자다니. 역시 이엔은 대단해."

이거, 나 놀리는 거 맞지? 그를 흘겨보던 그녀는 터져 나오는 하품을 깨물어 삼켰다. 열정적인 반응을 보이는 저 관객들은 분명, 상석에 앉아 있는 황족들의 눈치를 보고 있는 것일 터.

"아니지. 이 무시무시한 오페라를 보고도 잠들지 않은 쪽이 훨씬 더 대단한 거 아냐?"

"뭐, 듣고 보니 그런 것도 같고."

자카리는 그녀의 말에 선선히 긍정했다. 아닌 게 아니라, 진짜로 재미가 없었다. 기존에 알고 있는 건국신화와 크게 다르지는 않지만 상당한 분량의 목적 있는 각색을 가미했다고나 할까.

'그리고 그 각색의 방향은 물론, 헤셴바이츠 공작가를 노골적으로 폄하하는 거지.'

내용은 대충 이랬다. 영원한 겨울이 머무른 북부엔, 잔혹한 은룡 헤셴바이츠가 살고 있었다.

용은 봄의 요정인 아샤를 사랑했지만, 요정은 용이 아닌 기사를 사랑했다. 분노한 용은 요정을 독점하기 위해 비밀 정원에 가둬 두었고, 세계는 봄을 잃어버렸다.

결국 잔인한 용을 퇴치하고 요정을 구출하기 위해, 리펜베르크의 기사가 분연히 일어났다. 용과 기사는 일주일 밤낮을 사투를 벌였다. 승리자는 당연히 기사였지만, 용의 마지막 발악 때문에 요정은 큰 상처를 입는다.

결국 요정은 기사에게 축복을 내리며 숨을 거두었고, 기사는 위대한 성군으로 등극했다.

"음, 다시 내용을 떠올려 봐도 대단히 편파적인 내용이네."

이엘리는 두 눈을 가늘게 뜬 채 빈정거렸다. 리펜베르크의 건국 전설은 어렸을 때부터 동화책이며 뭐며, 귀에 못이 박히도록 들어온 이야기였다. 철저하게 황가의 시각에서 서술된 내용인 것이다.

"황가란 참 대단해, 이런 재미없는 오페라를 최고의 오페라하우스에 올릴 수 있다니."

멋진 노래와 훌륭한 오페라 가수들이 있어도, 내용이 별로면 극의 질이 떨어진다는 증거였다.

"우리 이엔, 칼 같은 비판이네."

쿡쿡 웃음을 터뜨린 자카리가 이엘리에게 손을 내밀었다. 이후, 은밀한 목소리로 소곤거린다.

"사람들 몰리기 전에 지금 얼른 나가자."

"어, 먼저 나가도 돼?"

"당연하지. 황족들은 내가 오페라를 봐 준 것만으로도 감사해야 해."

그녀가 어리둥절해서 묻자, 그는 오만하게 답했다. 그녀는 새삼 스레 공작가의 위상을 느꼈다.

'하긴, 자카리는 원래 대단한 사람이니까.'

그녀에게는 너무나 상냥해서 가끔 잊곤 하지만, 자카리는 황가 와 유일하게 견줄 수 있는 헤센바이츠 공작가의 차기 주인이었다. 다정함보다는 오만함이 훨씬 더 잘 어울리는 사람 아닌가.

"그리고 이엔 너, 황제를 불편해하잖아?"

그때 자카리가 씩 웃었다. 그의 손을 맞잡던 이엘리는 순간 자리 에 멈칫했다. 그녀가 물었다.

"혹시 날 위해서 일찍 빠져나가려는 거야?"

"물론이지. 왜, 싫어?"

"그럴 리가."

예전과는 미묘하게 다른 분위기에 가슴이 두근거렸다. 빙그레 웃은 그녀가 그를 따라나섰다.

두 사람은 사람들이 열광적인 박수를 보내고 있는 틈을 타 빠르 게 공연장 밖으로 빠져나왔다.

'어, 근데 뭔가 이상한데? 손이 묘하게 가벼운 느낌이야.'

이엘리는 어리둥절한 기분이 된 채로 화려한 로비를 가로질렀다. 그런데 그때, 자카리가 그녀의 비어 있는 손을 내려다보았다. 의아한 얼굴이 된 자카리가 이엘리에게 질문을 던졌다.

"이엔, 너 가방 어디다 뒀어?"

"어? 내 가방?"

그러고 보니 손가방이 없다. 그녀는 한숨을 삼켰다. 정신이 없으니 물건까지 놓고 다니는구나.

"아무래도 자리에 놓고 왔나 보네. 기다려, 내가 갖다 줄 테니까."

"그럼 같이 가."

"아니야, 금방 다녀올 수 있으니까."

자카리는 그녀의 어깨를 가볍게 두드려 주곤 곧 몸을 돌렸다. 잠시 주변을 살펴보던 이엘리는 그나마 사람들 눈에 덜 띌 것 같은 기둥 아래로 이동했다. 혹시라도 황제를 다시 마주치기라도 하면 귀찮아진다.

한시바삐 그가 돌아오기를 기다리며, 사람들이 나오는 문을 살펴보던 때.

"설마, 레이디 헤센바이츠?"

뾰족한 가시가 박힌 새침한 목소리는 그녀를 잘 알고 있다는 어조다. 그녀는 미간을 좁혔다.

"누구시죠?"

"처음 뵙겠습니다, 엘리제 로렌이에요."

엘리제 로렌. 로렌 백작가의 단 하나뿐인 고명딸로, 그녀보다 한

살이 어리다. 저번 자카리의 성인식에도 제도에 있다며 내려오지 않았던 아가씨가 왜 여기에 있나. 그녀는 이마를 구겼다.

'딱 보기에도 저 아가씨, 날 별로 좋아하지 않는 것 같네.'

솔직히 이엘리는 그에 큰 유감은 없었다. 자신도 엘리제를 싫어할 것 같다는 예감이 들었기 때문이었다.

'저 아가씨가 아마, 로렌 백작 부인이 자카리와 결혼시켰으면 했다는 그 아가씨인가.'

참고로 제국은 사촌까지 결혼이 가능해서, 자카리와 엘리제는 법적으로 혼인이 가능하다. 그래서일까, 이엘리를 바라보는 엘리제의 눈빛은 상당히 사나웠다. 마치 연적을 바라보는 느낌이었다.

'……로렌 백작가는 원래 사람을 이렇게 불쾌하게 만드는 게 가풍인가?'

이엘리는 미간을 좁혔다. 그때 엘리제가 두 눈을 동그랗게 뜨고 놀란 목소리로 입을 열었다.

"세상에, 제도 최고의 오페라하우스에서 레이디 헤센바이츠를 뵙게 될 줄은 몰랐어요."

'제국 최고의 오페라하우스'를 강조하는 것을 보니 대충 각이 나온다. '결혼을 잘해서 신분 상승한 네가 웬일로 제도까지 올라왔니? 이 장소와 넌 어울리지 않아' 정도로 해석하면 되려나?

"어머나, 로렌 백작 영애께서는 마치 제가 있어서는 안 될 곳에 있는 것처럼 말씀하시네요."

그렇게 대답하며 이엘리는 방긋 미소를 지었다. 그녀의 노골적인 빈정거림에 엘리제가 입술을 깨물었다.

하긴, 돌려 말하는 보통의 사교계 어법에 비하자면 그녀의 말투가 공격적이긴 했다.

"하지만 전 제국 유일의 공작가, 헤센바이츠의 차기 안주인이 될 사람이랍니다."

그러나 이엘리는 저를 향한 무례함을 눈감아 줄 생각은 없었다. 이건 공작가의 위신 문제다.

"그런 제게 감히 북부의 가신이 그런 식으로 말씀하시다니……."

이엘리의 차가운 연녹색 눈동자가 엘리제를 빤히 바라보았다. 엘리제는 흠칫 어깨를 굳혔다.

"무례함을 벗어나, 이건 이제 모욕적으로 느껴질 정도군요."

"저, 저는 그러려던 게 아니라……."

"저를 모욕하는 것은, 나아가 제 남편과 헤센바이츠 공작가를 모욕하는 것과 마찬가지죠."

이엘리는 무표정한 얼굴로 말을 이었다. 결혼을 잘해서 신분 상승을 했을 뿐, 그 출신은 고작 자작 가문의 영애잖아! 라고 생각하며 엘리제는 발끈했으나, 그 말을 입 밖에 낼 정도로 멍청하지는 않았다.

"제, 제가 아직 어려서 예의에 어긋나는 발언을 했습니다."

이엘리 개인이라면 모르되, 헤센바이츠 공작가가 나온 이상 여기서는 한 걸음 물러나야 했다.

"그렇다고 치죠. 하지만 나이가 어리다면 제가 무조건 이해해 드려야 하나요?"

그러나 이엘리는 이대로 물러나 줄 생각은 없었다. 이엘리는 냉정하게 엘리제를 바라보았다.

"그리고 제가 알기로, 저와 로렌 백작 영애는 고작 한 살 차이일 텐데요."

"저, 레이디 헤센바이츠……."

"어린 나이를 핑계 삼아 스스로의 허물을 감싸기에는 조금 우습지 않나요?"

싸늘한 목소리를 들은 엘리제는 어깨를 굳혔다. 어쩐지 잘못 건드렸다는 생각이 들어서였다.

"잘못했으면 사과를 해야죠."

"……."

"사과, 안 하나요?"

"……죄송합니다. 용서해 주세요."

얼굴을 붉힌 엘리제가 고개를 푹 숙였다. 하지만 이엘리는 금일 공연이 있는 오페라하우스에서 로렌 백작가의 사람을 만난 것 자체가 기분이 나빴다.

그녀는 비딱하게 시선을 기울였다.

"그것보다 북부의 가신이 '저주받은 은룡과 정의의 기사'라는 오페라를 보러 오실 줄이야."

순간 엘리제의 얼굴이 붉으락푸르락해졌다. 그러나 이엘리는 싸늘하게 말을 이을 따름이었다.

"헤센바이츠에게 충성 맹세를 바친 귀족이 보기에는 적절하지 못한 오페라 아닌가요?"

그 말에 엘리제는 흠칫 어깨를 굳혔다. 붉어졌다가 희게 질리는 얼굴을 보며 그녀가 말했다.

"아시겠지만, 이번 오페라는 명백히 헤센바이츠를 모욕하는 뜻이 담겨 있잖아요?"

이엘리의 말은, 이번 오페라가 공작가의 외척인 로렌 백작가의 사람이 관람하기에는 다소 불편한 내용이라는 것을 꼬집는 것이었다.

"비록 나이가 어려 식견이 짧다고 변명하셨지만, 이해해 드릴 범주를 넘어선 것 같은데요."

"그, 그러는 레이디 헤센바이츠께서도 이번 오페라를 관람하셨잖아요?"

발끈한 엘리제가 소심하게 반박했다. 애 바보 아냐? 이엘리는 그런 뜻을 담아 그녀를 보았다.

"그거야 저는 자카리ㅡ 아, 실수."

그리고 아쉽게도, 이엘리는 저를 싫어하는 사람을 살갑게 대해 줄 정도로 성격이 좋지 못했다.

"헤센바이츠 소공작님과 함께 오페라를 관람하러 온 거랍니다."

친분을 과시하기 위해 일부러 호칭을 틀렸다는 것쯤, 사교계 짬밥이 쌓일 대로 쌓인 엘리제도 잘 알고 있을 것이다. 그 증거로 엘리제의 얼굴이 확 붉어졌다. 이런, 표정 관리 좀 해야지?

"이번에 황제 폐하의 초대장을 받았거든요."

장갑에 맞았으면 주워서 뺨이라도 쳐야지. 이엘리는 예쁘게 눈웃음을 치며, 나긋하게 말했다.

"무려 폐하의 서명이 담긴 초대장을 받았는데 방문하지 않을 수가 없잖아요?"

"뭐, 뭐라고요?"

뺨을 맞은 것 같은 얼굴 표정을 보아하니, 그녀는 '서명이 담긴 초대장'이 아닌 '일반 초대장'을 받았나 보다. 친밀한 관계일수록 서명을 남겨 초대장을 보내는 게 예의다.

물론 헤센바이츠는 그 위명이 지나치게 강대하니, 황가도 예의상 서명을 담은 초대장을 보낸 것일 테지만.

'황가와 적대하는 공작가는 받았는데, 황가와 친밀하다 자부하는 백작가는 받지 못했으니.'

자존심이 상당히 상할 것이다. 왜냐하면 로렌 백작가는 북부에서 황제의 입김이 닿는 유일한 가문이었으니까. 비록 가문의 격은 낮지만 헤센바이츠의 외척이기도 하니 보내 줄 만도 한데.

'뭐, 내가 알 바는 아니지.'

이엘리는 우아하게 눈웃음을 지었다. 그 이후, 나긋한 목소리로 엘리제를 향하여 말을 잇는다.

"폐하께서 크게 배려해 주셔서 오페라는 물론, 무도회와 마상 시합도 참석하게 되었답니다."

황제 폐하께서는 우리를 배려해 주는데, 너희는 그런 거 없지? 란 뜻이다. 엘리제는 분노했다.

"그, 그런……!"

"그보다 충고하자면, 영애는 앞으로 행동거지를 조심해야 할 필요성이 있을 것 같네요."

그 말을 들은 엘리제의 동공은 마치 지진이 난 것처럼 흔들렸다.

이엘리는 차분하게 말했다.

"저와 영애는 오늘 잠깐 마주쳤을 뿐인데, 이렇게 걸리는 점이 많아서 어떡하나요?"

공작가의 차기 안주인인 이엘리에 대한 모욕, 북부의 가신이면서도 공작가를 공격하는 오페라를 관람하는 태도까지.

차마 그 말에 반박할 수는 없었는지, 엘리제는 입술을 깨물 뿐이었다.

"……시정하겠습니다."

"그래요."

이엘리는 느긋하게 고개를 끄덕였다. 솔직히 그 어머니인 로렌 백작 부인을 보아하니, 크게 행동이 바뀔 것 같지는 않지만.

그러던 중 이엘리는 아직도 자카리가 오지 않았음을 상기했다.

'어라, 자카리가 좀 늦네?'

아무래도 사람이 많아 엇갈린 게 아닌가 싶다. 자카리를 찾아봐야 하나? 그렇게 생각하던 때.

"레이디 헤센바이츠."

……응? 이 목소리는? 이엘리는 불길한 예감에 사로잡혔다. 빳빳이 굳은 그녀가 뒤를 돌아본다.

"아까 오페라가 끝나고 다시 뵙자고 말씀드렸었는데."

수많은 인파들이 이쪽을 바라보는 가운데, 한 남자가 그녀에게 웃어 보였다. 타오르는 것 같은 붉은 머리카락, 속내를 알 수 없는 회색 눈동자를 가진 미남.

황제였다. 이엘리는 황망해졌다.

"먼저 자리를 피하셨더군요."

"……황제 폐하를 뵙습니다."

"화, 황제 폐하를 뵙습니다."

입술을 당겨 문 이엘리와는 다르게, 엘리제는 이제 기절할 것처럼 놀라 있었다. 두 여자는 동시에 정중하게 허리를 굽혔다. 그런데 그때 가벼운 인사가 들려왔다. 우아한 여성의 목소리였다.

"오랜만이에요, 레이디 헤센바이츠."

꿀처럼 달콤해 보이는 허니 블론드, 그리고 반짝이는 회색 눈동자. 어딘가 차가워 보이는 황제의 시선과 다르게 황녀의 눈동자는 오후의 햇살처럼 따스하게 빛난다. 이엘리는 웃었다.

"황녀 전하를 뵙습니다."

황제를 대할 때와는 다르게 부드러운 태도였다. 미간을 좁힌 황제가 대화 사이에 끼어들었다.

"그보다 오페라는 어떠셨습니까?"

"음……."

아니, 아까 전에도 이미 대화를 나누지 않았었나. 이엘리는 곤란한 와중에도 조금 불쾌해졌다.

"솔직히 말씀하셔도 괜찮습니다."

황제는 굉장한 호의를 베푸는 양 그렇게 말했다. 답정너도 아니고, 무슨 대답을 원하는 거야?

'아무리 오페라가 불쾌하게 느껴졌다고 해도 해도…….'

황제 앞에서 오페라에 대한 노골적으로 불만을 표하는 건 무리였다. 이엘리는 한숨을 삼켰다.

"저, 전하. 제 눈에는 굉장히 훌륭한 오페라인 것으로 보였습니다만……!"

그때 엘리제가 어떻게든 대화에 끼려, 다급하게 입을 열었다. 그러자 황제는 차갑게 대답했다.

"로렌 백작 영애, 난 영애에게 질문한 적이 없네."

"……."

"……."

순간 찬물을 끼얹은 것처럼 분위기가 싸늘해졌다. 수많은 사람들 앞에서 무안을 당한 엘리제는 거의 울 것 같은 얼굴이 되었다. 하지만 로렌 백작가는 명목상 헤센바이츠의 외척 아닌가.

'공작가를 얼마나 무시하면, 공작가의 일원을 앞에 두고 외척에게 이렇게 행동하는 거야?'

이엘리는 발끈했다. 황제와 로렌 백작가의 관계가 어떻다 한들, 이건 공작가에 대한 무례였다.

"폐하. 솔직한 제 의견을 구하셨기에 말씀드립니다만……."

이엘리는 차게 웃었다. 오페라의 문제점을 지적하지 않았던 건, 황제 앞에서 최소한의 예의를 지키기 위해서였을 뿐이다. 공작가의 외척을 대하는 태도도 그렇고, 먼저 황제가 선을 넘었다.

"제 눈에는 정말 질 나쁜 오페라로 보였습니다."

"……그렇습니까?"

순간 황제가 그녀를 보는 눈빛에 이채가 서렸다. 이엘리는 기죽지 않고 허리를 곧게 세웠다.

"건국 전설을 오페라로 올리는 건 좋습니다. 하지만……."

"하지만?"

"공작가를 지나치게 깎아내리는 편파적인 내용이더군요."

이엘리는 시선을 들어 올리며 황제를 쏘아보았다. 황제는 여유로운 얼굴로 그녀를 마주보았다.

"이런, 레이디께 그렇게 보였을 줄은 몰랐네요."

"공작가의 입장에서는 그 오페라를 보며 불쾌할 소지가 있다고 생각합니다."

이왕 이렇게 된 거 그냥 막 나가자. 어떻게든 자카리가 커버해 줄 테지. 그렇게 생각하던 찰나.

"그러고 보니, 제 여동생과 소공작이 혼담이 오갔던 사이임은 알고 계시겠지요?"

뜬금없이 튀어나온 화제 전환에 이엘리와 황녀는 동시에 표정이 불쾌해졌다. 모를 리가 있나.

"어떻습니까. 제 입으로 말하기는 뭐하지만, 제 여동생은 제국 최고의 미인입니다."

"……예, 제 눈에도 그렇게 보입니다."

"황가의 혈통을 가진 미인, 북부의 차기 군주인 소공작. 잘 어울린다고 생각하지 않습니까?"

순간 이엘리는 발끈했다. 어쩌라는 건지? 이엘리는 차갑게 식은 시선으로 황제를 올려다봤다.

"폐하. 남편이 있는 여인에게, 그 남편이 다른 레이디와 잘 어울리는지에 대해 묻다니요."

이엘리가 부러 '남편이 있는 여인'을 언급하자, 황제의 표정이 살짝 굳어졌다. 그녀는 고개를 기울였다.

"폐하께서 무슨 의도로 제게 그 질문을 하신 건지, 아둔하여 잘 모르겠군요."

"이런, 기분 상하셨다면 죄송합니다. 그저 예전 일을 잠시 떠올렸을 뿐입니다."

황제는 매끄럽게 사과의 말을 건네며 그녀의 손을 가볍게 잡아 올렸다. 순간 소름이 돋는 바람에 이엘리는 반사적으로 손을 잡아 뺄 뻔했다. 황제는 나긋한 눈동자로 소곤거렸다.

"레이디께서는 결혼 이후, 이번에 제도에 처음으로 방문하셨다고 들었습니다."

이엘리를 바라보는 회색 시선이 흡사 뱀처럼 번뜩인다. 황제는 달콤한 목소리로 말을 이었다.

"황궁에도 자주 들러 주십시오. 요새 저를 피하시는 것 같은데, 무척 서운합니다."

그 말과 동시에, 황제가 그녀의 손등을 들어 올렸다. 마치 도장을 찍듯 입술을 꾹 누르는 감촉을 느끼며, 그녀는 순간 머릿속이 차갑게 식는 것을 느꼈다. 사람들이 나지막이 술렁거린다.

"레이디께서는 무척 영민하신 분이시니, 우리는 말벗으로도 잘 맞을 것 같습니다."

황제는 빙긋 웃었고, 이엘리의 표정은 순식간에 썩어 들어갔다. 황제는 아마 자카리와 황녀의 결혼을 다시 한 번 언급하고 싶었을 것이다. 저번에 들었던 황녀의 목소리가 문득 떠올랐다.

'황가의 여자들이란, 그나마도 서출이란…… 결혼 동맹으로밖에
사용할 수 없는 존재죠.'

자카리는 공작가의 후계자다. 비록 겨울의 마법을 가지고 태어
난 그였지만, 근래의 자카리는 폭주는커녕 지극히 안정적이었다.
황제 입장에서 정략결혼으로 묶어 둘 가치가 생겼다는 거다.

'자카리와 황녀 사이에 다시 혼담을 만들고 싶다는 건가.'

그래서 이 수많은 사람들 앞에서 자카리의 아내인 그녀에게 접
근한 것이다. 이곳에 모인 귀족들은 제국에서도 최고의 귀족들. 황
제는 귀족들에게 황제의 생각을 넌지시 언급하고 있었다.

'……그리고 그리 기분 좋지는 않지만, 황제는 아직도 내게 가진
이성적인 관심을 접지 않았나 보네.'

그녀는 무표정한 얼굴로 그렇게 생각했다. 그 노골적인 관심 때
문에 황제가 내내 불편하게 느껴졌었다. 하지만 그건 황제의 일방
적인 마음일 뿐, 그녀가 그 마음을 받아 줄 필요는 전혀 없지 않나.

"죄송하지만 말벗은 어렵겠습니다. 가정이 있는 여인은 무릇 남
편에게 충실해야지요."

이엘리가 대답을 뱉은 순간 주변이 찬물을 끼얹은 양 고요해졌
다. 이엘리는 빙그레 웃었다.

"폐하께서는 아직 가정이 없으시기에 기본적인 사실마저 잠시
잊으셨나 봅니다."

"레이디 헤센바이츠."

"또한 제 남편은 저와 이미 혼약한 사이입니다."

비록 예의에 어긋나지 않게 화사한 미소를 지었지만, 그녀의 목소리에는 가시가 박혀 있었다.

"유부남인 제 남편과 황녀 전하께서 잘 어울린다 말씀하시는 것 또한, 상당히 불쾌합니다."

이렇게 노골적으로 거절당할 줄은 몰랐는지 황제의 얼굴도 차게 굳어졌다. 그리고 바로 그때.

"이엔과 마찬가지로, 저 또한 이 상황이 굉장히 불쾌하군요."

그와 동시에 뚜벅뚜벅 구두 굽 소리가 울렸다. 이엘리는 황급히 뒤를 돌아보았다. 자카리였다. 살짝 흐트러진 은빛 머리카락 아래, 맹수처럼 새파랗게 빛나는 청안이 황제를 차게 노려본다.

"누구 마음대로 저와 황녀 전하를 엮으십니까?"

"자카리."

목을 죄는 살기에 황제의 얼굴이 하얗게 질렸다. 그럼에도 그 뻔뻔한 표정은 변하지 않았다.

"이런, 가벼운 농담에 두 분께서 좀 예민하게 구시는군요."

"예민하다, 라. 결혼한 부부를 앞에 두고 그런 식으로 말씀하시는데 그저 농담이라니요?"

노골적으로 빈정거린 자카리가 이엘리의 손목을 쥐었다. 그 온기에 이엘리는 온몸의 긴장이 확 풀리는 걸 느꼈다. 손끝이 덜덜 떨리는 바람에 숨을 삼키자, 자카리가 나지막이 속삭였다.

"괜찮아, 이엔?"

"……왜 이렇게 늦었어? 기다렸잖아."

투정 부릴 생각은 아니었는데, 그녀는 저도 몰래 다소 칭얼거리는 어조로 말했다. 그가 웃었다.

"미안해. 이따 제대로 사과할게."

그렇게 말한 자카리가 허리를 곧게 세웠다. 입술을 말아 올려 사납게 웃는 모습이 섬뜩했다.

"폐하. 폐하께서 망상벽이 있으신 줄은 전혀 몰랐습니다."

"헤센바이츠 공."

"그렇지 않고서야, 이렇게 당연하다는 듯이 저와 황녀님을 엮으실 리가 있겠습니까."

자카리의 나른한 눈동자가 황제를 향했다. 평소에 이엘리에게 보여 주던 다정한 모습은 간데없이, 지금의 자카리는 거친 북부를 한 손에 움켜쥔 차기 군주였다. 자카리는 싸늘하게 말했다.

"영민한 황제라 소문이 자자하였는데, 아무래도 그 소문은 헛소문이었나 봅니다."

"소공작. 그저 농담이라 말했을 뿐인데 이게 무슨 무례요?"

"정말로 저와 황녀 전하의 혼담을 농담거리로 삼으셨다면, 그 또한 어리석은 발언이지요."

황제는 자카리를 찢어 버릴 것처럼 노려보았다. 그러나 그는 어깨를 가볍게 으쓱일 뿐이었다.

"아예 작금의 현실조차 보지 못하는 행동 아닙니까?"

그 말에는 황제도 기분이 상했나 보다. 목소리를 잔뜩 낮춘 황제가 차갑게 으르렁거렸다.

"적당히 하십시오, 소공. 저도 더이상 참을 생각은 없습니다."

"오히려 폐하께서 적당히 하시는 게 좋을 겁니다."

하지만 자카리는 싸늘한 목소리로 황제에게 맞받아쳤다. 황제는 저도 모르게 언성을 높였다.

"지금 짐을 겁박하는 겁니까?"

"글쎄요, 겁박이라는 말은 옳지 않군요. 전 사실을 말씀드리는 것뿐입니다."

내내 비웃음을 짓고 있던 자카리였지만, 푸른 눈동자만큼은 전혀 웃고 있지 않았다. 자카리는 한 걸음 앞으로 내디뎠다. 흠칫한 황제가 한 걸음 뒤로 물러났다. 자카리가 차갑게 되물었다.

"설마 북부가 다시 황위를 되찾기를 바라시는 건 아니시겠지요, 폐하?"

"공작, 그게 무슨……!?"

"북부는 황위를 되찾지 못하는 것이 아닙니다."

황제의 말문이 턱 막혔다. 자카리는 지극히 당연한 사실을 말하듯이, 오만한 얼굴로 선언했다.

"찾지 않는 것이죠."

"……."

그 말을 듣는 순간 황제는 입술을 짓씹었다. 노골적인 발언에 사람들도 당황했다. 하지만 그는 전혀 신경 쓰지 않았다. 왜냐하면 자카리는 그저 현실적인 이야기를 하는 것뿐이었으니까.

"지금 저희가 황가의 무례를 얼마나 참아 드리고 있는지, 폐하께서는 잘 아시리라 믿습니다."

차가운 정적이 흘렀다. 자카리가 무슨 말을 하는지 사람들은 모두 알고 있었다. 공작위의 안정적인 승계를 위해 공작가가 황가의 무례함을 참아 주고 있다는 것. 자카리가 손을 뻗었다.

"아 참, 이 손수건은 돌려드리겠습니다."

그의 손끝에서 팔랑팔랑 하얀 손수건이 떨어져 내렸다. 황가의 문장이 새겨진 손수건으로, 아까 황제가 억지로 이엘리에게 쥐여 준 물건이었다. 자카리는 두 눈을 가늘게 휘며 미소했다.

"헤센바이츠의 차기 안주인이 지니고 있기에는 다소 부적절한 물건인 것 같아서 말이죠."

"⋯⋯."

바닥에 구르는 손수건을 보며 황제는 낯을 굳혔다. 하지만 자카리는 이엘리를 돌아볼 뿐이었다.

"가자, 이엔."

"으, 응."

차가운 침묵이 흘렀다. 이엘리는 자카리의 뒤를 따랐다. 마지막으로 뒤를 돌아보니, 뺨이라도 맞은 것 같은 얼굴을 한 황제와 시선이 마주쳤다. 그 와중에도 황제는 희미한 미소를 지었다.

'⋯⋯기분 나빠.'

소름이 돋은 그녀는 홱 고개를 돌렸다. 하지만 뱀 같은 회색 눈동자가 집요하게 제 뒷모습을 따라붙는 건 막을 수 없었다. 아무래도 이대로 순순히 물러나지 않을 것 같은 예감이 들었다.

*　　*　　*

이엘리는 마차에 올라탔다. 그녀는 방금 전 황제와의 일을 되짚어 생각하느라 정신이 없었다.

'세상에, 자카리는 황제를 앞에 두고 무슨 협박을 한 거람.'

이엘리는 자카리를 힐끔 곁눈질했다. 아마 북부의 힘으로 제국 전체를 뒤엎어 버리는 것은 불가능할 것이다.

하지만 헤센바이츠가 공작가의 이름을 포기하고 황위의 이름을 되찾는 건 마음만 먹으면 가능했다. 그리고 북부가 독립한다면 가장 큰 피해를 입는 쪽은 아마 황가일 터.

'하지만 누구나 알고 있는 사실이라도, 그 사실을 노골적으로 말하는 건 다르잖아.'

게다가 상대는 황제. 너무 대놓고 싫은 기색을 표현한 건 아닌가 싶어, 그녀는 한숨을 삼켰다.

"자카리."

"응, 이엔."

힐끔힐끔 그녀의 눈치를 살피던 자카리가 화들짝 놀라 대답했다. 이엘리는 고개를 기울였다.

"아까 황제에게 그런 식으로 대해도 괜찮았던 걸까?"

"무슨 상관이야, 그딴 자식."

그렇게 말하던 자카리가 입술을 잘근잘근 씹으며 이엘리를 바라보더니 조그맣게 사과를 한다.

"……그보다 미안해, 이엔."

"응? 어째서?"

"그 자식이 네게 무례하게 굴었잖아. 역시 내가 곁에 붙어 있어야 했는데."

자카리가 짧게 한숨을 내쉬었다. 그러나 이엘리는 단호히 고개를 가로저었다. 그녀가 물었다.

"아냐, 자카리가 왜 나한테 사과해?"

"하지만……."

"내게 일어난 모든 일을 네가 사과할 필요는 없어."

그렇게 말한 그녀가 살포시 눈을 휘었다. 그녀의 손가락이 자카리의 뺨을 가볍게 어루만졌다.

"게다가 네 잘못도 아닌 일이라면 더더욱."

"……이엔."

이엘리의 곁에 주저앉은 그가 툭 그녀의 어깨에 고개를 기댔다. 그녀가 어깨를 토닥여 준다.

"그래도 신경 쓰게 해서……."

"글쎄, 난 괜찮으니까."

언제나 어른스러운 이엘리. 내가 그녀에게 의지하는 것처럼, 그녀도 내게 조금만 기대 줬으면 좋겠는데. 언제나 '괜찮다'라고 말하는 게 좀 서운했다. 그때 이엘리가 조그맣게 투덜거렸다.

"하지만 너를 황녀님과 엮어 이야기하는 건, 역시 좀 듣고 싶지 않더라."

"그랬어?"

"그럼. 누가 자기 남편이 다른 여자와 엮이는 걸 좋아하겠어?"

그 말을 들은 자카리의 눈동자가 순간 물에 비친 달처럼 흔들렸다. 이엘리는 빙그레 웃었다.

"앞으로도 네 얘기는 다른 사람이 아니라 네 입에서 직접 듣고 싶어.”

“그래, 이엔.”

이엘리의 말에 자카리는 씩 웃어 보였다.

그 미소는 아까 전과는 다르게 확연히 밝았기에, 이엘리는 조금 의아해졌다. 음, 갑자기 자카리가 굉장히 기분이 좋아진 것 같은데. 이유가 뭐지?

＊　　＊　　＊

한편 황제와 황녀가 타고 있는 마차 안은 싸늘한 정적만이 흐르고 있다. 실상은 아니라 해도, 외부에는 사이좋은 남매임을 연기하느라 남매가 함께 마차를 탄 것이다. 황녀는 숨을 삼켰다.

“……이엘리.”

황제가 초조한 어조로 중얼거렸다. 보는 이가 없으니 ‘레이디 헤센바이츠’라는 호칭조차 사용하지 않는다. 이엘리의 거절에도 그는 분노하지 않았다. 대신 그녀에 대한 소유욕만 강해질 뿐이었다.

“폐하. 레이디 헤센바이츠에게는 더 접근하지 않으시는 편이…….”

보다 못한 황녀가 조심스럽게 입술을 열었다. 그 순간. 철썩! 황제는 황녀의 뺨을 올려붙였다.

“네가 뭐라고 감히 황제인 내 행동에 간섭하느냐?”

“폐, 폐하. 하오나…….”

“고작 너 같은 천출에게 간섭당할 내가 아니다.”

싸늘하게 대답한 황제가 고개를 돌렸다. 제 행동이 비이성적이라는 것을 알면서도, 그녀에 대한 소유욕을 멈출 수가 없다. 살랑거리는 분홍색 머리카락, 가녀린 체구가 눈앞에 아른거린다.

'어떻게든 그녀를 손안에 넣겠어.'

경멸의 기색을 띤 연녹색 눈동자마저도 사랑스러운 여인. 그녀를 갖지 못하면 죽을 것 같았다.

'……그러려면 그녀가 제도에 올라온 지금이 적기지.'

황제의 눈빛이 기이한 빛을 품은 채 깊게 가라앉았다. 황녀는 그런 황제를 숨을 죽인 채 바라보았다. 어째서 황제가 레이디 헤센바이츠에게 이렇게 집착하는지 이유를 알 수 없었다.

'저 집착이 과연 좋은 방향으로 끝날까?'

황녀는 입술을 지그시 깨물었다. 앞으로의 일이 상당히 귀찮아질 것만 같은, 불길한 예감이 들었다.

*   *   *

오페라의 일정이 모두 끝나고, 이엘리는 다시 한 번 손수건을 만드는 작업에 착수했다. 침모를 쫓아다니며 도안을 상의하고 만든 보람이 있었는지, 그럭저럭 손수건 같은 모양은 나왔다.

"휴, 드디어 다 완성했다."

이엘리는 완성한 손수건을 조심스럽게 들어 보았다. 스스로의 솜씨에 자신이 없었던 이엘리는 화려한 자수는 애초 포기했다. 헤센바이츠의 문장을 귀퉁이에 수놓는 데만 해도 한세월이었다.

"……음, 너무 초라한가?"

이엘리는 미간을 좁힌 채 손수건을 요모조모 살펴보았다. 아무래도 좀 모자랄 것 같다. 다른 귀부인들은 분명 호화로운 손수건을 가져올 텐데. 향수 몇 방울을 뿌린 그녀가 한숨을 쉰다.

'이걸 자카리의 손목에 묶고 다닌다고 생각하면⋯⋯.'

눈앞이 깜깜해졌다. 다른 귀부인들이 엄청 비웃지 않을까. 무엇보다도 가장 슬픈 건, 자카리는 아주 자랑스럽게 손수건을 손목에 감고 다닐 거라는 거였다. 이엘리는 끙 앓는 소리를 냈다.

"뭐, 그래도⋯⋯."

자카리가 기뻐해 주면 좋을 텐데. 그의 즐거운 얼굴을 상상하던 그녀는 살짝 뺨을 붉혔다.

어쨌든 이 손수건은 무도회 당일까지는 보여 줄 생각이 없다. 그녀는 손수건을 서랍에 넣었다.

"흠, 그렇다면 오늘 공작저에 온 편지들이나 확인해 볼까."

제도에 올라오는 일이 드문 공작가였기에, 여기저기서 초대장이며 잡다한 편지들이 자주 날아왔다. 물론 두 사람은 최소한의 일정만 소화한 이후 다시 공작령으로 돌아갈 생각이었지만.

"이건?"

편지를 살펴보던 이엘리의 표정이 미세하게 굳었다. 그녀의 손에는 화려한 꽃무늬가 들어간 고급 편지 봉투가 들려 있었다.

짙은 향수 냄새가 풍기는 편지 봉투에 쓰여 있는 발신인은⋯⋯.

"⋯⋯엘리제 로렌?"

이엘리는 좀 당황했다. 엘리제가 편지를 보낼 이유가 뭐가 있단 말인가. 게다가 수신인 또한⋯⋯.

"자카리잖아."

비록 두 사람은 사촌이긴 했지만, 그렇다고 서로에게 편지를 보낼 정도로 친분이 있진 않았던 것 같은데.

결국 이엘리는 편지를 든 채 자리에서 일어났다. 자카리에게 물어볼 생각이었다.

"자카리?"

"이엔, 웬일이야?"

타운하우스 뒤편의 훈련장에서 한참 연습용 검을 휘두르던 자카리가 의아하게 질문을 던졌다.

"그게, 너에게 편지가 왔거든."

"나에게?"

"응."

이엘리는 고개를 끄덕였다. 검을 내려놓은 자카리는 어리둥절한 얼굴로 이엘리에게 다가왔다.

"중요한 편지야?"

"중요한지 아닌지는 모르겠는데……."

미간을 좁힌 그녀가 자카리에게 편지를 내밀었다. 편지를 받아 들던 자카리가 미간을 구겼다.

"으, 향수 냄새……."

향수도 적당히 뿌려야 향기롭지, 이건 마치 향수에 전 수준이다. 자카리는 대충 편지를 뒤집어 봤다. 발신인을 확인하던 그는 두 눈을 가늘게 떠 이해가 안 된다는 얼굴로 물었다.

"……엘리제 로렌? 얘가 왜 나한테 편지를 보내?"

"그거야 나도 모르지."

저도 모르게 새침한 대답이 나왔다. 자카리는 어깨를 으쓱여 보이곤 편지 봉투를 대충 찢었다.

"별 내용도 없는데?"

편지를 대강 읽어 본 자카리가 이엘리에게 말했다. 이엘리는 관심 없는 척 그를 힐끔거렸다.

"무슨 내용인데?"

"그냥, 이번에 만나서 반가웠다고?"

그렇게 말하던 자카리가 이엘리에게 편지를 내밀고는 이엘리에게 아무렇지도 않게 제안했다.

"읽어 볼래?"

"응."

이엘리는 냉큼 편지를 낚아채 펼쳤다. 편지 봉투에서 나는 향수 냄새보다도 더한 향수 냄새가 이엘리를 덮쳐 왔다.

'친애하는 헤센바이츠 소공작님께.'

누가 누구를 친애해? 이엘리는 기분이 급격히 가라앉는 것을 느꼈다. 그녀는 다음 문장을 읽었다.

'안녕하세요, 소공작님. 엘리제예요. 사촌인데도 거의 교류조차 없이 지냈던 것 같네요.'

그거야 너희가 자카리를 괴물 취급하며 멀리했으니 그렇지! 이엘리는 벌써 속이 답답해졌다.

'이번에 오페라하우스에서 소공작님을 만나 뵙고 정말 기뻤답니다. 제가 제도에 머물러 있는 바람에 공작령에 자주 내려가지 못했네요. 앞으로는 자주 얼굴도 뵙고, 돈독한 친교 또한 쌓으면서 지냈으면 좋겠어요. 얼른 마상 시합의 전야제가 열렸으면 하고 바라고 있답니다.'

이엘리는 뚱한 얼굴을 했다. 얼굴을 자주 보고, 돈독한 친교를 쌓으려면 예전부터 그랬어야지.

'소공작님을 뵐 수 있다는 기대 때문인지 벌써부터 가슴이 두근거리네요.'

네가 뭔데 자카리를 만난다는 기대로 가슴을 두근거려? 이엘리는 저도 모르게 발끈해 버렸다.

'참, 이번에 마상 시합에 출전하신다고 들었어요. 소공작께서 몸이 상하시지 않을까 걱정이 됩니다. 소공작께서는 분명 아샤 꽃가지를 얻으실 수 있을 거예요. 어느 분께 꽃가지를 바치실 생각이신지요? 만약 제가 소공작님의 꽃가지를 받을 수 있다면, 기뻐서 기절하고 말 거예요.'

……아니, 네가 왜 자카리의 꽃가지를 받아? 이엘리는 기가 막힌 기분으로 편지를 쏘아보았다.

'앞으로는 소공작님이 아닌, 오빠라고 부를 수 있게 되었으면 좋겠 어요. 저희는 사촌 관계니까 오빠라는 호칭이 크게 어색한 게 아니잖 아요? 그럼 이만 편지를 줄입니다. 조만간 또 뵈어요.'

엘리제 로렌. 최대한 어여쁘게 꾸며 쓴 필체로 서명이 남아 있다. 오빠라니. 엄연히 소공작이라는 작위가 있는데 네가 왜 오빠라고 불러? 속이 부글부글 끓는다. 그녀는 입술을 깨물었다.

"……."

이엘리는 자카리를 밉지 않게 흘겨보았다. 너, 눈치가 없는 거 야? 아니면 모르는 척하는 거야? 이엘리는 자카리에게 그렇게 묻고 싶었다.

제국은 엄연히 사촌끼리 혼인이 가능했고, 엘리제는 이엘리와 비 슷한 나이의 여자아이였다. 그리고 이엘리를 포함한 아가씨들은 보 통…….

'……관심 없는 사람에게 이런 귀찮은 짓 따위, 안 한단 말이야!'

딱 보아하니 엘리제는 자카리에게 이성적인 감정을 가지고 있었 다. 물론 그 호감을 교묘하게 감춰 두긴 했지만, 그건 감춘다고 완 벽히 감춰지는 문제가 아니었다.

하지만 눈앞의 자카리는…….

'나에 대해서는 예민한 주제에, 자기에게 오는 호의에는 둔감하지.'

이엘리는 한숨을 삼켰다. 사람 속도 모르고, 정말. 그런데 그때 자카리가 빙그레 미소 지었다.

"설마 이엔, 질투해?"

"그럴 리가……!"

반사적으로 목소리를 높이던 이엘리는 순간 멈칫했다. 이엘리의 눈동자가 휘둥그렇게 커졌다.

'그런가? 나 지금 질투하고 있는 건가?'

만약 그런 거라면…… 그녀는 어쩔 줄 몰라 숨을 삼켰다. 자카리가 달콤한 목소리로 말했다.

"물론 네가 질투해 준다면 난 무척 기쁘겠지만."

"그, 그런 거 아니야!"

"아니야?"

내심 기대한 건지, 자카리는 대번 실망한 얼굴로 이엘리를 바라보았다. 이엘리는 입 안, 보드라운 살을 깨물었다. 솔직히 말하자면 질투하는 게 맞는 것 같다. 이엘리는 흘끔 그를 보았다.

"어쨌든 자카리, 그 편지에 답신 쓸 거야?"

"아니 뭐, 굳이 그럴 필요 있나? 마상 시합 전야제에서도 만날 거니까."

"……."

어째 기분이 더 가라앉는 기분이다. 전야제에서 엘리제를 또 만나야 한다니. 이엘리는 엘리제와 자카리가 가까이 있지 못하게 해야겠노라, 마음을 굳혔다.

이엘리가 단호하게 입을 열었다.

"그 편지, 줘."

"응? 왜?"

"태워 버리게."

"……태운다고?"

자카리는 어리둥절한 얼굴이 되어 이엘리를 바라보았다. 그러나 이엘리는 자카리의 손에서 편지를 빼앗아 들었다. 인사조차 남기지 않고 성큼성큼 걸음을 옮기는 뒷모습이 앙칼져 보였다.

"아, 정말."

그 뒷모습을 바라보던 자카리가 슬며시 미소 지었다. 그가 애정 가득한 목소리로 작게 중얼거린다.

"이엔. 너무 귀엽잖아."

질투 따위 안 한다 했지만, 편지를 갖고 올 때부터 뾰로통한 얼굴을 하고 있지 않았나. 태워 버린다고 말하면서 새침하게 구는 것까지 너무 사랑스럽다.

자카리는 손으로 얼굴을 덮었다.

*   *   *

포르투나 오페라하우스에서의 일이 지나고 며칠 후. 오늘은 자카리가 멋대로 출전한다고 선언한 마상 시합의 전날이었다. 이번 마상 시합 전날엔 전야제란 명목으로 황제가 무도회를 열었다.

'이 무도회를 위해 오늘 하루 종일 고생했지.'

전투적으로 치장한 자신의 모습을 거울로 지켜보며 그녀는 그렇게 생각했다. 바다색으로 시작해서 남청색으로 물드는 오묘한 빛깔의 드레스는 저에게 꽤 잘 어울렸다. 보석은 사파이어를 선택했다.

'일부러 자카리의 눈동자 색으로 맞췄는데, 나름대로 잘 어울려서 다행이야.'

자카리에게도 에메랄드로 만든 크라바트 장식을 골라 주었다. 연인, 혹은 부부가 이런 식으로 색을 맞춰 치장하는 건 사교계의 오래된 관습 중 하나였다. 두 사람이 부부임을 부각시키고 싶어서 노골적인 방식을 택한 것이다.

귀찮게 굴지 말라는, 황제에게 보이는 일종의 표현이었다.

'음…… 자카리가 조금이라도 예쁘다고 생각해 줬으면 좋겠지만.'

자연스럽게 자카리에 관한 생각을 떠올리던 이엘리는 수줍은 표정이 되어 버렸다. 요새 자카리가 자꾸 남자로 보여서 큰일이었다. 남동생 같던 어린아이가 이렇게 훌륭하게 자랄 줄이야.

'참, 손수건 챙겨야지.'

거울 앞에서 꼼꼼히 자신의 모습을 살피던 이엘리는 마지막으로 손수건을 챙겼다.

헤센바이츠 공작가의 문장이 삐뚤빼뚤하게 수놓인 하얀 손수건. 정말 이걸 줘도 되나. 마음이 복잡해진다.

"하아."

그녀는 긴 한숨을 내쉬었다. 그런데 그때 똑똑 노크 소리가 들렸다. 깜짝 놀란 그녀가 외쳤다.

"들어와!"

달칵. 문이 열렸다. 자카리가 한 걸음 방 안으로 걸음을 옮긴다. 그 순간 이엘리는 멍해졌다.

"……."

잘생겼어. 딱 자카리를 보자마자 떠오른 생각은 바로 그거였다. 새하얀 은발을 깔끔하게 정돈하고, 몸에 착 달라붙는 남청색 정장을 차려입은 자카리.

남성 패션 잡지의 카탈로그에서 쏙 빠져나온 것처럼 완벽한 모습이었다. 평소의 그가 대형견이라면, 지금 그는 우아한 표범 같다.

"이엔, 너 오늘 되게 예쁘다."

자카리의 말에 그녀의 얼굴이 붉게 물들었다. 평소라면 아무렇지도 않게 넘길 말인데, 도무지 그럴 수가 없었다.

자카리의 행동 하나하나가 의식되어 견디기 어려웠다. 그녀는 한숨을 삼켰다.

"그, 고마워."

더듬더듬 그렇게 말하자, 자카리가 고개를 내려 이엘리를 빤히 바라보았다. 그가 씩 눈웃음을 친다.

"이상하네. 평소라면 '내가 예쁜 건 당연하지'라고 했을 거잖아."

"그건……."

아니, 바보 같은 내 심장아. 왜 멋대로 뛰고 그래! 부부로 산 게 몇 년인데 이제 와서 이러니!

'진정하자, 심장아. 진정해!'

어쩔 줄 모르고 데굴데굴 구르던 이엘리의 눈동자가, 순간 자카리가 맨 크라바트로 이동했다.

'음, 역시. 이럴 줄 알았지.'

그녀는 미간을 좁혔다. 크라바트의 모양은 예전이나 지금이나 마찬가지였다. 모양이 엉망이란 소리다. 헝클어진 크라바트 위, 이엘리와 눈동자 색을 맞춘 에메랄드 장식이 영롱하게 빛났다.

"그러고 보니, 크라바트."

"왜? 모양이 이상하게 잡혔어?"

"그래. 넌 언제쯤이면 크라바트를 제대로 매는 방법을 배울 거니?"

이엘리의 불평에 자카리는 샐샐 눈웃음을 칠 따름이었다. 이엘리는 능숙한 동작으로 에메랄드 장식을 빼내고, 크라바트의 모양을 정리해 주었다. 그러고는 어깨를 으쓱이면서 한 걸음 뒤로 물러난다.

"이제야 좀 봐 줄 만하네."

"그냥 '봐 줄 만하다' 수준이야?"

"응?"

자카리의 물음이 그녀는 어리둥절한 얼굴을 했다. 자카리는 웃음 섞인 목소리로 말을 잇는다.

"오늘 나, 너에게 최대한 잘생겨 보이려고 엄청 노력했다고."

"어, 음……."

그, 그렇게 훅 치고 들어오는 건 반칙인데. 이엘리는 어쩔 줄 모르고 눈동자를 굴렸다. 그때.

"별로야?"

자카리가 고개를 숙이며 이엘리를 빤히 바라보았다. 머뭇대던 그녀가 입술을 작게 달싹인다.

"……아니."

"으응?"

"자, 잘생겼다고."

아, 말을 더듬어 버렸어. 창피해……. 그녀의 얼굴이 달아올랐다. 화끈대는 감촉이 창피하다.

"이엔, 그거 알아?"

"뭘?"

"넌 언제나 세상에서 제일 예쁜 사람이야."

그런 그녀를 가만히 바라보던 자카리가 입을 열었다. 무슨 뜻이지? 이엘리는 힐끔 그를 곁눈질로 보았다. 그의 짙푸른 눈동자에는 따스한 애정과, 조금 더 진득한 감정이 스며들어 있었다.

"그러니까, 세상에서 제일 예쁜 네게 어울리는 사람이 되기 위해서는……."

목소리가 낮게 가라앉았다. 이러면 안 된다. 애써 감춰 왔던 농밀한 집착을 들킬 것만 같았다.

"……내가 최대한 노력해야겠지."

"자카리?"

"그냥 그렇다고."

금세 가벼운 표정으로 돌아온 자카리가 아무렇지도 않게 화제를 돌렸다. 그가 손을 내밀며 말한다.

"그럼 가실까요, 레이디?"

"네, 그래요."

새치름하게 대답한 이엘리는 자카리의 손 위로 제 손을 얹었다. 에스코트를 받으며 걸음을 옮기던 그녀는, 팔에 건 작은 손가방 안에 넣어 둔 손수건을 생각했다. 마음이 금세 무거워진다.

'과연 내가 자카리에게 이 손수건을 줄 수 있을까?'

완벽한 모습을 한 자카리의 모습을 보자 점점 더 자신감이 떨어졌다. 그녀의 손수건을 만인에게 공개하게 되는 것 자체가 부담스러웠다.

이엘리는 반쯤 울상이 된 채로 마차에 올라탔다.

*　　*　　*

새로 알게 된 사실이지만, 황실의 화려함은 사람을 압도하는 느낌을 준다. 이렇게 사람을 맞이하기 위해 단장한 곳은 더욱. 그녀는 허리를 곧게 세우고 도도한 표정으로 생각했다.

'나, 오늘 최선을 다해 꾸미기를 잘한 것 같아.'

다소 과할 정도로 치장한 게 여기서는 빛을 발했다. 특히 사교계의 구식 관습을 충실히 따라서, 두 부부가 서로의 눈동자 색깔을 맞춰 보석이며 드레스 색깔을 선택한 것만 해도 그렇다.

"어머나, 저렇게 색을 맞춰 치장하는 건 다소 에스러운 관습인데."

"그런 관습까지 충실히 따를 정도라니……."

귀족들이 눈을 동그랗게 떴다. 조금은 놀란 듯한 반응은 금세 호의적인 반응으로 번져 나갔다.

"헤센바이츠 소공작 부부께서는 무척 사이가 좋으신가 봐요."

"그러게요. 금슬이 좋은 부부는 보는 사람까지 기쁘게 하는 법 아니겠어요?"

"맞아요. 화목한 가정은 가장 가치 있는 것 중 하나니까요."

……왜냐하면 이런 반응을 원했으니까. 다소 유난을 떠는 부부로 보이는 게 황제의 쓸데없는 관심을 받는 것보다는 훨씬 나았다. 이 정도면 황제도 그들의 의도를 명확히 인지할 수 있겠지.

'흠, 이 정도면 됐나.'

그럼 이제 각자 사교 활동을 할 시간이다. 이엘리는 마주 잡은 그의 손을 놓은 후 빙긋 웃었다.

"그럼, 자카리. 조금 이따 만나."

하지만 자카리는 뚱한 얼굴이었다. 그가 멀어지는 이엘리의 손을 다시 잡아채며 간절하게 묻는다.

"……같이 있으면 안 돼?"

"안 돼, 최소한의 예의는 지켜야지."

이엘리는 고개를 가로저었다. 무도회에서 파트너와 가장 긴 시간을 보내는 건 빈축을 살 일은 아니었다.

하지만 그 전에 다른 귀부인들, 혹은 귀족들과 각자 인사를 나누는 시간은 필요했다.

"다른 사람들에게 괜히 트집 잡힐 짓은 하지 않는 게 좋잖아."

"그래도…… 황제가 네게 귀찮게 굴면 어떡해?"

목소리를 낮춘 자카리가 이엘리에게 말했다. 이엘리는 두 눈을 가늘게 뜨며 그를 흘겨보았다.

'그럴 거면 너부터 엘리제를 좀 조심해 줄래?'

하지만 질투 따위 하지 않는다고 이미 말했으니, 차마 그렇게 쏘아붙일 수는 없는 노릇이었다.

"황제 폐하께서 내게 오시기 전에 네가 먼저 돌아오면 되지."

"……."

자카리는 여전히 불만스러운 얼굴이었다. 한숨을 푹 쉰 이엘리는 자카리에게 당근을 건넸다.

"대신 인사가 다 끝나면 계속 같이 있자. 첫 춤도 함께 추고. 알았지?"

"……진짜지?"

"그럼."

이엘리는 빙긋 눈웃음을 쳤다. 자카리는 그제야 조금이나마 인사를 할 마음이 든 것 같았다.

"알았어, 그렇다면."

"금방 다시 만나자, 알았지?"

이엘리는 자카리의 등을 톡톡 두드려 주곤 걸음을 옮겼다. 자카리는 그녀를 바라보다 몸을 돌렸다.

저번 대관식 때와 마찬가지로, 호기심 섞인 시선들이 이쪽으로 수없이 쏟아지고 있었다.

'음, 그렇다면 누구와 먼저 인사를 나누어야 하나…….'

차라리 황녀가 있었다면 쉬웠을 텐데, 아직 황제를 포함한 황족들은 무도회장에 오지 않았다.

'보통 아랫사람이 윗사람에게 먼저 인사를 올리니까, 좀 애매하네.'

이엘리는 미간을 좁혔다. 왜냐하면 황녀를 제외한다면, 그녀가 무도회장에서 가장 신분이 높은 레이디였던 것이다. 그렇다고 그녀가 먼저 인사를 건넬 정도로 친분을 쌓은 사람도 없다.

"……."

그녀는 황녀가 오면 인사를 하려 우선 무도회장 구석으로 물러났다. 그런데 바로 그때.

"레이디 헤센바이츠를 뵙습니다."

"……아, 로렌 백작 영애."

얜 왜 친한 척이지? 이엘리는 눈을 가늘게 떴다. 사뿐사뿐 걸어온 엘리제는 처음엔 즐거운 얼굴이더니, 이내 자존심이 상한 낯을 했다. 엘리제는 새로 맞춘 화려한 드레스를 입고 있었다.

'왜 저런 얼굴…… 아, 설마.'

이엘리는 터져 나오려는 한숨을 삼켰다. 아무래도 저번 오페라 하우스에서의 일도 있으니, 엘리제는 화려한 드레스를 맞춰 이엘리의 코를 납작하게 해 주고 싶었던 모양이다.

하지만 오늘은 이엘리도 최대한 공들여 치장하고 나왔다. 엘리제의 목적이 순식간에 박살 나 버린 것이다.

"……푸른 드레스네요."

"맞아요. 처음 제도의 무도회에 참석하는 거라, 다소 에스럽지만 관습을 지켰답니다."

이엘리는 나긋한 목소리로 말했다. 엘리제는 분한 얼굴이 되었다. 이엘리 외의 누구도 자카리에게 그런 권리를 행사할 수 없었으니까.

'그래도 꽤나 신경 썼네. 음, 백작가의 재정이 저 값비싼 드레스를 감당할 수 있던가?'

이엘리는 시큰둥한 얼굴로 그렇게 생각했다. 로렌 백작 부부는 코빼기도 보이지 않는데, 로렌 영애만 계속 제 곁을 알짱거리는 게 귀찮기도 했다. 엘리제는 입술을 깨물면서 입을 열었다.

"레이디께서는 오늘은 혼자 계시는 건가요?"

이건 아마, 자카리는 어디 두고 혼자 있냐는 물음일 터. 이엘리는 화사한 미소를 지어 보였다.

"소공께서는 잠시 다른 귀족분들과 인사를 나누러 가셨어요."

"그, 그렇다면 실례하겠습니다."

엘리제가 황급히 몸을 돌렸다. 그 속이 빤히 들여다보여, 이엘리는 헛웃음을 터뜨리고 말았다.

'내 남편, 이렇게 인기가 많아서 어떡하나.'

아무래도 자카리가 유부남이라는 사실을 까맣게 잊은 사람들이 많은 모양이다. 자카리에게 황녀를 붙이려 하는 황제는 물론이고, 유부남을 생각하며 뺨을 발그레하게 붉히는 엘리제까지.

"어머나, 벌써 가시려고요?"

그리하여 이엘리는 낭랑하게 입을 열었다. 그녀의 말에, 엘리제가 흠칫 놀라 뒤를 돌아보았다.

"소공께서는 금방 돌아오실 텐데요."

"예? 그건……."

"왜냐하면 오늘 무도회의 모든 춤은 저와 추겠다고 약속했으니까요."

솔직히 그런 약속 따위 한 적 없지만, 이 정도 거짓말은 해도 상관없을 터다. 무엇보다도 자카리는 그녀가 '오늘 나랑 모든 춤을 추자'고 제안하면, 뛸 듯이 기뻐하며 받아들일 테니까.

"그러니까 '소공을 만나는 것'이 목적이라면, 제 옆에 계시는 게 제일 빠를 거예요."

어차피 네가 자카리에게 접근하려 한들, 자카리는 받아 주지 않을 거라는 완곡한 표현이었다.

"괜히 넓은 무도회장을 돌아다녀서 힘 빼는 것보다는 낫잖아요?"

이엘리는 비스듬히 고개를 기울였다. 정곡을 찔렀는지, 엘리제는 입술을 깨물며 낯을 붉혔다.

"……."

그래도 자카리를 만나고자 하는 마음이 더 컸는지, 엘리제는 주춤주춤 이엘리 쪽으로 다가왔다.

이엘리는 시큰둥한 얼굴로 시선을 돌렸다. 한숨을 삼키면서 엘리제를 이해해 보려 애썼다.

'솔직히 로렌 백작 영애가 왜 저러는지…… 이해를 못 할 건 아니지만.'

로렌 백작 부인이 예전에 자랑스럽게 떠들어 댔던 말을 되새겨 본다. '사실은 저희 딸을 소공께 보내고 싶었다'고 했었나. 어머니의 가르침이 저런 식이니 딸이 저런 건 그렇다 치자. 하지만…….

'내가 내 남편한테 부적절한 관심을 보이는 사람까지 적당히 봐 줘야 할 필요는 없지.'

이엘리의 눈빛이 싸늘하게 가라앉았다. 경고는 필요할 것 같다. 그녀는 엘리제를 돌아보았다.

"로렌 백작 영애."

"네?"

"영애께서는 공작가의 외척이시자, 소공의 사촌 동생이시죠."

그 말에 엘리제는 어리둥절해서 그녀를 마주 본다. 이엘리는 매 끄러운 목소리로 말을 이었다.

"그러니 스스로가 어떻게 처신해야 적절할지 잘 아실 거라고 믿 어요."

"……그게 무슨 말씀이신가요?"

"제 남편은 아내가 있는 사람임을 확실히 인지하고 계시라는 뜻 이에요."

순간 엘리제의 얼굴이 화르륵 달아올랐다. 비록 이엘리의 눈은 웃고 있었지만, 온기가 없었다.

"다, 당연히 알고 있어요! 레이디께서는 걱정이 많으신 것 같네요."

"저도 그저 쓸데없는 걱정이었으면 하고 바라요."

파르르 화를 내는 엘리제에게 그녀는 여유롭게 답했다. 그리고 비스듬히 고개를 꺾으며 말을 잇는다.

"다만 영애께서 제 남편께 개인적으로 편지를 보내신 것을 보게 되어서요."

"그, 그야 저희는 사촌 관계이니까……!"

"단순히 친척끼리 친목을 도모하기 위해 보낸 편지라기에는 부적절하지 않았나 싶네요."

칼 같은 대답에 엘리제는 입술을 짓씹었다. 이엘리는 차분한 눈동자로 엘리제에게 되물었다.

"친지끼리의 친목을 위해서라면…… 그 편지, 소공보다는 제게 보내는 게 낫지 않았을까요?"

그건 사실이었다. 제국은 가정을 중요시하는 문화를 가졌다. 결혼한 사람은 피치 못할 상황이 아니라면, 다른 이성과 따로 연락하는 게 금기시되었다.

게다가 제국은 사촌끼리 혼인이 가능했기에, 엘리제가 한 행동은 더욱 부적절했다. 자카리가 답신을 보내지 않은 이유도 그거였다.

"그것이, 저는……."

"뭐, 영애께서 다른 의도가 없던 거라면 다행이지만요."

엘리제는 입술을 당겨 물었다. 더 말을 섞어 봤자 제게 불리하다는 사실을 깨달은 것 같았다.

"……저는 이만 물러가 보겠습니다."

"그래요."

이엘리는 고개만 까닥였고, 엘리제는 휙 돌아섰다. 그 표정까지 로렌 백작 부인과 무척 닮았다.

"……."

로렌 백작가의 사람들은, 묘하게 사람을 불쾌하게 하는 구석이 있는 것 같았다. 그때, 어디선가 목소리가 들렸다.

"레이디 헤센바이츠를 뵙습니다. 리체 론도입니다."

"안녕하세요. 그럼 론도 후작님의……?"

"저희 아버지세요."

이엘리에게 인사를 건네는 사람이 있었다. 그녀는 예쁘장한 외모의 아가씨로, 부드러운 미소를 짓고 있었다. 아마 자카리와 대관식 때 인사했던 후작의 딸인 것 같다. 이엘리도 마주 웃어 보였다.

"처음 뵙네요. 반가워요."

"레이디께 인사를 드리고 싶어, 로렌 백작 영애께서 물러나시길 기다렸답니다."

엘리제가 물러나기를 기다렸다고? 이엘리는 의아한 낯이 되었다. 그리고 눈을 동그랗게 뜨며 묻는다.

"이런, 바로 오셨어도 됐을 텐데요."

"아니에요. 사실 로렌 백작 영애는 조금 불편해서…….

그러나 론도 후작 영애는 정색을 하면서 고개를 저었다. 이엘리는 그 마음을 십분 이해했다.

"그러고 보면 론도 후작 영애께서는 황제 폐하와 혼담이 오가신다고 들었는데…….

"아니에요, 아직까지 그런 일은 없었답니다."

이엘리의 물음에 후작 영애는 가벼운 어조로 대답했다. 그녀의 눈빛이 깊게 가라앉아 있었다.

"호사가들이 제멋대로 떠들어 대는 것뿐이지요. 아무래도 폐하께서는 혼인 적령기이시니까요."

사실 론도 후작 영애만큼 신분 면에서 황제와 어울리는 여인도 드물다. 제국 유일의 공작가인 헤센바이츠에는 공녀가 없고, 고작 둘뿐인 후작 가문 중에서 미혼 여성은 그녀뿐이었으니까.

"솔직히 전, 폐하의 반려라는 자리를 별로 원하지도 않고요."

"그러신가요?"

"네. 제국의 황후는 만민의 어머니가 되어야 할 텐데, 제게는 과분한 자리예요."

후작 영애는 생글생글 눈웃음을 지었다. 현 황제는 솔직히 남편 감으로는 그리 적절하지 않다.

'또한, 황제 폐하께서는 명백히 레이디 헤센바이츠에게 관심이 있어 보이시는걸.'

다른 여자를 마음에 둔 남자를 남편으로 맞이해 봐야 뭐하겠는가. 제 마음만 아플 뿐이었다. 게다가 황후의 지위는 그 권리만큼이나 책임과 의무가 따르는 위치다. 고생길이 훤히 보인다.

"그러고 보니, 마상 시합에 소공작님이 참가하신다고 들었어요."

"아, 맞아요."

"손수건은 당연히 드리실 거지요?"

눈을 반짝이며 후작 영애가 물었다. 이엘리는 순간 가방 안에 들어 있는 손수건을 떠올렸다.

"그게, 주긴 줄 생각이지만……."

그녀는 저도 모르게 말꼬리를 흐렸다. 최선을 다해 수를 놓았고, 다림질도 마쳤고, 향수 몇 방울까지 뿌렸다. 하지만 노력에 비해 모양이 처참했기에, 손수건을 줄 용기가 생기지를 않는다.

"레이디께서 직접 수를 놓으셨을 테죠? 무척 기대되네요!"

"아뇨, 그런 건 기대하지 마세요······."

이엘리는 한숨을 내쉬었다. 하지만 론도 영애는 이엘리가 그저 엄살을 부리는 것처럼 여겼다.

"에이, 괜찮으실 거예요. 어떤 걸 드려도 공작님께서는 좋아하실 텐데요!"

물론 그건 맞지만. 그래도 이건 내 자존심 문제라고요. 차마 그렇게 항변할 수는 없어서, 이엘리는 어색하게 눈웃음을 쳤다. 때마침 론도 영애가 뭔가 생각난 것처럼 이엘리를 돌아보았다.

"그보다 이번 마상 시합에서 폐하께서는 대리 기사로 카일 경을 내보내신다고 해요."

"카일 경이라 하면······ 친위대의 기사로군요?"

"맞아요."

그렇게 말하며 론도 영애가 크게 고개를 끄덕였다. 이엘리는 시큰둥한 얼굴이 되어 생각했다.

'카일 경도 안 됐군.'

운이 좋아 우승하면 뭐하나, 아샤 꽃가지를 바칠 권리는 폐하께 드려야 할 텐데. 그렇게 투덜대던 이엘리는 문득 황제가 했던 말을 다시 상기했다. 그러고 보니 그 꽃의 주인은 황녀가 아니라······.

"······."

기분이 나빠져 버렸다. 이엘리는 미간을 좁혔다. 그때, 어떤 남자가 이엘리에게 말을 걸었다.

"저, 레이디 헤센바이츠를 뵙습니다. 콜린 밀란 자작입니다."

"반갑습니다. 이엘리 헤센바이츠예요."

이엘리는 사교용 미소를 지으며 남자를 바라보았다. 마주 미소 지은 남자가 상냥하게 말했다.

"혹시 괜찮으시다면, 제게 레이디와 담소를 나눌 약간의 시간을 허락해 주시겠습니까?"

아무래도 그 관심은, 차기 공작인 자카리에 대한 것도 포함된 느낌이었다. 하지만 딱히 거절할 이유도 없었다. 자카리와 제도 귀족들의 관계가 좋아져 나쁠 일은 없으니까. 그런데 그때.

"밀란 자작. 그 시간, 제게 양보할 수는 없겠습니까?"

아니, 이 목소리는? 이엘리는 순간 얼굴을 한껏 찌푸렸고, 론도 영애는 경악했으며, 용기를 내어 말을 건 자작은 불쌍해 보일 정도로 긴장했다. 뒤를 돌아본 이엘리가 한숨을 섞어 말했다.

"……황제 폐하를 뵙습니다."

"이렇게 다시 보네요, 레이디 헤센바이츠."

붉은 머리카락의 청년은 그녀가 익히 알고 있는 진상이었다. 아니, 왜 자꾸 친한 척이야? 내가 너 싫다고 표현하지 않았나? 자작은 슬금슬금 물러났고, 황제는 매끄럽게 미소를 지었다.

"소공은 어디 가고 혼자 계십니까?"

"다른 귀족들과 인사를 나누고 있습니다. 폐하께서는 제게 어떤 일이신지요?"

이엘리는 질색하는 표정을 간신히 감추며 되물었다. 황제는 슬쩍 고개를 기울이며 입을 연다.

"서운하군요. 용건이 없으면 말도 걸어서는 안 됩니까?"

"……물론 그러한 뜻은 아니지만요."

차마 정색할 수는 없어, 이엘리는 한 걸음 물러났다. 황제는 눈을 가늘게 뜨면서 말을 이었다.

"아까 전, 로렌 백작 영애와 같이 계실 때부터 지켜보고 있었습니다."

스토커도 아니고 처음부터 보고 있었나! 기겁하는 이엘리와 달리 황제는 홀로 태연한 태도다.

"훌륭한 처신이더군요. 역시, 제가 아샤 꽃가지를 바치기로 마음먹은 레이디이십니다."

"글쎄요. 꽃가지를 바칠 마음을 가지신다 한들, 실제로 바칠 수 있느냐는 다른 문제지요."

이엘리는 나긋한 목소리로 대답했다. '네가 우승할지 아닐지도 모르지 않느냐'라는 완곡한 물음에, 황제의 표정이 순간 딱딱하게 굳었다. 이엘리는 여전히 화사한 미소로 황제를 마주했다.

"그리고 만약 꽃가지를 얻으셨다 한들, 전 그 귀중한 꽃가지를 받을 만한 사람이 못 됩니다."

"제가 드리고 싶은 것인데 어찌 그런 말씀을 하십니까?"

"그거야 저는 폐하께 손수건도 드릴 수 없는 몸이니까요."

곁에 선 이엘리와 황제의 대담을 지켜보며 죄 없는 론도 영애만이 입 안이 바짝 마르는 기분을 느꼈다. 비록 겉으로는 웃고 있지만, 이엘리가 바짝 날을 세우며 황제를 대하는 게 보였다.

"폐하의 꽃가지를 받으면, 저보다 더 기뻐할 사람들이 많을 거예요."

"그렇게 거리를 두시면 제가 서운합니다."

"거리라니요, 그저 사실을 말씀드리는 것뿐이랍니다."

이엘리는 차분하게 대답했다. 그리고 황제는 이쯤에서 화제를 전환해야 할 필요성을 느꼈다.

"그러고 보니 레이디, 오늘 무척 아름다우시군요."

"칭찬 감사합니다, 폐하."

"특히 드레스가 무척 잘 어울립니다."

하지만 패착이었다. 이엘리는 달콤한 표정을 지으며 황제를 바라보았다. 그녀가 입을 열었다.

"그렇군요. 이 드레스는 제 남편의 눈동자 빛깔에 맞춰 주문했답니다."

이엘리의 목소리가 화사하게 피어났다. 황제의 짙은 눈썹이 불쾌감 때문인지 꿈틀 움직인다.

"사교계에는 예스러운 관습이 있잖아요?"

"……"

"부부나, 혹은 연인이 색을 맞춰 의상을 갖추는 관습 말이에요."

노래하듯 말을 이은 이엘리는 힐끔 황제를 곁눈질로 바라보았다. 황제는 지그시 이를 물었다.

"부끄럽습니다만 오늘 제 모습, 다른 귀빈들께는 꽤나 호평이었거든요."

그녀는 보란 듯이 드레스 자락을 살랑 움직여 보였다. 짙은 바다색으로 시작하는 드레스는 풍성한 치맛자락으로 내려오면서 점차 짙은 남청색으로 물든다. 자카리의 예복과 같은 색이다.

"폐하께서도 흡족하게 바라봐 주시면 정말 기쁠 텐데요."

이엘리가 움직이는 서슬에 드레스가 다시 한 번 흔들렸다. 드레스 자락 위, 바다의 포말처럼 자잘하게 박아 넣은 크리스털 구슬들이 영롱하게 반짝였다. 황제는 멍하니 그녀를 응시했다.

"……그래요."

무어라 화낼 수도 없는 상황이라 황제는 숨을 삼켰다. 무엇보다도 오늘의 그녀는 무척이나 아름다웠던 것이다. 오래된 관습까지 끌어온 이엘리는 명백하게 황제를 거절하고 있다.

'……이렇게 내가 포기할 줄 알고?'

황제는 비릿하게 미소를 지었다. 그리고 때마침 날카로운 목소리가 들렸다. 바로 자카리였다.

"폐하."

"아, 소공작도 오셨군요."

마치 기다렸다는 것처럼 황제는 자카리를 맞아들였다. 자카리는 그녀의 곁에 바짝 붙은 채 손을 감아쥐었다. 장갑 너머로 전해지는 온기를 느끼면서 이엘리는 약간 안도했다.

"그러고 보니 소공작을 내내 찾고 있었습니다."

"저를요? 어째서입니까?"

자카리는 경계의 눈빛으로 황제를 바라보았다. 황제는 빙긋 웃으며 자카리와 시선을 맞춘다.

"안네로제가 소공께 손수건을 드리고 싶어 하거든요."

순간 이엘리와 자카리는 동시에 당황해 버렸다. 황녀가 자카리에게 손수건을 주다니? 어째서?

'황녀 전하가? 도대체 이유가 뭐지?'

물론 마상 시합에서 주고받는 손수건의 기본적인 의미는 '귀부인의 명예를 기사에게 맡긴다'라는 뜻이다. 그러니 귀부인이 기사에게 손수건을 주는 것 자체는 아무런 문제가 없다.

'하지만 자카리는 이미 결혼한 데다가, 황족이 공작가의 사람에게 손수건을 줄 이유가 없잖아.'

게다가 손수건 자체는 여러 장 받을 수 있다 해도, 기사가 선택하여 손목에 감아 두는 손수건은 단 하나뿐이다.

또한 자카리는 이엘리의 손수건을 선택할 터. 그럼에도 손수건을 주는 건…….

'……그렇다면 설마 황녀 전하께서, 일부러 나를 견제하기 위해서?'

이엘리는 딱딱한 얼굴로 황제를 응시했다. 황녀가 무슨 속셈으로 이러는지 감이 잡히지 않는다.

지금 이 일은 이엘리에게 있어 모욕이 될 수도 있다는 것을 알면서도 그렇게 행동한다고?

"이리 오렴, 안네로제."

그때 황제가 느긋한 목소리로 황녀를 불렀다. 이엘리는 황녀의 얼굴을 보자마자 눈치를 챘다.

'이 일, 황녀 전하의 의지가 아니구나.'

이번 일에 황녀의 의지는 없다시피 한 게 눈에 훤히 보였다. 새하얀 드레스를 차려입은 황녀의 얼굴은 드레스보다도 희었다. 애써 미소를 지었지만, 황녀의 태도는 어딘가 어색해 보였다.

"……오라버니."

"왜 그러느냐, 안네로제?"

황제는 꽤나 다정한 오라비인 척 황녀에게 대답했다. 황녀는 입술을 지그시 깨물면서 말했다.

"하지만 이 손수건은……."

"이런, 소공께 건네지 않고 뭐하느냐."

한편, 안네로제는 손수건을 쥔 주먹을 꽉 움켜쥐었다. 손등 위로 희게 뼈가 도드라졌다. 황제의 미소는 일견 다정해 보였지만, 사나운 눈빛까지 숨기진 못했다. 그녀는 목을 죄어 오는 것 같은 압박감을 느꼈다.

"얼른."

"……."

황제는 만족스러운 목소리로 황녀를 재촉했다. 보는 눈이 많았다. 아무리 소공작이 거침없이 행동한다 한들, 이곳은 황성의 한복판이다. 황녀의 손수건을 대놓고 거절하긴 어려울 것이다.

'정말 난…… 이러고 싶지 않은데.'

황녀는 눈을 질끈 감았다. 잠시 머뭇거리던 황녀는, 결국 손수건을 꺼내서 자카리에게 건넸다.

"제 손수건을 받아 주시겠어요, 소공작?"

자카리는 냉정한 표정으로 손수건을 내려다보았다. 제국에서 가장 고귀한 여성이 건네는 손수건, 그런 상징성에 대한 감흥 따위는 일절 없는 표정이었다. 황녀가 다시 한 번 입을 열었다.

"제가…… 소공작을 생각하며, 직접 수를 놓았답니다."

더듬더듬 말을 잇는 황녀의 얼굴은 손가락 하나라도 대면 와르르 무너질 것처럼 위태로웠다.

"승리를 기원하고, 아샤 꽃가지의 주인이 되시기를 희망하면
서……."

황제는 그 대화를 들으며 뱀처럼 눈을 빛내고 있다. 황녀는 고개
를 푹 수그리며 말을 맺었다.

"……승리하셨을 때, 그 꽃가지를 제가 받을 수 있다면 무척 기쁘
겠어요."

황녀가 그렇게 말을 맺는 순간, 황제의 입꼬리가 위로 치솟아 올
랐다. 그와 동시에 주변 분위기가 싸하게 가라앉았다.

지금 황녀는 엄연히 아내가 있는 상대에게 '아샤 꽃가지를 받고
싶다'라고 말한 거다. 손수건을 건네는 것은 아슬아슬하게 예의에
서 벗어나지 않았지만, 이건.

'거의 아내 있는 남자에게 관심을 표하는 것이나 마찬가지니까.'

황제의 속내는 대충 알겠다. 황녀와 소공작 사이에 묘한 분위기
를 조성하여 외부에 보이는 게 나쁘지 않다 여겼겠지. 귀부인이 기
사에게 손수건을 준다는 것 자체가 상대에게 마음이 있음을 설명하
고 있으니까. 당사자들의 속내가 어떤지는 크게 상관하지 않을 터
다.

'……황제는 그저, 지금의 모습을 정치적으로 이용하기만 하면
그만일 테니까.'

적어도 황제가 황녀를 이용하고자 하는 속셈은 훤히 보였다.

이엘리는 머릿속이 새하얗게 물드는 기분을 느꼈다. 황녀가 이
용당하고 있다는 것은 알겠다. 그럼에도 화가 치솟았다.

"죄송합니다."

그 순간 차분한 목소리가 울렸고, 이엘리는 퍼뜩 정신을 차렸다. 목소리의 주인은 자카리였다.

"아시다시피 전 이미 손수건을 받을 사람이 있어서요."

"그냥 받기만 해 주셔도 전 괜찮습니다."

자카리의 칼 같은 거절에 안네로제는 안도하는 얼굴이 되었다. 그녀가 한결 편안해진 태도로 말한다.

"그 손수건을 굳이 손목에 감아 주실 필요는 없어요."

"아니요, 그래도 받고 싶지 않습니다."

자카리는 다시 한 번 단호하게 대답했다. 거절당하는 상황임에도 안네로제는 즐겁게 웃었다.

"소공작께서는 레이디 헤센바이츠를 무척 아끼고 사랑하시는군요."

"당연한 말씀입니다. 이엔 외의 다른 사람은 제게 아무런 의미가 없습니다."

들으란 듯이 말하는 목소리에 이엘리의 얼굴이 화르륵 달아올랐다. 황녀가 고개를 끄덕였다.

"굳이 소공작께서 그렇게 말씀하신다면 어쩔 수 없지요."

"이해해 주셔서 감사합니다."

자카리는 예의 바른 목소리로 말을 이었다. 온기를 담은 푸른 눈동자가 이엘리를 지켜보았다.

"전 열렬히 사랑하는 아내가 있으니, 아내에게 충실하고 싶습니다."

"그래요. 소공작의 마음을 충분히 알았어요. 두 분께서 행복하시기를 빕니다."

황녀는 냉큼 손수건을 다시 챙겼다. 불만스러운 얼굴이 된 황제가 멋대로 대화에 끼어들었다.

"하지만 소공작, 제국에서 가장 귀한 여인인 황녀의 손수건입니다."

그래서 어쩌라고? 그런 눈빛을 담아 자카리가 황제를 바라보았다. 황제는 뻔뻔하게 되물었다.

"그저 호의일 뿐인데, 그렇게까지 거절할 필요가 있습니까?"

"당연히 그럴 필요가 있습니다."

자카리는 냉담한 목소리로 대답했다. 짙푸른 눈동자가 비웃음을 담은 채, 우아하게 휘어진다.

"전 제 아내 외의 어떤 여자와도 가까이 지낼 생각이 없으니까요."

"그저 예의상 받아두기만 해도 될 문제 아닙니까."

"아니요. 그런 사소한 예의보다는 이엘리가 훨씬 더 중요합니다."

그렇게 말한 자카리는 보란 듯이 이엘리의 어깨를 감싸 안았다. 그는 나긋한 어조로 말했다.

"이엔의 오해를 사느니 그편이 나아요."

"……"

황제는 순간 열패감에 가득 찬 얼굴을 했다. 자카리는 황제의 속내를 이미 꿰뚫어 본 것이다.

'이엘리에게 어떻게든 접근하기 위해서, 날 떼어 놓기 위해 황녀를 붙이려 한 거겠지.'

하지만 자카리는 그 속셈에 넘어가 줄 생각 따위 전혀 없었다. 자카리는 냉정하게 말을 이었다.

"그리고 폐하."

황제가 힐끗 자카리를 돌아보았다. 자카리는 차분한 얼굴로 황제를 바라보며 곧장 말했다.

"앞으로는 이런 장난질은 하지 않으셨으면 좋겠습니다."

"……그게 무슨 말씀이시죠?"

침착한 목소리와 다르게, 빈정거리는 기색이 가득한 말투다. 황제의 표정이 딱딱하게 굳었다.

"안네로제 황녀께서는 폐하의 하나밖에 없는 여동생이시지 않습니까."

자카리는 어깨를 으쓱거렸다. 비록 표정은 담담하지만, 자카리는 지금 굉장히 화가 나 있었다.

"그런 여동생에게 압박을 줘, 제게 손수건을 건네게 하는 장난은……."

자카리가 빙긋 웃었다. 제국 최고의 전사가 발하는 압박감이 밀려든다. 황제는 헛숨을 삼켰다.

"……여동생의 명예를 상하게 할 수도 있는 일이라는 것을 인지하셔야 할 것 같습니다."

"소공작!"

황제는 발끈했다. 하지만 자카리는 눈썹 하나 까닥하지 않았다.

오히려 황제에게 차게 웃는다.

"황녀께서 아내 있는 남자에게 질척거린다는 오명을 뒤집어쓸지도 모르지 않습니까?"

"내가 안네로제에게 그리했다니, 저 아이의 호의를 너무 과하게 해석하시는 것 아닙니까?"

"뭐, 굳이 그렇게 말씀하신다면 따로 부정할 생각은 않겠습니다."

그렇게 말한 자카리가 힐끔 황녀를 바라보았다. 황녀는 입술을 짓씹으며 황제를 노려보다, 자카리와 시선이 마주치자 화들짝 놀랐다. 뭐, 제가 상관할 바는 아니다. 자카리가 입을 열었다.

"어쨌든 저희는 이만 물러가겠습니다."

응? 한참 대화를 듣고 있던 이엘리가 자카리를 올려다보았고, 그 눈빛을 마주한 그가 고개를 살짝 끄덕였다.

"아까 이엔이 저와 약속을 하나 했거든요."

"무, 무슨 약속?"

"생각 안 나? 오늘의 첫 춤을 함께 추겠다는 약속 말이야."

당황한 이엘리에게 자카리가 달콤하게 속삭였다. 아, 그랬지. 그녀가 멍하니 눈을 깜빡일 때.

'……어라?'

순간 자카리가 그녀의 손등을 가볍게 움켜쥐었다. 이엘리는 어리둥절한 얼굴을 했다. 손등을 부드럽게 들어 올림과 동시에, 그의 시선이 낮아지는가 싶더니…… 이엘리는 눈을 크게 떴다.

"레이디."

축. 나비 같은 키스가 내려앉았다. 이엘리의 얼굴이 새빨갛게 달아올랐다. 자카리가 속삭였다.

"제게 첫 춤을 추는 영광을 주시겠습니까?"

"……기꺼이요."

이엘리는 수줍게 고개를 끄덕였다. 다른 사람들은 전연 신경 쓰지 않고, 그는 이엘리를 에스코트하여 댄스 홀로 나아갔다.

황제는 열등감이 범벅된 얼굴로 그들의 뒷모습을 노려보았다.

두 사람은 나란히 댄스 플로어에 발을 들였다. 사람들의 시선이 자연스레 그들 쪽으로 쏠리기 시작했다.

두 사람은 그 시선에는 전혀 신경 쓰지 않고 상대의 손을 맞잡았다.

지금 연주되는 춤곡은 달콤하고 느린 곡조의 왈츠였다. 서로를 반쯤 끌어안은 채 추는 서정적인 춤곡이었다.

'이엔.'

자카리는 제 품 안에 폭 안긴 이엘리를 내려다보았다. 긴 속눈썹이 하얀 얼굴 위로 옅은 그림자를 드리웠다. 춤곡에 맞춰 몸을 움직이는 데에 골몰한, 갓 피어난 새싹 같은 연녹색 눈동자.

'……어떻게 너를 사랑하지 않을 수 있겠어.'

그는 한숨처럼 그렇게 생각했다. 만인의 사랑을 받아 마땅한 사랑스러운 아가씨. 황제가 그녀에게 집적거리는 건 정말 싫었지만, 그럼에도 마음만은 이해할 수 있을 정도였다.

"넌 내 남편인데."

"응?"

이엘리가 불쑥 입을 열었다. 자카리가 어리둥절해져서 그녀를 내려다본다.

"남편 있는 사람에게 억지로 손수건을 건네게 만들다니……."

평온했던 연녹색 눈동자에 짧은 파문이 인다. 불쾌감에 가까운 표정. 그녀가 툭 말을 뱉었다.

"폐하께서는 도대체 무슨 생각이신지."

이엘리의 표정은 어딘가 울컥한 것처럼 보였다. 설마. 자카리의 얼굴 위로 기쁨이 번져 나갔다.

"이엔."

"응?"

이엘리가 반짝 고개를 들어 올렸다. 말간 눈동자가 자카리를 똑바로 바라보자, 심장이 뛰었다.

"혹시 화났어?"

"……."

그녀는 시선을 피하며 새초롬하게 입을 다물었다. 자카리는 약한 갈증을 느꼈다. 입 안이 바짝 마른다. 네가 나 때문에 감정이 흐트러졌으면 좋겠어. 자카리는 애써 감정을 억누르며 물었다.

"그게, 폐하께서 황녀가 내게 손수건을 건네도록 압박하셨잖아."

"당연하지! 어딜 아내 있는 남자에게 그따위 수작을 걸어?"

이엘리는 저도 모르게 언성을 높였다. 그 순간 자카리는 지극히 행복한 얼굴이 되어 웃었다.

"그렇지 않아도 로렌 백작 영애 때문에 신경이 쓰여서 죽겠는데……!"

"로렌 백작 영애?"

자카리가 고개를 갸웃하면서 되물었다. 아차. 이엘리는 지그시 혀끝을 깨물었다. 너무 화가 난 바람에 솔직한 본심이 튀어나와 버렸다. 황녀도, 엘리제도. 자카리에게 접근하는 것은 싫었다.

"질투 따위 안 한다고 했잖아?"

"무, 물론이야. 질투 같은 걸 왜 해?"

"그런데 왜 여기서 엘리제가 나와?"

자카리는 터져 나오려는 웃음을 참으며 모르는 척 질문을 던졌다. 하지만 이엘리는 자카리의 질문보다는 다른 쪽에 주목하고 있었다. 그녀는 미간에 주름을 잡으며 자카리를 쏘아보았다.

"엘리제?"

뾰로통한 이엘리의 얼굴이 사랑스러웠다. 자카리를 빤히 바라보던 이엘리가 사납게 되물었다.

"언제부터 그렇게 이름을 부를 정도로 친밀했어?"

"그야 엘리제는 내 사촌 여동생이니까. 친밀한 걸 떠나서……."

능숙하게 스텝을 밟으며 자카리가 답했다. 다음은 두어 걸음 멀어졌다가 돌아오는 동작이다.

"이름 정도야 부를 수도 있지 않아?"

"……."

이엘리는 대답 없이 총총 뒤로 물러났다. 잠시 후, 빙그르르 돌아온 그녀가 그의 품에 안긴다.

"이엔?"

이엘리는 고집스럽게 침묵을 지켰다. 자카리의 말이 맞다는 것쯤, 그녀도 알고 있다. 자카리와 엘리제는 사촌 관계라는 것도, 친하지 않아도 손위 사촌이 이름 정도는 부를 수 있다는 것도.

'하지만.'

그래도 싫었다. 자카리를 빤히 올려다보던 그녀가 맞잡은 손에 힘을 주며 새침하게 말했다.

"앞으로 이름 부르지 마."

이엘리의 말을 들은 자카리의 시선 안쪽으로 따스한 애정이 번져 나갔다. 그녀는 다시 말했다.

"로렌 백작 영애의 이름, 그렇게 친근하게 부르지 말라고."

"……."

아, 이엔. 넌 왜 이렇게 귀여워서. 그는 지그시 입술을 깨물었다. 그렇지 않으면 큰 소리로 웃음을 터뜨릴 것만 같아서였다. 그의 침묵을 어느 쪽으로 해석했는지, 그녀는 뚱한 낯이 됐다.

"얼른, 약속해."

이엘리가 자카리를 채근했다. 이렇게 대답을 재촉하는 모습 자체가 드물지 않나. 그는 웃었다.

"글쎄, 생각 좀 해 보고."

"뭐라고?"

이엘리는 정색하는 얼굴까지도 예뻤다. 자카리는 좀 더 그녀를 놀릴까, 고민하다 그만두었다.

"알았어, 부르지 않을게."

"진짜지?"

"그럼, 진짜지."

자카리의 대답을 들은 그녀가 활짝 미소 지었다. 자카리는 흐뭇한 얼굴을 했다. 어차피 이엘리와 말씨름을 해서 제가 이겼던 전적도 없거니와, 그녀에게는 백 번 천 번 져도 상관없었다.

'아, 그런데.'

이엘리의 평온한 얼굴을 바라보던 자카리는 문득, 그녀에게 받아야 할 물건 하나를 떠올렸다.

"그러고 보니 이엔."

"왜?"

어느새 음악도 끝을 향하고 있었다. 춤곡에 맞춰 그녀에게 다가서며, 그는 짓궂게 질문했다.

"내 손수건은 어디 있어?"

"……."

이엘리는 침묵했다. 휙 고개를 돌리는 것이, 일부러 시선을 피하는 속내가 명확하게 드러났다.

"뭐야, 손수건 주기로 약속했잖아."

"그, 그게."

이엘리는 마른침을 삼켰다. 아까 안네로제 황녀가 만들어 건넨 손수건이 눈앞에 아른거렸다.

'솔직히 말하자면 황녀 전하의 그 손수건…… 내 손수건보다 훨씬 예뻤어.'

연한 노랑색이 화사했던 손수건 위로는 정교한 솜씨로 자수가 놓여 있었다. 안 돼, 자카리가 이미 황녀 전하의 손수건을 봤잖아. 내 거, 창피해서 절대 못 줘. 그녀는 입술을 당겨 물었다.

"저기…… 그 손수건, 꼭 줘야 해?"

"그게 무슨 소리야?"

자카리는 대번 정색했다. 이엘리는 눈을 질끈 감았다. 차라리 침모에게 도안만 도움받지 말고, 자수도 좀 도와 달라고 할걸. 그 손수건을 손목에 맨다니…… 그녀가 더듬더듬 말을 이었다.

"내 손수건…… 있지, 솔직히 너무 서투른 솜씨라서……."

"그거랑 무슨 상관인데?"

"하지만 황녀 전하의 손수건이 너무 예뻤잖아."

입 안이 바싹 마르는 것 같다. 아마 자카리는 이엘리가 준 손수건이 누더기여도 별로 신경 쓰지 않을 테지만, 이엘리의 자존심 문제였다. 이엘리는 어떻게든 자카리를 설득하려 노력했다.

"어차피 넌 손수건 같은 거 없어도 우승할 거니까, 별로 상관도 없고……."

"상관이 없다니, 말도 안 되는 소리 좀 하지 마."

자카리는 단호하게 대답했다. 어떻게든 이엘리에게 꼭 손수건을 받아내겠다는 그런 얼굴이다.

"……꼭 받아야 해?"

"물론이지."

자카리의 대답을 들은 이엘리는 푹 한숨을 내쉬었다. 경험상, 저런 얼굴을 할 때의 자카리는 절대 설득할 수 없다는 것을 그녀는 알고 있었다. 때마침 음악이 끝났다. 자카리가 채근했다.

"그래서 손수건 안 줄 거야?"

간절한 눈동자. 손수건을 받지 못하면 세상이 무너질 것 같은 표정이다. 그녀는 울상을 했다.

"그럼, 놀리면 안 돼."

"내가 언제 너한테 그런 걸로 놀린 적 있어?"

하긴 그도 그렇다. 머뭇거리던 이엘리는 결국 물품 보관소로 찾아갔다. 가방 안에 들어 있던 손수건을 꺼내 내민다. 자카리는 지극히 행복한 얼굴로, 제 손에 들린 손수건을 내려다보았다.

"정말 기뻐."

서투른 솜씨로 헤센바이츠의 문장이 수놓아져 있는 하얀 손수건. 은룡과 아샤 꽃. 단 한 번도 좋아해 본 적 없던 공작가의 상징은, 그녀의 손이 닿음으로써 세상에서 가장 귀한 것이 된다.

"행복해서 죽을 것 같다고 말하면, 믿어 줄래?"

"……."

"물론 넌 믿지 못하겠지만."

자카리가 희미하게 미소 지었다. 손에 쥔 하얀 손수건을 들어 올린 자카리가, 짧게 키스했다.

"진심이야."

마치 여신에게 바치는 공물을 대하는 것처럼 경건한 동작. 그 모습이 잔상처럼 눈에 남았다.

'나, 어쩌면.'

자카리를 이제 이성으로 생각하고 있는 것일지도 몰라. 이엘리는 멍하니 그렇게 생각했다.

이전 성인식 때 나누었던 키스를 떠올려 본다. 그 달콤한 감각을 되새기자마자 등골부터 저릿해졌다.

'왜냐하면…… 난 지금도 자카리를 의식하고 있으니까.'

그녀는 어쩌면, 지금까지의 안온한 일상에 젖어 스스로의 감정을 모르는 척하고 있었던 것일지도 모른다.

어렸던 소년은 어느새인가 청년이 되었다. 느끼지 못한 새, 가랑비처럼 스며드는 가없는 애정이 새삼스러웠다.

"……엔."

"……."

"이엔?"

그때, 저를 부르는 자카리의 목소리에 그녀는 파드득 정신을 차렸다. 그녀가 난처하게 웃었다.

"아, 미안. 뭐라고 말했어?"

어느새 자카리는 손수건을 소중하게 접어 품에 넣은 채였다. 그가 어깨를 으쓱이며 말했다.

"이만 돌아가자고 했어."

"벌써?"

"응. 어쨌든 황제를 만났으니, 최소한의 면은 섰으니까. 아차."

짙푸른 눈동자가 이엘리를 바라보았다. 살며시 미간을 좁힌 자카리가 조심스럽게 입을 연다.

"혹시 네가 무도회를 더 즐기고 싶은 거라면……."

"아냐, 나도 돌아갈래."

이엘리는 고개를 저었다. 이만하면 황가에 대한 예의는 대충 지켰다. 그리고 솔직한 심정으론.

'너와 단둘이 있는 편이 훨씬 더 좋으니까.'

이엘리는 뺨을 붉히면서 미소를 지었다. 자카리는 그런 그녀를 정중하게 에스코트해 주었다.

*   *   *

별이 총총한 시각, 두 사람은 공작가의 타운하우스로 돌아왔다. 각자 침실로 돌아가기 전, 두 사람은 서로에게 잘 자라는 인사를 남겼다. 그러던 중 이엘리는 문득 그의 뒷모습을 보았다.

'……그러고 보니, 우리 아직도 침실을 합치지 않았지.'

새삼스레 그런 게 눈에 밟힌다. 막 돌아서려던 자카리는 그녀의 시선을 느꼈다. 그가 묻는다.

"이엔? 왜 그렇게 봐?"

"아, 아니."

이엘리는 황급히 고개를 저었다. 자카리의 두 눈이 가느스름해졌다. 그가 성큼성큼 다가왔다.

"뭔가 할 말이라도 있어?"

"그런 게 아니야. 그냥……."

그런 이엘리를 빤히 바라보던 자카리의 눈동자가 깊게 가라앉았다. 그는 불쑥 질문을 던졌다.

"혹시 블랑쳇 영지에 방문하고 싶어서 그래?"

"응?"

아니, 난 그런 생각은 전혀 한 적이 없는데. 어리둥절한 얼굴이 된 그녀가 자카리를 마주 본다.

"여기서 블랑쳇 영지는 그리 멀지 않잖아. 부모님도 뵙고 싶을 거고."

"하지만 네 성년식 때 한번 뵈었잖아. 난 괜찮은데?"

그녀는 정말로 괜찮았다. 부모님은 저번에 충분히 뵈었고, 무엇보다 그녀는 이미 그와 결혼한 사이 아닌가. 그녀의 가족은 자카리였다. 왜 그가 그런 생각을 하는지 오히려 이해가 가지 않는다.

"날 배려하느라 그렇게 말해 주는 거라면……"

"그런 거 아니야."

기가 막힌 이엘리가 고개를 저었다. 하지만 자카리는 어느새 그녀의 눈치를 살피고 있었다.

"그래도, 제도에 올라온 이래 내내 불쾌한 일만 있었잖아."

"물론 그렇긴 하지만…… 그게 네 탓은 아니잖아?"

"그건."

거기까지 말한 자카리가 꾹 입을 다물었다. 차마 하지 못한 말이 입 안에서 뱅글뱅글 돌았다.

'나와 결혼하지 않았으면 그런 불쾌한 일들을 겪지 않았어도 될 테니까.'

차마 그 말만큼은 꺼내지 못했다. 이엘리가 그 말에 동의한다면, 너무 슬퍼질 것 같았다.

'혹시 네가 고향을 그리워하면 어쩌나, 그런 걱정이 들어.'

자카리는 입술을 잘근 깨물었다. 그때 이엘리가 자카리를 빤히 바라보고는 푹 한숨을 내쉰다.

"또 무슨 쓸데없는 생각을 하고 있는 건지 모르겠지만……"

한 발자국 가까이 다가온 그녀가 손을 뻗었다. 그의 뺨을 꾹 잡아당겨 꼬집은 그녀가 말했다.

"내 첫 번째 가족은 바로 너야."

"……."

"네가 좋으니까, 난 다 괜찮아."

연녹색 눈동자는 흔들림 없이 곧다. 자카리는 울컥, 가슴 안쪽부터 올라오는 무언가를 느꼈다.

"그러니까 쓸데없는 생각 하지 말고, 일찍 자."

"……이엔."

"이왕 마상 시합에 나가기로 했으면."

이엘리가 짓궂게 코끝을 찡그리며 웃었다. 그의 뺨을 손으로 조물거리며 그녀가 말을 이었다.

"날 아샤 꽃가지의 주인으로 만들어 줘. 알았지?"

"물론이야."

목이 메는 기분에, 자카리는 부러 환하게 미소를 지었다. 그녀는 크게 고개를 끄덕였다.

마상 시합 당일. 하늘은 파란 색유리처럼 맑고 투명했다. 투명한 햇살이 물처럼 흘러넘치는 가운데, 마상 시합을 위한 새로 단장한 경기장은 산뜻해 보였다. 이엘리가 크게 숨을 들이쉰다.

"사람 많네."

"그러게."

오히려 이엘리보다 자카리가 덜 긴장한 것처럼 보였다. 이엘리는 힐끔 자카리를 곁눈질했다.

"긴장 안 돼?"

"뭐, 긴장할 게 있나?"

"그래도 이제 곧 마상 시합에 나가야 하잖아."

이엘리는 마른침을 삼키며 입을 열었다. 연녹색 눈동자가 자카리를 걱정스럽게 올려다보았다.

"다치기라도 하면 어떡해."

"이엔, 그런 걱정은 하지 않기로 나랑 약속했잖아."

자카리가 그녀의 뺨을 살짝 어루만졌다. 하지만 이엘리는 걱정스러운 눈빛을 감추지 못했다.

"게다가 승리를 약속하는 손수건도 이미 받았는데, 뭘."

"……."

짙푸른 눈동자가 단정하게 휘어진다. 이엘리는 그냥 침묵을 지키기로 했다. 자카리의 손목에는 그녀의 손수건이 나비 모양으로 감겨 있었다. 다른 기사의 손수건에 비해 초라한 모양새였다.

"시간만 좀 더 있었더라면…… 훨씬 더 예쁘게 만들어 줄 수 있었어."

이엘리가 입술을 삐죽거리자 자카리는 피식 웃었다. 그는 그녀를 향해 다정하게 입을 열었다.

"이 정도면 충분해."

"내가 충분하지 않다고."

이엘리는 불만스러운 얼굴로 주변을 돌아보았다. 귀부인들과 기사들이 분분히 서로 손수건을 건네고 있었다. 제가 직접 만든 것보다 훨씬 아름다운 그 손수건에, 그녀는 내심 기가 죽었다.

"네가 마상 시합에 참석한다고 말만 안 했다면……."

"그랬다면 네 손수건을 황제에게 빼앗겨야만 했겠지."

그것 또한 사실이었기에 이엘리는 불만스럽게 입을 다물었다. 자카리는 곧 화제를 전환했다.

"그러고 보면 로렌 백작 부부가 내내 안 보이네."

"아, 그러게."

이엘리는 눈을 깜빡였다. 저번 자카리의 성인식 이후로 로렌 백작 부부는 그들을 은근히 피해 다니고 있었다. 다만 그 딸인 엘리제가 천지 분간을 못 하고 깔짝깔짝 성질을 건드렸는데…….

"소공작님."

그때 목소리가 들렸다. 호랑이도 제 말을 하면 나타난다고, 목소리의 주인공은 바로 엘리제였다.

"사촌 누이로서 소공작님의 승리를 기원하기 위해, 손수건을 바치러 왔어요."

"……."

자카리는 속을 알 수 없는 눈동자로 엘리제를 바라보았다. 엘리제는 웃으며 손수건을 내밀었다. 오늘도 엘리제는 치장에 부단히 공을 들였다. 마상 시합임을 감안하면 다소 과한 차림이다.

'아직도 자카리에게 잘 보이려는 생각을 버리지 못했나.'

저 애도 참 꿋꿋하네. 눈을 가늘게 뜬 이엘리는 생각했다. 자카리는 무표정하게 입을 열었다.

"로렌 백작 영애. 지금 날 놀리려 하는 건가?"

"네?"

순간 당황한 엘리제가 자카리를 마주 보았다. 온기 없는 새파란 눈동자가 엘리제를 응시했다.

"이미 전야제에서 충분히 말하지 않았나."

"그게 무슨 말씀이신지……."

"난 내 아내에게 충실하기 위하여, 다른 레이디의 손수건은 받지 않을 생각이라고."

자카리가 비스듬히 고개를 기울였다. 엘리제는 입술을 당겨 물었다. 자카리가 질문을 던졌다.

"황녀 전하의 손수건까지 거절했는데, 영애의 손수건을 받으란 소린가?"

"하, 하지만 저희는 사촌 관계잖아요. 전 그저 순수한 마음으로 드리려 한 것뿐이에요."

"사촌 관계인 건 맞지만, 그만큼 친밀함을 쌓은 적은 없지."

자카리는 비뚜름하게 웃었다. 최소한의 호의조차 없는 표정에 엘리제의 얼굴이 창백해졌다.

"그대의 가문이 날 괴물 취급했던 게 아직 기억에 선명해서 말이야."

자카리는 노골적으로 빈정거렸다. 로렌 백작가는 황가 쪽에 빌붙어 그를 괴물 취급했다. 적어도 두려움은 가질지언정, 그를 차기 군주로 인정하고 충성을 바쳤던 다른 귀족가와 다르다.

"그럼 이만 물러나 주겠나? 마상 시합 전, 내 아내와 시간을 보내야 해서 말일세."

"……."

거의 울어 버릴 것 같은 얼굴이 된 엘리제가 황급히 몸을 돌려 사라졌다. 물론 자카리는 전혀 신경 쓰지 않았다. 이엘리를 돌아본 자카리가, 칭찬을 바라는 얼굴로 제 아내에게 질문했다.

"이 정도로 거절하면 돼?"

"……으응, 잘했어."

티 하나 없이 해맑은 목소리였다. 이엘리는 어색하게 고개를 끄덕였다. 설마 저렇게 매몰차게 굴었던 거, 나 때문에 저런 건가?

"아, 이제 슬슬 가 봐야겠네."

만족스러운 칭찬을 얻어 낸 자카리가 슬쩍 고개를 들어 올렸다. 시합에 출전하는 기사들이 경기장 안쪽, 대기실 방향으로 이동하고 있었다. 슬슬 마상 시합에 참가할 준비를 할 시간이었다.

"이따 다시 만나."

"응원할게."

이엘리가 두 눈을 반짝이며 대답했다. 씩 웃어 보인 자카리가 몸을 돌렸다. 그녀는 그 뒷모습을 오래오래 바라보았다. 언제 저렇게 늠름하게 자란 건지 모르겠다. 새삼스레 가슴이 설레었다.

*   *   *

자카리는 마상 시합에 나서는 기사들이 모인 대기실로 이동했다. 느닷없이 출전을 결정한 헤센바이츠 소공작에게 기사들의 시선이 한껏 쏠렸다. 그들의 시선은 손목의 손수건으로 향했다.

'저 손수건은 대체…… 어린아이가 연습용으로 만든 건가?'

기사들은 똑같은 생각을 했다. 소공작이 손목에 감은 손수건의 자수는, 어린 영애들이 연습용으로 만드는 것보다도 훨씬 서툴러 보였다. 보다 못한 기사 하나가 그에게 조심스레 물었다.

"혹시 손목에 감고 계신 손수건은……."

"제 아내가 만들어 준 겁니다."

자카리는 아주 당당하게 그리 대답했다. 그러고는 애정 가득한 눈동자로 손수건을 내려다보며 말한다.

"정말 예쁘지 않습니까?"

"그, 그렇군요."

자랑스러움이 가득한 목소리를 들으며 기사들은 얼떨결에 고개를 끄덕였다. 소공작이 애처가라는 소문은 아무래도 사실인 것 같다. 어쨌거나 소공작이 행복해 보이니 별문제는 없었다.

자카리를 보낸 이엘리는 경기장의 관람석으로 이동했다. 이엘리에게 주어진 자리는 마상 시합 경기장이 가장 잘 보이는 상석, 즉 황족들과 최고위 귀족들이 모여 앉는 장소였다.

'그래도 이 자리, 별로 편할 것 같지 않은데.'

그녀는 작게 투덜거렸다. 황제의 근처라는 건, 귀찮은 일이 발생할 확률이 높아진다는 뜻이다.

"레이디 헤센바이츠."

그때 저를 부르는 목소리가 있어, 이엘리는 뒤를 돌아보았다. 목소리의 주인은 바로 황녀였다.

"황녀 전하."

이엘리는 떨떠름한 얼굴을 했다. 어제 손수건 문제로 얼굴을 붉힌 게 생각났던 것이다. 비록 황제가 시켜서 한 것은 알지만, 그럼에도 곱게 볼 수만은 없는 것도 사실이었다.

"제 오라버니가 저를 시켜 소공작 부부께 무례하게 군 것, 진심으로 사과드려요."

그때 황녀가 깊숙이 고개를 숙여 보였다. 깜짝 놀란 그녀가 손사래를 치며 얼른 황녀를 일으킨다.

"세상에, 황녀 전하. 고개를 드세요."

"솔직히…… 오라버니의 고집을 꺾을 수가 없었어요."

고집스럽게 고개를 숙인 황녀가 작게 중얼거렸다. 목소리에 스며들어 있는 자괴감이 깊었다.

"하지만 상황이 어땠건, 레이디와 소공작께서 기분이 상하셨을 거라는 건 알아요."

"황녀 전하."

"염치없다는 것을 알지만, 그래도 절 용서해 주시겠어요?"

잠시 침묵을 지키던 이엘리는 고개를 끄덕여 주었다. 사실 황녀의 입장을 이해하지 못하는 것도 아니었다. 엘리제처럼 따로 속셈이 있는 게 아니라는 건 어제 황녀의 표정만 봐도 알았다.

"괜찮으니까 고개를 드세요, 전하."

"하지만……."

"저와 자카리는 신경 쓰지 않으니까요."

그 말을 듣고서야 황녀는 조심스럽게 고개를 들어 올렸다. 황녀가 결연한 눈동자로 입을 연다.

"그리고 이건 혹시나 레이디께서 오해하실까 이야기하는 건데."

"네?"

"저, 소공작께 전혀 관심 없어요."

황녀의 목소리는 칼로 베어 내는 것처럼 단호했다. 오해를 풀기 위해서인지 눈빛이 진지했다.

"그리고 그 손수건도 제가 직접 만든 거 아니에요. 침모에게 그냥 맡긴 거죠."

"황녀 전하."

"전 정략결혼을 위해 팔려 가듯 결혼하는 것도 싫고……."

황녀가 입술을 당겨 깨물었다. 수많은 감정들이 밀려드는지, 황녀의 눈가가 붉게 달아올랐다.

"……사이좋은 부부 사이에 끼어들고 싶지도 않아요."

"……"

황녀가 진심인 것을 알아, 이엘리는 차마 무어라 말을 붙이지 못했다. 황녀는 한숨을 쉬었다.

"무엇보다도 레이디를 밀어내고 제가 그 자리에 끼어들면, 소공작께서 절 죽이시려 할걸요."

"음, 그건……."

"솔직히 부정은 못 하시겠죠?"

무거워진 분위기를 떨치기 위함인지, 황녀가 장난스럽게 물었다. 이엘리는 어색하게 미소했다.

"솔직히 저도…… 폐하께서 무슨 생각을 하고 계시는지 도무지 감이 안 잡혀요."

다만 하나만은 확실했다. 황제가 레이디 헤센바이츠에게 이성적인 관심을 가지고 있다는 것.

'지금은 레이디와 소공작께서 잘 대처하고 계시지만, 혹시 모르는 일이니까.'

어째서 황제가 이엘리에게 그렇게 집착하는지 이유는 알 수 없지만, 그 집착만큼은 진심인 것 같았다.

"이번 일은 레이디께서 기분이 상하실 만한 일이었어요. 정말 죄송해요. 하지만……."

잠깐 말을 멈춘 황녀는 숨을 골랐다. 어떻게 말해야 자신의 진심이 전해질지 알 수가 없었다.

"하나만 믿어 주세요. 제가 바라는 건, 두 분이 행복하게 사시는 거예요."

그렇게 말하며 황녀는 목깃이 높은 드레스를 다시 추슬렀다. 무심결에 황녀를 바라보던 이엘리는, 황녀의 목에 희미한 멍 자국이 남아 있는 것을 발견했다.

"……."

화장으로 솜씨 좋게 가려 두었지만, 그럼에도 자세히 보면 보였다. 할 말을 잃은 이엘리는 입술을 깨물었다.

'제국의 황녀에게 폭력을 휘두를 수 있는 자가, 황제 말고 어디 있겠어.'

그럼에도 차마 그 사실을 입에 낼 수 없는 이유는 간단했다. 황녀의 자존심을 지켜 주기 위해서였다. 황녀는 제국의 가장 고귀한 여인이었다. 제 치부를 들킨다면, 그 기분이 어떨 것인가.

"걱정하지 마세요. 저희는 황녀 전하의 뜻을 곡해하지 않아요."

"그렇다면 정말 고마운 일이네요."

황녀가 생긋 눈웃음을 쳤다. 왠지 그런 황녀가 안쓰럽게 여겨져, 그녀는 살짝 시선을 돌렸다.

"황녀 전하, 그리고 레이디 헤센바이츠를 뵙습니다."

그때 인사 소리가 들렸다. 두 사람은 뒤를 돌아보았다. 인사를 한 사람은 론도 후작 영애였다.

"아, 론도 후작 영애."

황녀는 드물게 환한 얼굴로 론도 후작 영애를 맞이했다. 이엘리는 두 눈을 동그랗게 치떴다.

'황녀 전하, 대부분의 레이디들과는 거리를 두곤 하셨는데.'

두 사람은 재잘재잘 대화를 나누었다. 그 모습을 지켜보던 그녀가 저도 모르게 입을 열었다.

"그러고 보니 황녀 전하와 론도 후작 영애께서는 친분이 깊으신 것 같아요."

"그런가요? 그렇게 보였다니 제겐 큰 영광이네요."

론도 후작 영애는 빙그레 눈웃음을 지었다. 고개를 저은 황녀는 진심 어린 목소리로 대답했다.

"아니에요. 오히려 제가 후작 영애와 이렇게 대화를 나눌 수 있는 게 감사한 일이죠."

황녀가 즐거운 표정으로 후작 영애를 바라보았다. 후작 영애는 가볍게 고개를 끄덕여 보였다.

"말이 통하고, 마음이 맞는 벗을 만나는 건 쉬운 일이 아니니까요."

"참고로 저희는 레이디들 사이에서 별로 인기 있는 조합은 아니랍니다."

후작 영애가 짓궂게 말을 덧붙였다. 이엘리가 어리둥절한 표정을 짓자, 황녀가 말을 받았다.

"저와 후작 영애는 사교계에서도 괴짜로 통하니까요."

"대부분의 레이디들과 관심사가 다르면 거리 또한 멀어지는 법 아니겠어요?"

"요새는 세상살이나 사교계나, 크게 다르지 않다는 것을 느껴요."

주거니 받거니 말을 이은 두 사람이 비슷한 표정으로 웃어 보였다. 아무래도 두 사람은 오랫동안 친분을 쌓았던 것 같았다.

잠시 후, 대화를 나누던 후작 영애가 깜짝 놀란 채 입을 열었다.

"아, 벌써 시간이 이렇게 됐네요. 부모님께서 기다리시겠어요."

"얼른 돌아가 보세요."

"정말, 사랑받는 딸은 참 곤란하다니까요."

장난스럽게 어깨를 움츠린 후작 영애가 몸을 물렸다. 그러던 중, 이엘리를 돌아보면서 말한다.

"그럼, 레이디 헤센바이츠. 헤센바이츠 소공작께서 건승하시기를 빌게요."

"고마워요."

마지막으로 생긋 웃은 후작 영애가 빠른 걸음으로 사라졌다. 이엘리는 빙그레 미소를 지었다.

'황녀 전하와 론도 후작 영애라.'

어쩐지 마음이 잘 맞는 레이디들을 만난 것 같은 느낌이었다. 이엘리는 경기장을 내다보았다.

마상 시합의 개최를 알리는 뿔피리 소리가 길게 울려 퍼졌다. 꽃가루가 흩날리는 가운데, 각 가문의 문양을 조각한 창을 높이 치켜세운 기수들이 제각각 말을 탄 채 자신의 자리에 섰다.

"각 가문의 명예를 짊어진 기사들이여, 아샤 꽃가지의 주인이 되기를!"

높은 단에 선 황제가 축사를 읊는다. 황제 곁의 사람들은 제각각 꽁지를 부풀린 공작처럼 면면이 화려했다. 그러나 이엘리의 시선은 오로지, 황제의 발밑에 사열한 기수들을 향한 채였다.

'자카리.'

헤센바이츠의 깃발 아래에 선 자카리를 보자마자 가슴이 벅찼다. 이엘리는 저도 몰래 웃었다.

'……이제 더이상 넌, 내게 있어 동생이 아닌 것 같아.'

그때, 기다란 창대를 무게조차 느끼지 않는 양 가볍게 감아쥔 자카리가 그녀를 똑바로 본다.

'이엔.'

빙하를 닮은 새파란 눈동자가 휘우듬하게 휘어졌다. 미소 한 올에 가득 차 있는 자신감이란.

'네가 지켜보고 있으니까…… 절대로 지지 않을 거야.'

경기가 시작되기 직전이었다. 황제의 축사를 받았으니, 이제 레이디들의 축복을 받을 차례였다.

"레이디들에게 축사를 받을 기수는 지금 받으십시오!"

시종의 목소리가 쩌렁쩌렁 울렸다. 그 말이 떨어지자마자 자카리는 이엘리 쪽으로 다가왔다.

"자카리."

이엘리는 저도 모르게 빙그레 웃었다. 창을 쥔 자세가 바늘 하나 비집을 틈도 없이 단단하다.

"레이디. 오늘 마상 시합의 승리를 위해, 축복의 말을 하나 듣고 싶습니다."

"……."

자카리는 정중하게 입술을 열었다. 설탕처럼 달콤한 음색이었다. 이엘리는 고개를 가로저었다.

"제 축복 따위에 의지하지 않아도, 나의 기사님은 저와의 약속을 당연히 지키실 테니까요."

그 말에, 자카리의 얼굴에 따스한 미소가 번졌다. 이엘리는 나긋한 목소리로 그에게 대답했다.

"제 기사님께서 절 아샤 꽃가지의 주인으로 만들어 줄 것을, 믿어 의심치 않으니까요."

황제는 이엘리의 대답을 들으며 침묵을 지켰고, 엘리제는 이엘리를 싸늘하게 노려보았다. 그러나 두 사람은 주변의 반응은 전혀 신경 쓰지 않았다. 자카리를 바라보던 그녀가 속삭였다.

"아샤 꽃가지의 주인이 된 당신을 기다릴게요."

그 말을 들은 자카리가 씩 눈웃음을 치며 몸을 돌렸다. 그녀는 그 뒷모습을 가만 지켜보았다.

"그럼 다들 위치로!"

시종이 커다랗게 외쳤다. 황제를 향해 경의를 표한 각 기수들은 스스로의 자리를 찾아 섰다.

"마상 시합은 처음인가요, 레이디 헤센바이츠?"

정신없이 그 광경을 보던 이엘리를 현실로 끌어 내린 이는 황녀였다. 그녀는 고개를 끄덕였다.

"처음이에요. 아시다시피, 자카리의 성인식 때는 사냥 대회를 열었잖아요?"

그때를 생각하던 이엘리의 눈빛이 다소 부드러워졌다. 그때, 자카리는 최상품의 희귀한 은여우를 사냥해 왔었다. 그 모피를 쓸어 내릴 때의, 손에 닿던 보드랍던 감촉은 아직 잊지 않았다.

"그렇다면 레이디께서는 마상 시합의 규칙은 잘 모르시겠군요."

"부끄럽지만 그렇답니다."

"비록 부족하지만, 제가 조금이나마 설명해 드릴까요?"

황녀가 빙그레 미소 지었다. 이엘리는 살갑게 대화를 이어 나가는 황녀에게 고마움을 느꼈다.

"그래 주신다면 저야말로 감사하지요."

"음, 레이디에게 지루하지 않은 설명이었으면 좋겠네요."

큼큼 헛기침을 한 황녀가 이엘리를 다정하게 바라보았다. 황녀는 나긋한 어조로 설명을 했다.

"초창기의 마상 시합은 각 기수가 서로에게 직접 창을 겨누고 달렸어요. 말 위에서 무위를 다투어 상대방을 쓰러뜨리는 것을 목표로 삼아, 승리자가 위로 올라가는 토너먼트 형식이었죠."

"하지만 그건 너무 위험하지 않나요?"

"맞아요. 그 과정에서 부상을 입는 사람이 많아지고, 실제로 목숨을 잃는 경우도 생겼죠."

부상을 입는 것으로도 모자라 목숨까지 잃었다고? 이엘리의 얼굴이 저도 모르게 딱딱해졌다.

"친교를 위한 시합이 너무 위험하다는 비판이 이어져서, 종래에는 그 규정이 바뀌어요."

정색하는 이엘리를 달래기 위함인지, 황녀가 가볍게 고개를 저었다. 이어진 설명은 이러했다.

첫 번째로, 잘 훈련된 말을 탄 기사가 출발선에 선다.

두 번째로, 기사들의 목적지는 긴 장대에 고정된 고리였다. 긴 주도로 사이에 장대들이 서 있고, 장대마다 고리들이 고정되어 있다. 열 개의 장대에 고정된 고리들은 일정한 규격으로 크기가 작아진다.

세 번째, 점수를 얻는 건 창의 뭉뚝한 끝에 차례로 고리를 걸어 귀환하는 방식이었다. 크기가 작은 고리를 꿰어 올수록 그 점수가 높아진다. 가장 작은 고리는 거의 여성의 반지 정도의 크기라, 섬세한 동작이 아니면 고리를 가져오기 어려워진다.

네 번째, 달리는 속도 또한 중요하다. 최대한 빨리 결승선에 도달해야 높은 점수를 얻는다. 설명을 귀담아듣던 이엘리의 낯이 점차 애매하게 일그러졌다.

'그렇다면 기수들은 고리를 향해 창을 겨냥한 채, 전속력으로 주도로를 질주하는 건데…….'

이것만으로도 충분히 부상자가 늘어날 것 같은데? 그때 황녀가 여상한 어조로 말을 덧붙였다.

"현재의 마상 대회는 마장술과 창술, 속력까지 고려하는 쪽으로 변한 거죠."

"하지만 그 방식만으로도 충분히 사상자가 많아질 것 같은데요."

"그렇죠. 어쨌거나 지금의 마상 대회도 사상자를 줄이기 위해 발전된 형식이긴 하지만."

황녀는 두 눈을 가늘게 뜨고 저 멀리 서 있는 기사들을 바라보았다. 황녀가 차분하게 말했다.

"말이나 창을 다루는 솜씨가 미숙하다면 크게 다칠 수도 있기는 해요."

이엘리는 어깨를 굳혔다. 크게 다칠 수 있다니. 설마, 자카리는 알면서도 대회에 참가한 건가?

"그래서 마상 대회에 참석하는 것 자체가 기사의 역량을 증명한다고들 하지요."

"……그렇군요."

도저히 마주 웃을 수가 없었다. 이엘리는 미간을 좁혔다. 역시 자카리를 내보내지 말았어야 했다는 생각이 물씬 피어오른다. 하지만 황녀는 걱정 말라는 양 살래살래 손을 저어 보였다.

"너무 걱정 말아요. 저들은 마장술과 창술로는 각 가문에서 따를 바 없는 대표자이니까요."

"……."

"기수들 간의 충돌, 혹은 말이 넘어지는 불상사가 아니라면 크게 다칠 일은 없어요."

이엘리는 입을 꾹 다물었다. 이엘리를 안심시켜 주기 위해서인지, 황녀가 빙그레 미소 지었다.

"이런 말이 어떻게 들릴지는 모르지만, 소공작께서는 제국 최고의 기사이시잖아요?"

"제국 최고의 기사라도…… 다칠 수도 있는 건 사실이잖아요."

"외람된 말씀이지만, 소공작은 무슨 일이 있어도 레이디와의 약속은 지킬 거예요."

걱정스러운 이엘리의 말에 황녀는 고개를 가로저었다. 그리고 확신이 가득한 목소리로 말을 잇는다.

"레이디의 손수건을 받았으니, 그 보답으로 아샤 꽃가지를 안겨 줄 테니까요."

"……그래요. 응원하겠다고 약속도 했으니까요."

황녀의 말을 들으니 약간 위안이 된다. 때마침 황녀가 한 지점을 가리키며 목소리를 높였다.

"아, 지금 막 기수들이 출발선에 서네요. 보이세요?"

기수들 사이의 자카리를 찾아보려 이엘리는 두 눈을 동그랗게 떴다. 거의 앞으로 넘어질 것처럼 상체를 굽힌다. 황녀는 그녀가 앞으로 넘어지지 않도록 이엘리의 어깨를 붙들어야만 했다.

'아, 저기 있다.'

각 기수들은 잘 무두질한 가죽 갑옷을 차려입고 머리에도 가죽 모자를 썼다. 부상을 최소화하도록 만반의 준비를 한 것이다. 모자 아래, 자카리의 은빛 머리칼이 햇빛을 머금고 반짝였다.

"그래도 다칠까 봐 조금 걱정이 되네요."

눈조차 깜빡이지 않고 그를 바라보던 이엘리가 걱정스럽게 말했다. 황녀는 시원스레 답했다.

"제국 최고의 기사라는 칭호는 공으로 나온 게 아니니까요. 경쟁자가 거의 없어 보여요."

"황녀께서는 그렇게 생각하시나요?"

"그럼요. 우승 후보면 후보였지, 다치는 것을 논하는 것은 소공작에 대한 실례 같네요."

황녀가 곱게 눈매를 접었다. 이엘리가 소공작에게 어째서 그렇게 마음을 빼앗기는지 알 것 같다. 왜냐하면 차분한 빛을 띤 푸른 눈동자는 오직 이엘리만을 사랑스레 바라보고 있었으니까.

'만약 소공작이 아내가 없는 사람이었다면, 나도 조금 설레었을지도 모르겠네.'

출발선에 선 자카리가 흘끗 뒤를 돌아보았다. 연녹색 눈동자와 시선이 마주친다. 자카리는 보란 듯이 손수건을 맨 자신의 손목을 들어 올렸다. 그러고는 나비 모양 매듭 위로 짧게 입을 맞추었다.

"……"

이엘리의 얼굴이 화르륵 달아올랐다. 그와 동시에 출발을 알리는 깃발이 커다랗게 펄럭였다.

"출발!"

각 기수들이 몸을 낮추어 달리기 시작했다. 황녀가 흥미진진한 얼굴로 기수들을 바라보았다.

"대부분 훌륭한 기사로 보이지만, 그중에서는 헤센바이츠 소공작께서는 독보적이네요."

자카리는 바짝 몸을 낮춰 말에 박차를 가했다. 창을 곧게 내뻗은 손은 흔들림 없이 견고했다.

"저렇게 움직일 수 있는 사람이 있다는 게 신기할 지경이에요."

"그런가요?"

"그럼요. 소공작께서 패배하는 것을 걱정하기보다는……."

황녀는 두 눈을 동그랗게 뜨고 기사들을 관찰하듯 지켜보았다. 이윽고 황녀가 씩 웃어 보였다.

"……차라리 다른 기사들이 모조리 부상을 입는 것을 걱정하시는 편이 빠를 것 같은데요."

그제야 이엘리는 마음을 조금 내려놓았다. 검은 말 위쪽으로 은빛 창이 곧게 뻗어 있었다. 창에 매달려 있는, 청색으로 수놓인 헤센바이츠의 문장이 바람을 머금어 미친 듯이 펄럭거린다.

"하아……."

선두로 달리던 자카리는 능숙한 동작으로 고리 하나를 꿰었다. 그 모습을 바라보던 이엘리가 얕은 한숨을 흘렸다. 그는 물 만난 고기처럼 날쌔게 움직였다. 걱정은 내려놓아도 될 것 같다.

"이제 좀 안심이 되시나요?"

"끝까지 가 봐야 알죠."

그렇게 대답하면서도 이엘리는 웃는 낯을 감추지 못했다. 황녀는 여유로운 목소리로 말했다.

"음, 아무래도 준우승은 카일 경이 차지할 것 같은걸요."

이엘리의 눈에도 그럴 것 같았다. 선두는 단연 자카리였고, 두 개쯤의 고리를 사이에 둔 채로 자카리의 뒤를 쫓는 젊은 기수가 한 명

더 있었다. 그가 바로 황제의 기사인 카일 경이었다.

"카일 경도 강력한 우승 후보였는데…… 소공작님 때문에 좀 아쉽게 되었군요."

황녀는 두 눈을 가늘게 뜨며 입을 열었다. 다른 기수들은 한참 뒤편에 처져 거리를 두고 달리는 데다, 고리조차 하나도 얻지 못했다. 우승과 준우승은 아마 두 사람이 나눠 가질 것 같았다.

"그러고 보면 저분은 어느 가문의 기사이신가요?"

그러던 중, 고개를 갸웃거리며 이엘리가 질문했다. 황녀는 고개를 쭉 빼 경기장을 내다보았다.

"저분이요?"

자카리의 뒤를 가장 가까이 뒤쫓는 이는 카일 경이었다. 카일 경의 뒤를 따라서 한 기사가 말을 박차 달리고 있었다. 멀리 있어 표정까진 보이지 않았지만, 묘하게 동작이 초조해 보인다.

"글쎄요…… 웨스터 남작 가문이라고 언뜻 듣기는 했지만요."

그렇게 말하는 황녀도 미심쩍은 얼굴이었다. 웨스터 가문은 아주 오랫동안 쇠락하여, 이제 멸문에 가까운 남작 가문이다. 애초에 마상 시합에 기사를 내보낼 만한 세력을 갖고 있지 않았다.

"물론 원칙적으로는 모든 귀족 가문들이 마상 시합에 기사를 내보낼 수는 있지만……."

마상 시합에 출전하는 데엔 여러 조건이 필요하다. 마장술과 창술에 능숙한 기사가 있어야 했고, 훌륭한 말이 있어야 했다. 그것만으로도 비용이 많이 들어 웬만한 가문은 엄두도 못 낸다.

'무엇보다도 황제의 눈에 들 수 있는 자리니까, 의외로 경쟁이 세

단 말이야.'

그런 자리에 거의 쇠락해 가는 남작 가문이 기사를 내보낸다고? 솔직히 이해가 가지 않는다.

'뭔가 좀 이상한데.'

바로 그때. 와아아― 함성 소리가 울려 퍼졌다. 깜짝 놀란 그녀가 경기장에 신경을 기울였다.

"저기, 소공작 좀 보세요!"

황녀가 즐겁게 입을 열었다. 막 다섯 번째의 고리를 꿰어 맨 자카리가 능숙한 동작으로 말의 고삐를 잡아채고 있었다. 단단히 쥔 창의 끄트머리에서 은빛 고리가 새하얀 햇빛을 반사했다.

"다섯 개째예요! 이번에도 소공작이 선두네요!"

"다치지 않고 무사히 돌아와야 할 텐데요."

이엘리는 저도 모르게 양손을 가슴 위로 꼭 그러쥐었다.

8
아샤 꽃가지의 주인 2

그때 경기장에서 혼란이 일어났다.

"어어, 넘어진다—!"

"꺄아아!"

"어쩜 좋아요!"

사람들의 경악 어린 고함소리 속에서 기수 한 명이 말과 함께 바닥에 널브러졌다. 갈색 말을 탄 기사는 아까 웨스터 가문에서 넣었다는 그 기수였다. 이엘리의 눈동자가 커다랗게 뜨였다.

'자카리!'

가장 큰 문제는 기수가 넘어지면서 말들이 혼란에 빠진 것이다. 교묘하게 자카리가 달리는 방향으로 말이 미끄러진다. 다행스럽게도 자카리가 탄 말에 직접 닿지는 않았다.

하지만 자카리의 뒤를 바짝 추격하고 있던 기사들은 느닷없는 충격에 나가떨어졌다. 말들이 비명을 질렀다.

"히히힝!"

"으악!"

말들과 기수들이 제멋대로 뒤엉켰다. 사람들의 얼굴이 하얗게 질렸다. 그건 이엘리도 마찬가지였다.

"저걸 어쩌면 좋아요!"

"다들 크게 다치지는 않았나 몰라!"

이엘리는 헛숨을 삼켰다. 걱정스러운 얼굴이 된 사람들이 고개를 숙여 경기장을 내려다보았다.

황녀는 입술을 깨물었다. 말을 다루는 솜씨가 모자랐다 하기에는 지나치게 노골적이었다.

'이건 마치 소공작을 노린 것 같잖아.'

넘어진 말들은 마구 발버둥을 치며 흥분을 가라앉히지 못한다. 나가떨어진 기수들이 신음을 내뱉었다. 상황을 정리하기 위해 사람들이 달려들어 갔다.

황녀가 걱정스러운 얼굴로 말했다.

"저렇게 엉켜서 넘어졌다면, 크게 다쳤을지도 몰라요."

"많이 위험한가요?"

"그게…… 몇몇 기수들은 넘어질 때 머리를 부딪친 것 같더라고요."

시종이 다급하게 위로 달려 올라갔다. 경기를 계속 진행할 것인지, 황제의 의향을 묻기 위해서일 것이다. 물론 이런 경우에는 경기를 멈추는 편이 맞았다.

하지만 황제는 고개를 저었다.

"경기를 속행하라 하십니다!"

황제의 대답을 들은 시종이 크게 외쳤다.

신들린 솜씨로 엉킨 기수와 말들 사이를 빠져나온 자카리는, 미간을 찌푸린 채 엉망이 된 경기장의 모습을 지켜보았다. 카일 경도 마찬가지였다.

'정말로 경기를 속행하라고?'

자카리는 입술을 깨물었다. 카일 경도 난처한 얼굴로 자카리를 마주보았다. 정말로 경기를 속행해야 하는지를 고민하고 있는 것이리라.

하지만 그때, 출발을 알리는 깃발이 다시 펄럭였다.

"……."

딱딱한 표정이 된 두 사람은 다시 말에 올랐다. 두 사람은 속력을 내어 다음 고리를 향해 달리기 시작했다. 사람들이 수런거리는 가운데, 황제는 차갑게 굳은 얼굴로 경기장을 응시했다.

"젠장."

황제는 입 안으로 조그맣게 욕설을 내뱉었다. 웨스터 가문의 기사를 일부러 끼워 넣은 건 황제 자신이었다. 자카리가 마상 시합에 나선다는 말을 듣자마자, 그를 어떻게든 방해하려 한 것이었다.

"저까짓 일도 제대로 처리하지 못하고."

황제가 노린 것은 웨스터의 기사가 자카리와 함께 넘어지는 것이었다. 크게 부상을 입으면 그걸로 좋고, 그렇지 않았다 해도 아샤 꽃가지의 주인이 되지 못하면 그것도 괜찮았다. 하지만……

"⋯⋯오히려 소공작을 도와주는 꼴이 되었어."

넘어진 자카리는 황제의 승리를 빛내 주는 장식이 될 터였다. 그러나 황제 자신의 농간 때문에 오히려 다른 기수들만 엉켜 넘어졌다. 게다가 자카리는 착실히 우승으로 나아가고 있었다.

"이렇게 가다가는 레이디 헤센바이츠에게 아샤 꽃가지를 바칠수 없게 될 텐데."

황제는 약간의 짜증을 느꼈다. 오로지 제 기사가 아샤 꽃가지를 가져오고, 그 꽃가지를 이엘리에게 바칠 그 순간의 허영심을 위해이 경기를 준비한 황제였다. 계획이 어그러지고 있었다.

"기수들이 크게 다치지 않았어야 할 텐데요."

이엘리는 작게 속삭였다. 연녹색 시선이 걱정을 담고 들것에 실려 나오는 기수에게 머물렀다.

"그래도 의료진이 바로 옆에 대기하고 있으니 괜찮을 거예요."

황녀가 한숨을 섞어 대답했다. 그 말을 듣던 이엘리는 문득 등골을 스치는 서늘함을 느꼈다.

'혹시 폐하가 이번 일에 개입하신 건 아닐까?'

착각이었을까. 언뜻 보기로, 아까 웨스터의 기사는 자카리에게방해를 놓으려고 했던 것 같다.

'설마⋯⋯ 아니겠지?'

이엘리는 힐끔 황제를 올려다보았다. 무표정한 얼굴로 경기장을바라보던 황제는 문득 시선을 내렸다. 이엘리와 두 눈이 마주친다.순간 회색 눈동자가 휘어졌다. 황제는 씩 미소를 지었다.

"⋯⋯."

황제의 미소를 보자마자, 찬물을 맞은 양 정신이 번쩍 들었다. 느낌이 왔다.

황제가 자카리를 해코지하기 위해 일부러 웨스터의 기사를 집어넣었다는 느낌.

그때 황녀가 작게 소곤거렸다.

"레이디 헤셴바이츠. 마음이 불편하겠지만 이제 경기도 막바지예요."

"아, 네."

퍼뜩 정신을 차린 이엘리는 경기장을 내려다보았다. 막 자카리가 여덟 개째의 고리를 꿰어 나오던 참이다. 몸을 한껏 낮춘 자카리가 창대를 바투 쥔 채 빠른 속도로 경기장을 가로질렀다.

"와아아―!"

커다란 환호성이 울려 퍼졌다. 어쨌거나 황제가 경기를 속행하라 명령한 이상, 사람들은 경기를 즐겨야 할 의무가 있었다. 이제 고리는 하나밖에 남지 않았다.

황녀가 고개를 끄덕거렸다.

"엔하르트 대공이 여덟 번째의 고리를 손에 넣었네요."

"고리를 얻지 못한 사람들도 있나요?"

"대부분의 기수들이 그렇죠. 뒤로 갈수록 고리의 크기가 작아지니까요."

황녀는 기웃이 시선을 기울여 자카리를 바라보았다. 자카리는 고리를 향해 달리는 중이었다.

"사실상 섬세한 실력과 거리를 재는 능력이 없다면 창에 고리를 꿰는 것 자체가 어려워요."

"그렇다면 카일 경은 어느 정도로 할 수 있을까요?"

"글쎄요. 아마 고리를 꿰는 것 정도는 해낼 수 있을 거예요."

황녀가 카일 경의 실력을 가늠하는 것처럼 두 눈을 가느스름하게 떴다. 황녀는 곧 단언했다.

"하지만 소공작처럼 저 속도를 유지하며 해내는 건, 역시 불가능할 것 같군요."

사실 자카리가 보이는 무위가 무서울 정도였다. 그는 전투에 천부적인 감각을 지닌 사람이었고, 지휘관의 무력은 병사들의 사기를 돋울 수 있는 가장 효과적이고 확실한 방법 중 하나였다.

'게다가 소공작은 병법과 군사학, 병사를 다루는 데에도 일가견이 있다고 하지.'

저런 장교가 있다면 직접 영입하고 싶을 정도다, 그렇게 생각하던 황녀가 쓰게 미소 지었다.

'하지만 내가 이런 생각을 해 봤자 무슨 소용이람.'

오라비에게 언제 목숨을 잃을지 몰라 내내 숨죽여 살아왔던 황녀였다. 호기심을 이기지 못해 이것저것 홀로 공부했지만, 그것조차 오라비에게 밉보일까 두려워 포기한 지 오래였다.

'내가 신경 쓸 일이 아니야.'

황녀는 생각을 털어 냈다. 그러나 약간의 미련은 질척하게 남은 채로, 황녀를 붙들고 늘어졌다.

'내가 오라버니보다는 좀 더…… 잘할 수 있을 텐데.'

한편, 황녀의 입으로 듣는 자카리의 칭찬은 이엘리를 기분 좋게 만들었다. 뺨을 붉히며 이엘리가 경기장을 바라보았다. 아홉 번째의 고리를 무사히 얻어 낸 자카리가 속력을 내고 있었다,

"이렇게 우승자가 결정되었네요."

"그래도 황제 폐하의 대관식을 기념하는 마상 대회인데……."

"폐하께서 그리 기분이 좋지는 않으시겠어요."

그때 소곤대는 대화 소리가 귓전에 들어왔다. 그야 물론 그렇겠지. 이엘리는 한숨을 되삼켰다.

"와아아—!"

"세상에, 소공작께서 마지막 고리를 얻으셨어요!"

커다란 외침에 이엘리는 순간 화들짝 놀랐다. 황급히 경기장을 내다보자, 여성이 끼는 가느다란 반지만 한 고리를 맵시 좋게 창에 뀐 자카리가 말을 탄 채 빙그르르 경기장을 돌고 있었다.

'자카리.'

그녀가 속으로 부르는 목소리를 듣기라도 한 것처럼, 자카리가 고개를 반짝 들었다. 가죽 모자 아래의 새파란 눈동자가 생생하게 빛난다. 곧바로 이엘리를 찾아낸 그가 빙그레 미소했다.

'이엔.'

자카리가 입술을 달싹여 그녀를 불렀다. 이엘리는 크게 고개를 끄덕였다. 가슴이 벅차오른다.

"우승자는 자카리 헤센바이츠 소공작입니다!"

시종이 큰 소리로 우승자의 이름을 외쳤다. 자카리의 바로 뒤를 따르는 카일 경은 다소 복잡한 얼굴이었다. 우승자와 준우승자는 몇 번이고 경기장을 돌면서 쏟아지는 꽃을 주워 모았다.

"축하드립니다!"

흩날리는 색종이 조각들 아래, 꽃다발을 안은 자카리의 청신한 얼굴이 눈이 부시게 찬란하다.

"……자카리, 정말로 약속을 지켜 주었구나."

이엘리는 자카리가 날쌔게 말 위에서 뛰어내리는 모습을 오래오래 응시했다. 그의 동작, 시선 하나까지 눈을 뗄 수가 없다.

우승자와 준우승자는 황제가 서 있는 시상대 앞으로 다가섰다.

"헤센바이츠 소공작, 강인한 무위를 통해 가장 날카로운 검임을 증명하셨습니다."

황제는 불쾌함을 간신히 억누르면서 입을 열었다. 황제의 손에는 아샤 꽃가지가 들려 있었다.

"아샤 꽃가지의 주인이 된 것을 축하드립니다."

"감사드립니다."

자카리는 맵시 있는 동작으로 고개를 숙여 보인다. 왕실의 금빛 리본으로 장식된, 화사한 아샤 꽃가지.

하지만 아샤 꽃가지보다도 자카리의 모습이 가장 화사하다고 이엘리는 생각했다.

"꽃가지를 바칠 레이디는 결정하셨습니까?"

"물론이지요."

한 점 망설임 없는 단호한 대답이었다. 황제의 기사마저 꺾고 승리를 움켜쥔 북부의 기사. 레이디들은 두근거리는 가슴을 애써 감추었고, 젊은 귀족들은 경의의 눈빛으로 환호를 보냈다.

"헤센바이츠!"

"헤센바이츠!"

황제의 마상 시합에서 연호하듯 공작가의 성이 울려 퍼졌다. 마치 축제처럼 활기찬 분위기 속, 황제만이 제 낯을 잔뜩 일그러뜨린 채였다. 자카리는 조심스럽게 아샤 꽃가지를 받아들었다.

'이엔.'

꽃가지를 받아 든 자카리는 망설임 없이 걸음을 옮긴다. 그의 걸음 끝에는 이엘리가 있었다.

"나의 레이디."

그의 부름에 이엘리는 행복하게 웃었다. 가장 먼저 눈에 들어온 건 싱그러운 아샤 꽃가지였다.

"제 몸과 영혼을 바친 레이디에게…… 이 아샤 꽃가지를 바치고 싶습니다."

자카리가 달콤한 목소리로 속삭였다. 맑은 하늘처럼 청명한 눈동자가 이엘리를 가득 담는다.

"받아 주시겠습니까?"

"물론이에요."

약간의 망설임조차 없이 이엘리는 대답했다. 조그마한 손안에 아샤 꽃가지가 뿌듯하게 쥐였다. 그 모습을 지켜보던 자카리가 새하얗게 미소 지었다. 그때 시종이 낭랑하게 입을 열었다.

"아샤 꽃가지의 주인에게는 한 가지 소원을 말할 기회가 주어집니다."

그 말에 이엘리는 흘끔 자카리를 돌아보았다. 자카리는 작게 고개를 끄덕이면서 소곤거렸다.

"네가 원하는 건 무엇이든지 말해도 돼."

그 말에 그녀는 허리를 곧게 폈다. 실은, 아까 전부터 내내 마음에 걸렸던 문제가 하나 있었다.

"오늘 마상 시합에서 부상당한 기수들에게 최고의 치료와 적절한 보상을 약속해 주세요."

그 말을 들은 황제가 미간을 좁혔다. 사람들이 나지막이 술렁거리는 가운데, 이엘리는 말했다.

"사실, 그만한 사고가 일어난 시점부터 이 마상 시합은 종료되었어야 한다고 생각합니다."

이엘리는 손에 들린 아샤 꽃가지를 만지작거렸다. 가지가 부러지기 직전까지 그득하게 피어난 분홍색 꽃송이들. 이 꽃가지 하나때문에 겪어야 할 일이 너무 많았다. 이엘리는 말을 이었다.

"하지만 마상 시합은 속행되었고, 저희는 아샤 꽃가지의 주인이 되는 영광을 누렸습니다."

분위기는 약간 숙연해졌다. 방금 전, 다쳐 실려 나간 기수들의 얼굴이 눈앞에 아른거린 탓이다.

"그러니 이 시합을 빛내 주었던 분들께 최선의 대우를 해 드려야 한다고 생각합니다."

그렇게 말한 이엘리는 황제를 똑바로 바라보았다. 미간을 구긴 황제를 향해 그녀가 선언했다.

"이것이 제 소원입니다."

"……알겠습니다. 레이디의 소원은 이루어질 것입니다."

"감사합니다."

방긋 웃으며 인사한 이엘리는 자카리의 손을 감아쥐었고, 곧장 경기장을 빠져나갔다. 그 모습을 보는 황제는 속이 부글부글 끓는 것을 느꼈다.

　아샤 꽃가지를 그녀에게 안기는 사람도, 그녀의 미소를 보는 사람도 자신이었어야 했다. 하지만 그 자리를 모조리 빼앗겨 버린 것이다.

*　*　*

　마상 대회가 끝난 저녁, 안네로제는 드물게 황제를 찾았다. 황녀는 조심스럽게 황제를 불렀다.

　"폐하."

　"오만방자하구나, 안네로제."

　황제는 싸늘한 얼굴로 황녀를 돌아보았다. 단정한 얼굴 위로 한껏 비틀린 조소를 짓고 있었다.

　"널 부르지도 않았는데, 감히 네가 날 먼저 찾아오다니."

　"……."

　"네가 정녕 제정신이냐?"

　황제의 빈정거림에 황녀는 숨을 삼켰다. 평소라면 얻어맞을 것을 두려워하여 이런 질문 따위 하지 않았을 것이다. 하지만 정말로 황제가 웨스턴의 기사를 불러들인 거라면. 만약 그렇다면…….

　'이건 잘못되었어.'

　황제는 만인을 아끼고 보살펴야 하는 존재였다. 적어도 자신의 필요에 의하여, 만인이 바라보고 있는 마상 시합에서 위험한 사고를 일으켜서는 안 되는 존재였다.

황녀가 황제에게 물었다.

"웨스터 남작가의 기사는 폐하께서 부르신 겁니까?"

"내가 부르면 어떻고, 또 부르지 않았다면 어쩔 셈이냐?"

황제는 시종일관 공격적이었다. 그리고 날 선 태도를 보면서 황녀는 깨달았다. 황제는 자카리에게 훼방을 놓기 위하여 그 기사를 임의로 집어넣은 것이다. 황녀는 깊은 피로감을 느꼈다.

'저런 사람을 정말로…… 황제로 믿고 따라야만 하는 걸까?'

그런 의문이 들었다. 황제의 집무실에서 물러 나오며, 황녀는 오래 묵힌 생각을 다시 떠올렸다.

'나라면 좀 더 잘할 수 있을 텐데.'

내게 오라버니만큼의 기회가 주어졌다면. 적어도 기회만이라도 동등했다면. 나는…… 그렇게 생각하던 황녀는 고개를 휘저었다. 일어날 수 없는 헛된 상상이다. 황녀는 서글픈 낯을 했다.

*   *   *

이엘리는 아샤 꽃가지를 소중하게 끌어안고 타운하우스에 돌아와 꽃병부터 찾았다. 차가운 물을 가득 채우고 설탕까지 한 스푼 넣은 그녀는, 조심스럽게 꽃가지를 꽃병에 담아 두었다.

"뭐해, 이엔?"

자카리가 고개를 쑥 내밀었다. 턱을 괴고 꽃가지를 바라보던 그녀가 푸스스 웃음을 터뜨렸다.

"그냥, 이 꽃이 정말 예쁘다는 생각을 하고 있었어."

"너랑 닮아서 예쁜 거야."

"와, 방금 그 말… 정말 여자를 많이 다뤄 본 사람 같았어."

손가락으로 톡톡 꽃송이를 건드리던 그녀가 힐끗 그를 올려다보았다. 그는 어깨를 으쓱했다.

"하지만 진심인걸."

"그래, 그렇게 말해 줘서 고마워."

이엘리는 두근거리는 심장 소리를 감추려, 부러 시큰둥하게 대답했다. 자카리는 다 괜찮은데 가끔 사람을 지나치게 설레게 만든다. 그때 자카리가 등 뒤에서 이엘리를 가볍게 끌어안았다.

"자, 자카리?"

이엘리는 저도 모르게 더듬거렸다. 심장이 미친 듯이 뛰는 바람에 어깨부터 빳빳하게 굳었다.

"그래도 이렇게 화병에 담아 둘 줄은 몰랐네."

자카리가 나직하게 입을 열었다. 흡사 설탕으로 빚은 양, 귓전에서 부서져 녹아내리는 목소리.

"그건, 혹시라도 꽃이 시들면 아쉬우니까……."

"그러면 새 꽃을 선물해 주면 되지."

"아냐, 이 꽃이 아니면 의미가 없는걸."

심장이 쿵쿵 뛰는 와중에도 그녀는 고개를 가로저었다. 그러고는 그의 어깨에 고개를 기대며 속삭인다.

"아샤 꽃가지의 주인으로 만들어 주겠다는 약속을 지켜 준 거잖아."

"이엔."

"그러니까 이 꽃에…… 네 마음이 담겨 있는 거니까."

자카리는 홀린 듯이 이엘리를 내려다보았다. 소곤거리는 목소리가 사랑스러워 죽을 것 같다.

"나를 네 레이디라고 말해 줘서, 정말 기뻤어."

"이엔."

연녹색 눈동자가 자신을 바라보며 곱게 휘어진다. 그녀의 붉은 입술은 갓 피어나기 직전의 꽃봉오리 같다. 그는 저도 모르게 고개를 숙였다. 쪽. 보드라운 입술 위로 짧은 키스가 스쳤다.

"……"

느닷없는 키스에 이엘리는 눈을 동그랗게 치떴다. 오히려 깜짝 놀란 자카리가 뒤로 물러났다.

"이, 이엔!"

"방금, 무슨……?"

"그, 나, 나는."

자카리는 아득히 멀어지려는 이성을 간신히 붙들었다. 방금 내가 무슨 짓을 한 거지? 스스로에게 물어보았지만 대답이 나올 리 없었다. 머릿속이 새하얗다. 자카리는 더듬더듬 말을 이었다.

"미, 미안해. 일부러 그런 게 아니라, 아니, 그것이……."

그녀는 당황하지 않았다. 다만 그녀는 의자에서 빙그르르 돌아 자카리를 마주보았다. 손을 뻗어 자카리의 크라바트를 어루만진다. 그대로 크라바트에 손을 올린 채 그녀는 고개를 들었다.

"자카리."

"다, 다시는 이런 일, 없을 테니까!"

자카리가 얼굴을 새빨갛게 물들이며 이엘리를 바라보았다. 그러나 그녀는 고개를 가로젓는다.

"아니, 이런 일이 다시는 없으면 안 되지."

"응?"

"우리는 부부잖아."

이엘리는 단호하게 대답했다. 자카리는 멍하니 눈을 깜빡였다. 무슨 소리인지 이해가 안 간다.

"앞으로도 이런 일은 자주 있을 거고, 또 그래야 할 텐데."

"……어?"

"그렇게 얼어붙어 있으면 어떡해?"

순간 그녀가 자카리의 목을 끌어안으며 제 쪽으로 끌어당기고는 달콤한 목소리로 소곤거린다.

"그리고 키스는 이렇게 하는 거야."

"……저, 이엔?"

자카리는 차마 뒷말은 잇지 못했다. 깊숙한 키스가 이어진 탓이었다. 농밀한 키스였다.

아주 어렸을 적, 숨을 고르기 위해 나누었던 숨과는 전혀 다른 입맞춤. 온몸이 녹아내리는 것 같다.

"하아."

잠시 후, 입술을 떼어 낸 그녀가 긴 한숨을 내쉬었다. 자카리는 이제 멍하니 그녀를 내려다보고 있었다. 자리에서 일어난 이엘리는 남편의 뺨에 짧게 키스해 주었다. 그리고 장난스럽게 속삭인다.

"숙녀를 너무 오래 기다리게 하면 못 써, 자카리."

"……뭐?"

새파란 눈동자가 잘게 떨리며 이엘리를 제 안에 가둬 넣는다. 이엘리는 짓궂게 미소 지었다.

"그냥 그렇다는 뜻이야."

"이, 이엔. 나……."

자카리는 무어라 말을 꺼내려 했다. 하지만 이엘리는 자카리의 말을 끝까지 들어주지 않았다.

"그럼, 자카리. 잘 자."

"……."

이엘리는 몸을 돌려 종종걸음으로 긴 복도를 가로질렀다. 달아오른 얼굴을 보여 주고 싶지 않아서였다.

그 자리에 정신을 놓은 채 서 있던 자카리가 스르륵 자리에 미끄러져 주저앉았다.

"……방금."

이엘리가 나에게 키스했어. 그에게는 그 사실만이 피부에 선연하게 와닿았다.

부드러운 입술의 감촉을 되새기던 자카리는, 떨리는 손을 들어 입술을 매만졌다. 세상에. 자카리는 고개를 푹 숙였다.

"이거, 꿈 아니지?"

꿈이라면 영영 깨지 않았으면 좋겠다. 지나치게 완벽한 꿈이다. 그는 울 것 같은 얼굴을 했다.

9
너를 지키기 위하여

제도에서 참석해야 할 대부분의 일정은 끝났다. 이제 함께 공작령으로 내려가는 일만 남았다.

'뭐, 어쨌든 끝난 것에 의의를 둬야 하나.'

황제와 좋은 관계를 만들었다고는 빈말로도 하기 힘들다. 이엘리는 살짝 미간을 좁혔다. 그때.

"레이디, 레이디께 초대장이 도착했어요."

"내게?"

이엘리는 두 눈을 동그랗게 뜨며 초대장을 받아들었다. 곧 공작령으로 내려갈 생각이었는데, 이럴 때 초대장을 보내다니? 발신인을 확인하려 초대장을 뒤집어 본 그녀는 어리둥절해졌다.

"황실에서?"

황실에서 보내온 초대장이었다. 황가에서 사용하는 금빛 인장이 찍혀 있다. 발신인은 황녀였다.

'황녀 전하께서 나를 초대하신다고?'

이엘리는 미심쩍은 기분이 되었다. 그녀는 초대장을 열어 보았다. 초대장의 내용 자체는 간단했다.

그녀가 공작령으로 돌아가기 전, 한번 얼굴이나 보고 갔으면 좋을 것 같다는 내용이었다.

"……"

하지만. 이엘리는 입술을 잘근 깨물었다.

마지막으로 만났던 황녀의 모습이 떠오른다. 황제에게 억눌린 채 숨을 죽이고 있던 황녀. 그런 황녀가 함부로 누군가를 황궁 안으로 초대한다고?

'게다가 황녀 전하는…… 폐하가 내게 가진 이성적인 호의를 불쾌하게 여기고 계셨는데.'

물론 초대하는 장소는 황녀궁이었지만, 그래도 황제와 마주칠 확률이 높아지는 건 사실이었다.

'아냐. 내가 너무 안 좋은 방향으로만 생각하고 있는 것인지도 모르지.'

이엘리는 고개를 가로저었다. 순수한 호의일지도 모른다. 황제가 한 짓이 있어 너무 예민해진 것 같다.

달리 생각하자면, 황실과 쌓게 된 좋지 못한 시간을 만회할 기회가 생긴 것일지도.

"……후우."

짧게 한숨을 내쉰 이엘리는 펜과 종이를 끌어당겼다. 어차피 거절할 방도도 생각나지 않았고, 황녀와 얼굴을 보는 것 자체는 나쁘지 않았다. 사각사각 펜촉이 종이를 긁는 소리가 울렸다.

'뭐, 자카리도 최근 제도의 귀족들을 만나느라 바쁘니까.'

자카리는 딱히 제도의 귀족들과 친분을 다지는 일에 큰 관심이 없었지만, 오히려 이엘리가 그를 보내곤 했다. 지금이 아니면 언제 제도의 귀족들과 만날 수 있겠느냐는 이유 때문이었다.

'그렇다면 나도 이 정도는 해야겠지.'

대충 고민을 끝낸 이엘리는 답신을 마무리 지었다. 초대에 기쁘게 응하겠노라는 내용이었다.

그리고 이튿날. 이엘리는 황궁으로 입궁했다. 그녀를 황녀궁까지 전담하는 시녀가 따라붙었다.

"레이디 헤센바이츠를 뵙습니다."

이엘리는 고개를 끄덕이며, 자신을 안내하는 시녀의 의상을 눈여겨보았다. 가슴 위로 조그맣게 새겨져 있는 황실의 문장은 금색이었다. 이엘리는 의아함을 숨기지 못하고 눈매를 좁혔다.

'뭐지?'

황실의 시녀들도 계급이 있다. 그리고 금빛 문장은 황족을 지근거리에서 모시는 고급 시녀들만 가지고 있을 수 있었다. 또한 지금의 황녀는 홀대받는 서녀였기에 고급 시녀를 부리지 못했다.

"……."

이엘리는 미심쩍은 기분으로 걸음을 옮겼다. 시녀를 따라 한참을 걷자, 저 멀리 조그마한 정원이 보였다. 온통 분홍색으로 만들어진 것 같은 세상이다.

연분홍색 아샤 꽃이 만개해 흐드러져 있었다. 살랑거리며 흔들려 쏟아지는 꽃잎들 사이로, 반갑지 않은 붉은 머리채가 보였다.

"폐하?"

이엘리의 표정이 딱딱해졌다. 비스듬히 의자에 기대어 앉아 있던 청년이 훌쩍 몸을 일으켰다.

"레이디 블랑쳇."

"오늘도 저를 부르시는 호칭이 부적절하시군요."

이엘리는 단박에 황제의 말을 부정했다. 하지만 황제는 여전히 우아한 미소를 지을 따름이었다.

"어차피 단둘뿐인데 그리 단호하게 굴지 마십시오."

"단둘뿐이니 더욱 언사에 주의를 기울여야지요."

그렇게 말하며 이엘리는 바짝 어깨를 긴장시켰다. 황제는 분명 '단둘뿐'이라 했다. 황제가 무슨 생각을 하고 있는지 알 수가 없다. 자리에 선 이엘리를 바라보며 황제가 손끝을 까닥였다.

"그렇게 서 있지 말고 우선 앉으시지요."

싫은데요. 그렇게 대답하고 싶은 마음을 이엘리는 간신히 되삼켰다. 황제를 계속 노려보고 서 있을 수도 없는 노릇이고, 어쨌든 제 목적은 황실과의 관계를 약간이나마 개선하는 것이었다.

"……."

이엘리는 자리에 앉았다. 드레스를 정돈하는 그녀를 바라보며 황제는 흐뭇한 미소를 흘렸다.

"이렇게 레이디를 뵙게 되다니, 무척 기쁘군요."

"같은 마음이 아니어서 죄송합니다만, 전 폐하가 왜 여기에 계신 건지 이유를 모르겠습니다."

이엘리는 냉정하게 대답했다. 그녀는 엄연히 황녀의 부름을 받아 방문한 것이었다. 애초 황제가 이 자리에 나타나는 것을 알았다면 황궁에 입궁하지 않았을 것이다.

그녀가 말을 이었다.

"그도 그럴 것이, 저는 황녀님의 부름을 받아 입궁했으니까요."

그렇게 말한 이엘리는 탐색하는 표정으로 황제를 바라보았다. 황제는 여전히 태연한 낯이었다.

"폐하를 만나 뵙게 되다니…… 무척 당황스럽군요."

"그 말은, 짐이 레이디를 불렀다면 여기에 오지 않았을 거라는 뜻입니까?"

"송구하오나 맞습니다."

이엘리는 눈썹 하나 까딱하지 않고 답했다. 황제는 기분이 상하지는 않은 듯, 씩 미소했다.

"레이디가 그런 식으로 날 피할 것 같기는 했지요."

"폐하. 그건……."

"그랬기에 일부러 내 누이의 이름을 빌려 온 겁니다."

회색 눈동자가 데구루루 굴러 이엘리를 제 안에 담았다. 황제가 나긋한 목소리로 입을 연다.

"제 누이와 레이디는 꽤나 친밀한 것처럼 보였으니까요."

"……."

"솔직히 좀 서운합니다. 저는 그렇게 피하시더니, 제 여동생과는 친근한 관계라니요."

유들거리는 황제의 태도가 마음에 안 들었다. 지그시 입술을 당겨 물던 그녀가 질문을 했다.

"그렇다면 황녀 전하께서는 폐하께서 이렇게 행동하시는 것을 알고 계십니까?"

이엘리의 물음에 황제가 두 눈을 가늘게 떴다. 어깨를 으쓱하는가 싶더니 태연하게 대답한다.

"아뇨, 아마 모르겠죠."

그렇다면 황녀를 사칭하여 초대장을 보냈다는 건가. 황녀가 황궁에서 받는 취급을 알 만했다.

"방해할까 봐, 오늘 일부러 그 아이를 외부로 보내 뒀거든요."

테이블 위로 턱을 괴며 황제가 말을 이었다. 아샤 꽃그늘 아래, 회색 시선이 짙게 가라앉았다.

"하지만 그 아이가 안다고 해서 무엇이 달라지겠습니까?"

황제는 아무렇지도 않게 대답했다. 그리고 이엘리는 그 목소리에서 황제가 황녀를 굉장히 무시하고 있다는 사실을 알았다. '아무것도 달라질 게 없다'라고 자신하는 태도만 봐도 그랬다.

"어쨌든 제 행동에 기분이 상하셨다면…… 그건 사과드리고 싶군요."

전혀 미안해하지 않는 얼굴로 황제는 그렇게 입을 열었다. 이엘리는 황제를 빤히 바라보았다.

"본의는 아니었습니다. 하지만 제 태도가 레이디를 불쾌하게 한 것 같네요. 다만……"

까맣게 가라앉은 회색 눈동자 위로 기묘한 욕구가 반들거렸다. 그녀는 애써 표정을 관리했다.

"전 레이디를 개인적으로 정말 뵙고 싶었습니다."

"……."

"그래서 여동생의 이름을 빌렸노라, 그렇게 이해해 주시면 감사하겠습니다."

말로는 '이해해 줬으면 좋겠다'라고 하지만, 숫제 협박에 가까운 대사였다. 이엘리가 웃으며 말했다.

"이해는 해 드릴 수 있지만, 그렇다 하여 그 사죄를 무조건 받아들여야 할 이유는 없지요."

"레이디께서는 그렇게 생각하십니까?"

"그럼요. 저는 헤센바이츠 소공작과 이미 혼인한 몸이니까요."

마치 비처럼 아샤 꽃잎이 쏟아졌다. 주변 풍경은 꽤나 로맨틱했지만, 아쉽게도 지금의 그녀는 그런 낭만을 느낄 만한 아니었다. 그녀는 곱게 눈매를 휘었지만, 그 미소에는 온기가 없었다.

"폐하께서는 저에 대한 호의를 방패 삼아, 제게 무례한 일을 저지르고 계십니다."

"레이디."

"솔직히 말씀드려서, 제가 언제까지 그 무례를 이해해 드려야 하는지도 잘 모르겠습니다."

그녀의 말을 듣던 황태자는 마치 심술이 난 어린 소년 같은 얼굴을 했다. 황제가 툭 말했다.

"레이디께서 항상 그렇게 냉정하시니까, 제가 너무 이렇게 행동하는 겁니다."

이젠 내 탓이냐? 남 탓을 하는 실력만큼은 일품이었다. 기가 막
힌 이엘리가 황제를 노려보았다. 황제는 빙긋 미소를 지으며 이엘
리와 시선을 맞추었다. 그녀는 입술을 깨물면서 고민했다.

'어쨌든 지금 내 위치는 자카리의 아내야.'

그녀가 여기서 잘못 처신하면 황가와 공작가의 관계가 틀어질지
도 모른다. 그렇지 않아도 미운털이 박힌 채로 북부에 돌아가는 게
마음에 걸렸던 이엘리였다.

그녀는 마음을 다져 먹었다.

'오늘은 웬만하면 곱게 넘어가도록 노력하자. 잘될지는 모르겠
지만……'

한숨이 터져 나오려는 것을 애써 꾹꾹 누르며 이엘리는 미소했
다. 그때 황제가 말을 붙였다.

"기분이 많이 상하셨나 봅니다. 표정이 어두우시군요."

"……아닙니다."

이엘리는 고개를 가로저으며 불쾌함을 간신히 꾹꾹 눌렀다. 황
제는 능숙하게 화제를 돌렸다.

"그렇다면 사죄의 의미로 제가 레이디에게 차를 대접할 수 있게
해 주시지요."

그녀의 대답을 기다리지도 않은 채, 황제는 짝짝 박수를 쳤다. 그
러자 소리 없이 시녀들이 들어와 테이블에 다가며 찻주전자와 찻잔
을 늘어놓았다. 달콤한 케이크 따위가 다과의 주류였다.

"레이디께서 달콤한 다과를 즐기신다는 소문을 들어서 일부러

준비했습니다."

"……아니, 딱히 가리지는 않습니다만."

이엘리는 떨떠름한 얼굴로 대답했다. 눈앞의 황제는 느긋하게 턱을 괴며 그녀를 바라보았다.

'내 입맛에 대한 정보는 도대체 어떻게 안 거지?'

눈앞에 펼쳐진 디저트는 이엘리의 식성에 꼭 맞춘 것이었다. 하지만 식욕이 동할 리가 없었다.

"차가 입맛에 맞지 않으십니까?"

"……그렇지는 않습니다."

"그렇다면 얼른 드시지요. 이 모든 다과는 레이디를 위해 직접 준비한 거니까요."

그렇게 말한 황제는 보란 듯이 찻잔을 들어 올려 찻물로 입술을 축였다. 마치 '내가 널 위해 이 정도까지 노력했어'라고 주장하는 것 같은 모습이었다. 잠시 후, 황제가 그녀를 지그시 바라보았다.

"아 참. 제가 레이디께 꼭 허락을 받고 싶은 것이 하나 있습니다만."

"부탁할 것이라니요?"

포크로 케이크 조각을 깨작이고 있던 그녀가 고개를 들어올렸다. 황제는 빙그레 미소 지었다.

"화해할 겸, 저와 레이디의 관계를 개선할 겸 해서……."

오소소 소름이 돋는다. 회색 시선에 스며들어 있는 질척한 감정. 눈치채지 못하는 게 바보다.

"제게 레이디의 애칭을 허락해 주시겠습니까?"

이엘리는 저도 모르게 질색하는 얼굴을 했다. 불가항력이었다. 그녀는 얼굴을 구기며 말했다.

"싫습니다만."

"이런, 서운한걸요. 이렇게 또 거절당하는군요."

그렇게 말하면서도, 황제는 여전히 이엘리를 사랑스럽다는 눈빛으로 바라보고 있다. 그 점이 이엘리는 정말 싫었다.

황제의 붉은 입술이 매끄러운 곡선을 그렸다. 나른한 목소리가 들렸다.

"그래도 상관없습니다. 제가 레이디를 마음에 두고 있으면 그만이니까요."

그 말에 인내심이 탁 끊겼다. 더 이상 못 참겠다. 이엘리는 탁 소리 나게 포크를 내려놓았다.

"폐하께서는 사죄와 진심이 항상 다른 방향이신 것 같군요."

이엘리는 싸늘한 얼굴로 입을 열었다. 황제는 속내를 알 수 없는 표정으로 그녀를 마주 본다.

"이미 결혼한 여인을 앞에 두고 '거절'이며, '마음에 두고 있다' 운운하시다니."

"진정하십시오, 레이디."

"폐하께서는 저를 모욕하려는 뜻을 가지고 계신 겁니까?"

이 상황에서 너라면 진정하겠냐? 그런 뜻을 담아 황제를 노려보자, 황제는 어깨를 으쓱였다.

"이것 참, 항상 느끼는 거지만…… 레이디는 놀라운 여자예요."

황제는 손가락을 들어 테이블을 톡톡 두드렸다. 그 소리가 그녀의 신경을 예민하게 만들었다.

"다른 사람들이 제게 이렇게 대한다면 분명 웅분의 대가를 치르게 했을 텐데……."

웅분의 대가라니, 먼저 무례함을 저지른 사람이 누군데? 기가 막힌 그녀가 황제를 응시했다.

"……레이디만큼은 그럴 생각이 들지 않는다는 점도 그렇죠."

이엘리는 벽과 말하는 것 같은 답답함을 느꼈다.

하지만 이런 황제에게도 속셈이 있었다. 어차피 공작가의 위명만 벗겨 내면 작은 자작가의 여식일 뿐이었다. 즉, 저를 귀찮게 만들 뒷배조차 없는 여자.

'앙칼진 고양이일수록 길들이는 맛이 있으니까.'

황제는 느긋한 얼굴로 이엘리를 바라보았다. 아무리 밀어내고 거부해도 자꾸만 다가가고 싶은 마음은 무엇인지. 그녀를 어떻게든 제 것으로 만들지 않으면 갈증이 해갈되지 않을 것 같다.

'최근 소공작은 폭주한 적이 없었어. 지금은 꽤 안정되어 있다고들 하지.'

어떻게든 이엘리와 자카리를 이혼시킨 이후 자카리에게 황녀를 붙여 둔다. 이후 그녀는 자신의 정부로 들인다. 한 번 결혼했다 이혼했고, 한미한 가문 출신이니 황후로는 들일 수 없지만.

'난 제국의 태양, 만인의 어버이이자 최고의 권력자인 황제야.'

그런 자신에게 불가능한 일이 있을 리 없다. 제 생각대로 일이 이루어지기만 한다면 그의 치세에도 도움이 될 터.

머릿속으로 이것저것 주판알을 튕기던 황제는 입꼬리를 밀어 올렸다.

"레이디. 그거 아십니까?"

묘한 느낌이 담긴 질문이다. 달칵 소리 나게 찻잔을 내려놓은 황제가 그녀를 비스듬히 본다.

"저는 헤셴바이츠가 싫습니다."

"……."

이엘리는 눈썹을 치켜 올렸다. 황제의 눈동자 안쪽에 찌꺼기처럼 가라앉은 감정들. 약간의 두려움과 질투. 자신보다 우월한 남자에 대한 열등감. 속내가 투명하게 보여서 한심할 지경이다.

"그렇다면 마땅히 저도 싫어하셔야 하지 않겠습니까?"

어깨를 으쓱이면서 이엘리가 입을 열었다. 연녹색 눈동자가 흔들림 없이 황제를 바라보았다.

"저는 소공작의 아내이니까요."

"아뇨, 그렇지 않습니다."

황제는 단박에 이엘리의 말을 부정했다. 그늘 아래, 회색 눈동자가 그녀를 보며 반짝 빛난다.

"당신만큼은 예외예요. 왜냐하면 당신은 여러모로 특별하니까요."

순식간에 분위기가 바뀌었다. 어딘가 들뜬 것 같은 표정으로 황제는 이엘리에게 소곤거렸다.

"전 당신이 소공작과 결혼 생활을 정리했으면 좋겠습니다."

"……."

이엘리는 할 말을 잃어버렸다. 무난하게 결혼 생활을 하고 있는 사람에게 저게 할 소린가? 하지만 그녀를 바라보는 황제의 눈빛은 진심이었다. 순간 이엘리는 분노가 치솟는 것을 느꼈다.

'필요할 때는 억지로 결혼시키더니, 이제 와서 또 훼방을 놓겠노라 이 소리인가?'

도대체 어디까지 그들의 인생을 휘두르려 하는 건지 모르겠다. 그녀는 황제의 이기심이 혐오스러웠다.

"폐하께서는 이미 저희의 삶에 지나치게 깊게 참견하고 계십니다."

이엘리의 목소리는 낮게 가라앉아 있었다. 그녀는 비뚜름하게 입술 끝을 올리며 말을 이었다.

"저와 자카리가 처음 연을 맺게 된 것 또한 황실의 압박 때문 아니었습니까?"

"그건 어쩔 수 없는 일이었습니다. 솔직히 레이디께서도 그건 이해해 주셔야지요."

황제는 표정 하나 변하지 않은 채 뻔뻔하게 대답했다. 그 뻔뻔함에 그녀는 이제 기가 질렸다.

"달면 삼키고 쓰면 뱉는다는 말, 아시나요?"

"아니요, 처음 들어 봅니다."

"어떤가요? 제 생각엔 딱 폐하를 표현하는 말 같습니다만."

자신을 결혼시킬 땐 황녀를 보내지 않을 수 있어 편했겠지. 그러나 자카리가 안정적인 모습을 보이니, 그녀가 자카리와 결혼한 게 눈엣가시처럼 됐을 터였다. 그러니 이혼을 종용하는 거고.

"황녀 전하를 공작가에 차마 보낼 수 없어, 비슷한 나이대의 저를 택하셨지 않습니까."

그녀의 말에 황제의 얼굴이 제멋대로 일그러졌다. 이엘리는 찻잔을 들어 올려 입술을 축였다.

"시작이 어쨌든, 전 지금 결혼 생활에 충분히 만족합니다."

그 말은 진심이었다. 그녀는 이제 자카리와 공작을 제 가족으로 받아들이고 사랑하고 있었다.

"또한 전 이미 제 하나뿐인 남편, 자카리를 소중하게 생각하고 있고요."

그렇게 선언하는 이엘리의 얼굴에 짧은 미소가 스쳐 지나갔다. 자카리를 떠올리는 것만으로도 마음이 부드럽게 녹아든다. 이엘리는 곧게 고개를 들어 올렸고, 황제를 바라보며 말을 맺었다.

"그러니 제가 누구와 함께하던, 이제 그 문제는 폐하께서 왈가왈부할 일이 아닙니다."

그녀는 이제 황제를 대하는 최소한의 예의, 그리고 불쾌감을 숨기려는 노력조차 하지 않았다.

"……홋."

그때 황제의 입술에서 바람 빠지는 소리가 흘러나왔다. 그녀는 눈매를 좁히며 그를 노려봤다.

"홋, 흐하, 하하핫, 아하하하하!"

황제는 폭소를 터뜨렸다. 무엇이 그리 웃긴지, 한참 배를 잡고 허리를 꺾으며 웃음을 멈추지 못한다.

그러던 중, 실 끊어진 인형처럼 뚝 웃음이 멈췄다. 황제가 서늘한 시선을 들어 올렸다.

"그거 아십니까?"

"······."

"전 지금껏 원했던 것을 단 한 번도 가지지 못했던 적이 없었습니다."

황제의 차가운 시선이 이엘리를 위아래로 뜯어보았다. 하지만 그녀는 여전히 차분한 낯이다.

"그렇다면 제가 그 첫 번째가 되지 않을까 생각합니다."

"만약 레이디가 이혼한다면, 레이디를 제 여자로 들인다 하더라도 말입니까?"

"폐하께서는 스스로를 굉장히 대단한 분으로 생각하시나 보군요."

눈 하나 깜짝하지 않은 채 이엘리는 황제의 말을 맞받아쳤다.

"폐하의 여자 따위, 되고 싶지도 않습니다."

"그게 무슨······!"

황제는 순간 발끈해 버렸다. 처음이었다. 타인 앞에서 이렇게 스스로를 부정당해 본 적은. 지금껏 제 비위를 맞춰 주는 사람들 사이에서만 살아온 황제에게는, 이 감각 자체가 생경했다.

"폐하께서 사람의 마음을 얼마나 가볍게 생각하시는지 이제야 알겠습니다. 하지만."

이엘리의 얼굴은 이제 무표정했다. 기이할 정도로 아무런 감정도 드러나지 않았다. 다만 미미한 짜증과 불쾌감, 그리고 한심함만이 연녹색 눈동자 안에 스쳐 지나갔다. 그녀는 빈정거렸다.

"폐하께서 타인의 마음을 가볍게 여기시는 만큼······."

달칵. 찻잔이 테이블 위에 닿는 소리가 유난히도 크게 들렸다. 이엘리는 화사하게 웃어 보였다.

"타인이 폐하의 마음을 가볍게 생각하는 것도 받아들여야 공평하지 않을까요."

"말조심하십시오, 레이디!"

"지금껏 말조심을 하지 않으셨던 분은 폐하이십니다."

이엘리는 입가에 걸린 미소를 지우지 않은 채 반박했다. 그녀는 낭랑한 어조로 말을 이었다.

"제게는 언제나 제 남편인 헤센바이츠 소공작, 자카리만이 우선합니다."

"레이디. 제가 레이디를 아낀다 해도, 한계가 있음을 명심하시기를 바랍니다."

이엘리는 차게 식은 시선으로 황제를 응시했다. 제 마음대로 휘두르지 못하니 이제 협박인가.

"이 사실을 이해하지 못하신다면, 우리의 대화는 언제나 평행선을 달릴 것 같습니다."

"예의를 지키십시오!"

"아…… 이대로 앉아 있다간, 폐하를 대하는 예의를 정말로 잊어버릴 것 같군요."

그녀는 나긋한 어조로 대답했다. 그러고는 새빨갛게 달아오른 황제의 얼굴을 한심하다는 양 일별한다.

"그러니 폐하. 저는 이만 일어나도록 하겠습니다."

"누구 마음대로 먼저 일어납니까!?"

와락 고함을 내지른 황제가 이엘리의 손목을 확 낚아챘다. 어찌나 세게 움켜쥐었는지 손목이 욱신거리며 아파 오기 시작했다.

이엘리는 잇새로 신음을 삼켰고, 손목을 확 털어 내며 말했다.

"무엇보다도 폐하."

"또 무슨 헛소리를 지껄이려고……!"

"폐하께서는 절 한 사람의 인간으로서 좋아하시는 게 아니지 않습니까."

그 말에 처음으로 황제는 덜컥 굳었다. 가장 드러내기 싫었던 내밀한 부분을 찔린 기분이었다.

"헤센바이츠 소공작의 부인이기에 빼앗고 싶으신 건 아닌가요?"

이엘리는 말끄러미 황제의 얼굴을 응시했다. 연녹색 눈동자가 너무 맑아, 불편하게 여겨졌다.

"……마치 전리품처럼?"

그때, 황제가 이엘리의 어깨를 콱 붙들었다. 힘이 얼마나 강한지 그녀는 낮은 신음을 흘렸다.

"윽……!"

"말씀, 다 하셨습니까?"

회색 눈동자가 이글이글 불타올랐다. 기묘한 빛이 아른거리는 시선. 황제는 말을 씹어뱉었다.

"어떻게 레이디를 향한 제 마음을 그따위로 매도할 수 있습니까?"

"……이 팔 놓으십시오, 폐하."

"저도 더는 못 참겠습니다. 어떻게든 당신을……."

지껄이던 황제의 표정이 순간 허물어졌다. 황제는 미간을 찌푸리며 그녀에게 질문을 던졌다.

"그런데 당신."

황제는 정말로 이해가 안 간다는 표정이었다. 눈을 가늘게 치뜬 황제가 조그맣게 중얼거렸다.

"어째서 이렇게 멀쩡합니까?"

"……마치 제가 환각이라도 보아야 한다는 것처럼 말씀하시는군요."

어이가 없어진 그녀가 쏘아붙였다. 황제의 입매가 비틀렸다.

"당신은 정말 재미있는 여자입니다."

"폐하?"

"역시…… 전 당신을 어떻게든 제 여자로 만들고 싶군요."

그 작은 중얼거림에 이엘리는 얼굴을 구겼다. 황제는 깊은 생각에 빠져 있었다.

'내 힘이 통하지 않는 상대라니…… 처음 보는군.'

자신이 갖고 태어난 '아샤의 축복.' 그 힘은 만인에게 호의를 이끌어 낼 수 있는 힘이었다.

황실의 영향력을 벗어난 헤센바이츠의 혈통을 제외하면 그 힘은 만인에게 적용된다.

'저번에도 그렇고, 이번에도 '아샤의 축복'에 영향을 받지 않았어.'

아샤 꽃을 닮은 자그마한 아가씨. 경멸의 기색을 품은 연녹색 눈동자는 홀로 투명할 뿐이다.

"하지만 슬슬 효과가 나타날 텐데요."

"효과라니요?"

"'아샤의 축복'은 제외하더라도."

황제가 느긋한 목소리로 이엘리의 뺨을 어루만졌다. 무언가를 기대하는 것 같은 목소리였다.

"약물에는 영향을 받을 것 아닙니까."

"그, 무슨……!?"

그렇게 외치는 순간 이엘리는 눈앞이 빙글 도는 것을 느꼈다. 이엘리는 입술을 당겨 물었다.

'설마, 차와 다과에 약물을 탄 거야?'

아무리 황제라 한들 이 정도로 함부로 행동할 줄은 몰랐다. 이엘리는 어떻게든 황제를 뿌리치려 했다. 하지만 어느새 몸에 힘에 들어가지 않는다. 이를 깨무는 그녀에게 황제가 속삭였다.

"너무 걱정 마십시오. 제가 원하는 건 그저 소문일 뿐이니까요."

'소문?'

혼미한 머릿속으로도 그녀는 뭔가 불길함을 느꼈다. 황제는 자랑스러운 어조로 말을 이었다.

"레이디와 저 사이에 은밀한 관계가 있다는 소문을 만들 생각입니다."

"그게…… 무…… 슨."

"귀부인의 명예는 덧없고 아름다운 거죠. 그저 소문만으로도 충분히 손상될 수 있을 만큼."

소문만으로도 손상될 수 있는 명예라니. 그 순간 이엘리는 황제가 무슨 짓을 하려 하는지 깨달았다.

연녹색 눈동자가 커다랗게 확장되었다. 황제는 그녀의 뺨을 살살 어루만지며 말했다.

"그래도 전 나름대로 레이디를 신사적으로 대하려 합니다."

"지금, 뭐…… 라고…….."

"아직 레이디가 함께 잠자리에 드는 것은 원하지 않으실 것 같으니, 그건 뒤로 미뤄 주지요."

마치 엄청난 관용을 베풀어 주는 것 같은 말투. 황제는 그녀를 애완동물 다루듯 끌어안았다.

"솔직히 소문만으로도 대부분의 일은 진행되는 법이죠. 그러니까……."

그의 품 안에서 이엘리는 소름이 돋았다. 황제의 나른한 목소리가 그녀의 귓전에 와닿았다.

"……이제 곧 모든 사람들은 레이디와 제가 서로를 마음에 품었다고 있다고 믿을 겁니다."

"이거, 놔……!"

이엘리는 있는 힘껏 발버둥쳤다. 물론 발버둥을 쳤다는 건 그녀 혼자만의 생각이었다. 실제로 그녀의 몸은 손가락 하나도 까닥하지 못하고 있었다. 황제가 이엘리에게 비릿하게 웃었다.

"약 기운이 도시는 것 같군요. 눈빛이 흐려졌네요."

"자, 자카리가……!"

"아하, 소공작 말이죠."

황제는 가볍게 어깨를 으쓱여 보였다. 이엘리는 있는 힘껏 황제를 쏘아보았다.

"하지만 소공작은 지금 이 자리에 없죠."

젠장! 어떻게든 뿌리치고 도망치고 싶은데, 몸이 움직일 생각을 않는다. 황제가 눈매를 휜다.

"과연 오늘이 지나고……."

회색 눈동자가 그녀를 머리부터 발끝까지 천천히 훑어 내렸다. 황제가 쿡쿡 웃음을 터뜨렸다.

"……소공작이 저와 그대 사이에 아무런 일이 없었다는 것을 믿어 줄까요?"

황제의 나긋한 질문을 들으면서 이엘리는 당장 저 얼굴을 할퀴어 주고 싶은 충동에 휩싸였다.

회색 눈동자에 스며들어 있는 음흉한 기색, 질척한 애정. 그녀의 온몸을 꽁꽁 얽어매어 움직이지 못하게 하는 그 소름 끼치는 눈빛.

이엘리는 입술을 당겨 물었다.

"이엘리."

내 이름 부르지 마! 이엘리는 그렇게 외치고 싶었다. 하지만 그녀의 몸은 제 의지대로 움직이지 않았다.

이엘리의 턱을 부드럽게 잡아 올린 황제가 그녀의 눈동자를 똑바로 들여다보았다. 점차 황제의 얼굴이 이엘리에게 가까워졌다. 이엘리의 등골에 식은땀이 흘렀다.

"남자란 소유욕이 강한 존재랍니다, 레이디."

코끝이 닿을 정도로 가까운 거리에서 황제가 속삭였다. 뜨거운 숨이 와닿는다. 당장이라도 그녀의 입술을 집어삼키려는 양, 느른한 목소리가 귓가에 쩍쩍 달라붙었다.

이엘리는 진저리를 쳤다.

"……맞습니다. 폐하."

그때 싸늘한 목소리가 들렸다. 순간 흠칫한 황제가 목소리가 들려온 쪽을 돌아보았다. 그곳엔 자카리가 서 있었다. 새파랗게 불타오르는 눈동자가 황제를 찢어 죽일 것처럼 노려보았다.

"남자란 소유욕이 강한 존재죠."

'자카리!'

이엘리는 입술만을 뻐끔거렸다. 자카리가 한 걸음 한 걸음 가까이 다가왔다. 그가 남긴 발자국마다 얼음과 서리로 뒤덮이기 시작했다. 순식간에 공기가 차가워진다.

폐부를 찌르는 잘 갈린 창날 같은 공기. 쏟아지는 아샤 꽃잎 위로도 새하얀 서리가 서렸다. 이엘리는 숨을 삼켰다.

'어떡하지, 자카리.'

자카리와 만난 지 얼마 안 됐던 그때. 아샤 축제에서 폭주했던 그 기억이 갑자기 떠올랐다.

'지금 좀 이성을 잃은 것 같은데…….'

그때나 지금이나 그녀는 자카리가 두려운 것은 아니었다. 다만 그때도 그랬었다. 스스로의 감정을 이기지 못해 폭주했던 자카리는, 나중에 자신이 한 행적 자체로 상처를 받게 됐었으니.

'……그것만은 막아야 해.'

이엘리는 숨을 삼켰다. 하지만 무슨 약을 먹였는지 온몸은 손가락 하나 까닥하기가 어렵다.

"소유욕이 강하다는 것을 아시면서 이런 일을 벌이시다니."

그는 비스듬히 고개를 기울이며 입을 열었다. 파랗게 날이 선 눈동자가 휘우듬하게 휘어진다.

"폐하께서 도무지 무슨 생각을 하고 계시는지 모르겠군요."

"이런, 소공작. 오해하지 마시오."

하지만 황제는 여전히 빙글빙글 웃고 있을 따름이었다. 황제는 나긋한 목소리로 말을 잇는다.

"먼저 유혹한 건 내가 아니라 레이디 헤센바이츠입니다."

'뭐라고!?'

이엘리는 분노가 치밀었다. 말도 안 되는 소리를! 피해자한테 뒤집어씌워도 유분수지! 하지만 항변하고 싶어도 도무지 몸이 움직이지 않는다. 딱딱하게 굳은 몸 안에 정신이 갇힌 것 같다.

"이엘리가 폐하를 유혹했다고요?"

그때 자카리가 나지막하게 입을 열었다. 이엘리는 헛숨을 삼켰다. 손끝부터 차갑게 식어 간다.

'설마, 그렇게 오해하는 거야?'

아냐. 다른 사람은 몰라도 자카리는 오해하지 않을 거야. 날 믿어 줄 거야. 이엘리는 애써 그리 믿었다.

하지만 황제는 그렇게 생각하지 않는 듯했다. 황제는 기세 좋게 고개를 끄덕였다.

"그렇습니다."

"……"

"레이디께서 그렇게 행동하시는 바람에…… 저도 어찌나 당황했는지 모릅니다."

자카리는 조용히 침묵했다. 그런 자카리를 앞에 둔 채로 황제가 마음대로 떠벌리기 시작했다.

"술을 좀 과하게 하신 것 같더라고요. 횡설수설하시다 저렇게 잠들어 버리셨습니다."

'저 자식이!'

그 말을 듣던 이엘리는 화가 나다 못해 숨이 넘어갈 것 같았다. 하지만 명료한 정신에 비하여 몸은 손가락 하나 까닥할 수 없다. 자카리는 무표정한 얼굴이 되어 황제를 빤히 바라보았다.

"이왕 이렇게 된 김에, 소공께서도 이만 파혼하시는 게 어떻겠습니까?"

"파혼이라고요?"

"그렇습니다."

황제의 눈동자가 탐욕으로 반들거렸다. 처음부터 황제는 이것을 노리고 있었다. 이엘리를 어떻게든 자신이 취한다. 공석이 된 차기 공작 부인의 자리는 안네로제 황녀에게 채우도록 한다.

'안네로제, 그 계집은 내 말이라면 껌벅 죽는 아이니까.'

황제는 비릿하게 웃었다. 안네로제를 통해 공작가의 내정에 간섭할 수만 있다면, 귀찮게 구는 로렌 백작가는 정리해 버려도 될 터다. 황제는 느긋한 얼굴이 되어 자카리를 눈 안에 담았다.

"솔직히 말씀드리자면 레이디의 가문은 소공의 가문보다 한참 한미하기도 하고……."

"……."

"……아직 두 분 사이에 후사가 있으신 것도 아니니까요."

그 사실조차 황제는 만족스러웠다. 두 사람은 지나치게 어린 나이에 결혼했고, 최근에 갓 성년이 되었다. 그리고 이성 관계에 엄격

한 공작은 채 성년이 되지 않은 두 사람을 합방시키지 않았다.

그러니 안네로제에게 빨리 아이를 낳으라 요구하면 될 터. 황제는 즐겁게 지껄여 댔다.

"예전에 하지 못했던 혼사를 다시 맺는 것도 좋겠습니다."

괴물에게 황가의 여인을 보낼 수 없다며 파기했던 그 혼사? 자카리는 차게 비웃음을 지었다.

"제국 유일의 공작가에는 황가의 피가 닿은 여인이 어울리지 않겠습니까."

하지만 황제는 모든 일을 자신에게 긍정적인 방향으로 해석하는 데에는 일가견이 있었다. 자카리의 비웃음조차 호의라고 해석한 황제는 빙긋 웃었다. 자카리의 눈빛이 더욱 가라앉았다.

"제 여동생이라서 말하는 게 아니라, 그 아이도 레이디 못지않게 외모도 빼어나니까요."

황제는 마치 물건을 파는 장사치처럼 제 여동생을 품평하고 있었다. 황제가 씩 미소 지었다.

"성격도 나름 조신하니, 여러모로 소공을 실망시키지는 않을 겁니다. 그러니까……."

"폐하."

그때 자카리가 황제의 말을 탁 끊어냈다. 그의 싸늘한 태도에 황제는 어리둥절한 얼굴이었다.

"말씀이 참 많으시군요."

"헤센바이츠 소공작?"

"하지만 폐하께서 하시는 모든 말씀을 듣고 있자니…… 제 귀가 썩을 것 같아서 말입니다."

자카리는 씩 웃었다. 그와 함께 공기가 다시 한 번 차가워졌다. 화사한 봄날, 게다가 상대적으로 따스한 남부. 겨울에도 눈이 내리는 날이 드문 제도 리펜에서 하얗게 입김이 흘러나왔다.

"······소, 소공작?"

그제야 황제는 자신이 무언가 단단히 착각하고 있었음을 깨달았다. 자카리의 눈동자에 스며들어 있는 감정을 그제야 알아챈 것이다.

이엘리에 대한 의심이라고는 한 조각도 없는 그 시선.

'젠장. 이건······.'

황제는 입술을 피가 나도록 깨물었다. 자카리가 보여 주는 지금 감정은 그저, 순수한 분노였다.

"우선 이엔에게서 손을 떼시지요."

자카리는 손끝을 까닥했다. 그와 동시에 엄청난 광풍이 불어왔다. 황제가 짧게 비명을 질렀다.

"으악!"

그 바람이 어찌나 강한지 황제를 뒤로 밀쳐 내고도 남을 정도였다. 황제는 끈 떨어진 인형처럼 형편없이 바닥에 나뒹굴었다.

자카리는 그대로 다급하게 이엘리에게 달려갔다. 의자 위에 늘어져 있는 이엘리는 다행스럽게도 다치지는 않은 것 같았다. 자카리는 절박하게 소곤거렸다.

"이엔, 이엔!"

이엘리의 목을 받치고 조심스럽게 들어 올리자 긴 숨이 토해져

나온다. 흐릿한 연녹색 눈동자가 자카리를 올려다보았다. 적어도 정신은 남아 있는 것 같았다. 자카리는 고개를 떨어뜨렸다.

"……다행이야, 정말……."

'나, 괜찮은데.'

괜찮다고 말해 주고 싶은데, 그래서 자카리를 어떻게든 진정시키고 싶은데. 망할 몸은 제대로 움직여 줄 생각을 하지 않는다. 그녀는 입술만이라도 달싹여 보려 노력했지만 모두 허사였다.

"조금만 기다려, 이엔."

'응?'

"이 모욕에 대한 빚만 받아 내고 올게. 알았지?"

찰나 피어올랐던 안도감이 분노로 뒤바뀌는 것은 순식간이었다. 분노를 잠재우기보다는 오히려 부채질하는 감정. 널 잃었을지도 몰라. 그 생각 하나만으로 이 분노는 온당하며 정당했다.

'자카리, 자카리!'

이엘리는 필사적으로 자카리를 잡아 보려 노력했다. 물론 소용없는 일이었지만.

그녀가 멀쩡하다는 사실을 확인한 자카리는 몸을 일으켰다. 이마를 어루만지던 다정한 손길이 멀어졌다.

'도대체 어쩌려고 저래!'

이엘리는 기절할 것 같은 기분이 되었다. 자카리는 느릿하게 걸음을 옮겼다. 저벅, 저벅. 걸음걸음마다 희게 땅이 얼어붙는다.

온기 없는 그의 시선이 황제를 위아래로 훑어 내렸다.

"폐하. 다른 건 몰라도 이 빚만큼은 꼭 받아 내야겠습니다."

자카리가 우미하게 미소 지었다. 그와 동시에.

쾅! 매서운 바람이 폭발했다. 황제는 경악했다.

주변을 감싼 공기가 바짝 긴장하고 있었다. 자카리의 분노에 대기가 함께 공명하고 있는 것이다.

쿠르릉, 그의 감정에 공명하여 공기가 커다랗게 울었다. 만물이 비명을 내지르며 온몸을 떨었다.

자카리가 한 발자국 더 내디뎠다. 순식간에 숨을 죄어 오는 살기에 황제가 흠칫 어깨를 굳혔다. 목을 조르는 기운이 황제를 찢어발길 것처럼 날을 세운다. 마치 잘 갈린 칼날처럼 매서웠다.

저 기운을 마주하고 있는 것만으로도, 당장이라도 가루가 되어 사라질 것 같다. 황제는 숨조차 제대로 쉬지 못하고 덜덜 떨었다.

"소공작, 이, 이게 무, 무슨 짓입니까!"

황제는 간신히 목소리를 쥐어짜 냈다. 자카리는 비스듬히 시선을 기울였다. 온기라고는 한 점도 없는 새파란 눈동자는, 새파란 검날 같았다. 당장이라도 황제를 반토막으로 베어 낼 것 같았다.

시야에 닿는 온 세상이 새하얗게 물들었다. 화사한 봄날 속, 차가운 겨울이 구석구석 파고든다.

맑은 하늘 위로 차고 날카로운 바람이 불어닥쳤다. 쏟아지는 눈과 뒤섞여, 만물을 찢어 삼킬 것 같은 눈보라로 변모한다. 폐부를 채우는 공기가 찌르는 것처럼 냉랭하다.

"서, 설마 소공작께서…… 이 이변을 불러일으키고 있는 겁니까?"

기절할 것 같은 얼굴이 된 황제가 자카리에게 물었다. 자카리는 대답 대신 손을 들어 올렸다.

"소, 소공작!"

순간, 공포로 인해 황제의 동공이 커다랗게 확장되었다. 수없이 많은 얼음 조각들이 자카리의 곁에 떠오른 것이다. 날카롭게 갈아 낸 창날 같은 얼음들은 모두 황제를 똑바로 겨누고 있다.

황제는 직감했다. 자카리는 지금 진심이었다. 그는 명백히 황제를 살해할 의도를 가지고 이 자리에 서 있었다.

"빛을 갚는 김에 하나 더 말씀드리자면."

자카리는 비스듬히 그 자리에 선 채 황제를 내려다보았다. 황제가 두 눈을 커다랗게 치떴다.

"제 앞에서."

자카리의 입술 사이로 짓눌린 것 같은 목소리가 흘러나왔다. 새파란 눈동자가 차갑게 빛났다.

"이엔을……."

공포에 질린 황제는 제대로 말조차 하지 못했다. 마른 입술만을 그에게 작게 달싹일 뿐이다.

"……모욕하지 마십시오."

차게 가라앉은 눈동자가 황제를 똑바로 바라보았다. 얼음들이 허공에서 순식간에 대형을 잡고 황제를 노리기 시작했다.

황제는 마른침을 삼켰다. 소공작이 손가락만 뻗는다면, 당장에…….

'난 죽을 수도 있어.'

빙하 같은 눈동자는 황제에게 죽음을 선고하고 있었다. 처음으로 느낀 죽음의 공포는, 목 뒤에 검을 드리운 것처럼 선명하고 차가웠다. 황제는 자리에 주저앉아서 온몸을 부들부들 떨기 시작했다.

"모두 폐하께서 제 아내를 노리고 준비해 둔 흉계인 것을…… 제가 모를 것 같습니까?"

저자를 죽여. 자카리 안의 괴물이 조그맣게 속삭였다. 저자가 너의 가장 소중한 여자를 유린하려 했어. 만약 그녀가 상처라도 입었다면, 조금 더 늦어서 몹쓸 짓을 당하기라도 했다면.

'그랬다면……'

눈동자가 확 뒤집혔다. 분노만이 남아 온몸에 들끓었다. 당장 저 작자를 죽여, 목숨으로 이엘리가 지금껏 겪어야 했던 일들을 보상받아야 했다. 죽여 버려. 괴물이 즐거운 어조로 말했다.

'만약 이엘리가 다치기라도 했다면 어떻게 했을 건데?'

온전히 황제를 향하던 힘이 제멋대로 날뛰기 시작했다. 쏟아지는 눈발은 이제 어찌나 거센지 시야를 하얗게 가릴 정도였다. 폭풍처럼 밀려드는 힘이 이 자리의 모든 사람들을 억눌렀다.

'역시 죽이는 게 나을 것 같지 않아?'

괴물의 물음에 자카리는 고개를 끄덕였다. 손가락을 까닥 움직이자 얼음들이 대형을 갖춘다.

햇빛을 난반사한 얼음 창날들이 싸늘하게 빛났다. 손가락만 까딱하면, 황제를 갈기갈기 찢어 버릴 것이다.

"소공작, 이, 이게 무슨……!"

공포에 질린 채 목소리를 높이던 황제가 헉, 숨을 삼켰다. 그를 쏘아보는 자카리는 온전히 진심이었던 것이다.

자카리는 입술 끝을 비틀어 올렸다. 이성은 새하얗게 휘발된 지

오래였다. 이엘리를 건드리다니, 목숨으로 그 죄를 갚아.

그가 그대로 황제에게 날아들기 직전.

"……리."

조그만 목소리가 울렸다. 그는 흠칫했다.

아무것도 들리지 않고, 아무것도 보이지 않는 순백의 세상.

겨울과 얼음으로 짜 맞춰 쌓아 올린 그 세상에서 유일하게 온기를 나눠 주는 그 목소리.

"자카……."

마치 알에서 깨어나는 어린 날짐승처럼 자카리는 퍼뜩 정신을 차렸다. 그가 뒤를 돌아보았다.

"자카리."

창백하게 질린 얼굴을 한 이엘리가 몸을 힘겹게 일으키고 있었다. 약물의 효과 때문인지 비틀거리며 균형을 잡지 못한다. 자카리는 당장에 이엘리에게 달려갔다. 그가 이엘리를 부축하며 외쳤다.

"이엘리!"

"아, 안 돼."

이엘리는 부들부들 떨면서도 마구 고개를 가로저었다. 자카리는 어쩔 줄 몰라 이엘리를 끌어안았다. 가느다란 숨을 할딱이며 자신을 부르는 그 모습이 안쓰럽고 안타까워 견딜 수 없다.

"그러면, 안, ……돼."

한편 이엘리는 필사적이었다. 여기서 자카리가 다시 폭주한다면 어떻게 될 것인가. 정말로 제도가 반파될지도 모른다. 그것만큼은 막아야 했다. 그녀는 젖 먹던 힘을 다해 그를 붙들었다.

"돌아가자…… 응?"

자카리의 옷깃을 쥔 이엘리의 손가락이 힘없이 미끄러졌다. 자
카리는 잇새로 짧은 숨을 내뱉었다. 마음을 불태우던 뜨거운 분노
가 점차 가라앉았다. 세게 눈을 감았다 뜬 그가 대답했다.

"그래."

"……으응."

이엘리는 그제야 조금 웃었다. 자카리는 이엘리를 조심스럽게
품에 안았다. 그제야 머릿속이 차게 식었다. 주변을 돌아보는 자카
리의 눈동자에 고통이 스쳐지나갔다. 자카리는 속삭였다.

"미안해…… 이엔."

폭주 직전까지 갔던 힘은 눈 닿는 모든 곳을 엉망진창으로 만들
어 버렸다. 서리와 얼음이 온 정원을 뒤덮고, 칼날 같은 바람이 땅
을 할퀴었다. 자카리는 입술 안쪽으로 욕설을 씹어뱉었다.

"……젠장."

입술을 꽉 깨문 자카리가 이엘리를 다시 추슬러 안았다. 그대로
자카리는 황궁을 빠져나갔다.

"이엔, 이엔. 제발 정신 좀 차려 봐."

마차에 이엘리를 비스듬히 눕혀 놓은 자카리가 어쩔 줄 모르면
서 그녀를 불렀다. 이엘리는 답답함을 느꼈다. 사실 정신은 남아 있
는데, 걱정하지 말라고 말할 수 있는 몸 상태가 아니었다.

"혹시 황제가 네게 무슨 짓이라도 저질렀어?"

아니, 그렇지 않아. 이엘리는 입술을 달싹였다. 난 괜찮으니까 너
무 초조해하지 마. 그러나 자카리의 얼굴은 점차 어두워지고 있었

다. 이엘리의 이마를 어루만지던 그가 작게 중얼거린다.

"아샤의 축복."

그의 눈동자가 차게 가라앉았다. 현재 황제는 '아샤의 축복'을 받아 태어난 사람이었다.

아샤의 축복은 만인을 매혹하는 힘. 헤센바이츠의 혈통은 그 힘에서 자유롭지만 이엘리는 다르다.

'만약 이엔이 아샤의 축복에 당하기라도 했다면.'

자카리는 입술을 당겨 물었다. 아까 이엘리가 자신을 말리는 모습을 보였으니, 그녀의 이성은 아직 매혹당하지 않은 것 같다. 하지만 모르는 일이었다.

"혹시 너, 이상한 힘을 느꼈다거나……."

자카리가 다급하게 말을 이었다. 그런 거 아니야. 이엘리는 있는 힘껏 고개를 가로저었다. 물론 힘껏 했다고 하기엔 아주 미미한 동작이기는 했지만, 그는 이엘리의 뜻을 금세 알아챘다.

"……다행이다."

자카리가 희미하게 웃었다. 그가 웃는 얼굴을 보니 이엘리도 그제야 안심했다. 아샤의 축복이 얼마나 강력한 힘이기에 저러나. 그 생각을 마지막으로 이엘리는 스르륵 정신을 잃어버렸다.

*　　　*　　　*

자카리는 곧장 타운하우스로 귀환했다. 차기 안주인이 정신을 잃은 채 소공작의 품에 안겨 있다는 것을 보며, 공작가 사람들은 경악을 금치 못했다. 잔뜩 날을 세운 채 소공작은 명령했다.

"당장 의사부터 불러."

은밀하게 불려 온 의사는 이엘리가 크게 다치지는 않았다 설명해 주었다. 다만 약물 때문에 깊게 잠들어 있는 거라고.

자카리는 한참 동안 의사에게 꼬치꼬치 캐묻고는, 입단속까지 시킨 후에야 그를 내보냈다.

"이엔."

이엘리의 조그마한 몸은 침구에 폭 파묻혀 있었다. 가느다란 손목이며, 얇은 옷자락 너머로 드러난 여린 체구. 내가 너를 지켜 주지 못했어. 막막한 기분에 자카리는 양손에 얼굴을 묻었다.

"내가 네 곁에 남아 있어도 정말 괜찮은 걸까?"

"……."

잠든 이엘리는 대답이 없었다. 만약 그녀를 잃는다면? 자카리는 토할 것 같은 기분을 느꼈다.

"만약 이번에 내 힘이 잘못 방향을 잡아서, 너를 조금이라도 다치게 했다면?"

"……."

"이엔, 나…… 정말로 모르겠어."

스르륵 손을 내린 자카리가 홀린 듯이 이엘리를 내려다보았다. 아샤 꽃을 닮은 그의 아가씨.

"너를 떠난다는 상상 자체가 불가능해. 하지만 네가 안전해지려면 역시……."

자카리는 입술을 꽉 깨물었다. 혀끝에 알싸한 피 맛이 돈다. 길을 잃어버린 것만 같은 막막함.

"……널 보내 줘야 하는 거겠지?"

"……."

"나, 어떻게 해야 해? 제발 내게 말해 줘…… 응?"

자카리는 나지막이 숨을 헐떡였다. 저 때문에 그녀가 이 모양이 되었다. 그녀의 잠든 얼굴을 보는 게 괴롭다. 하지만 떠날 수가 없었다. 자카리는 밤을 꼬박 지새우며 이엘리의 곁을 지켰다.

*　　*　　*

약물의 후유증 때문인지 이엘리는 만 하루를 꼬박 앓은 후 눈을 떴다. 그나마도 이엘리는 상태가 양호한 편이었다. 자카리가 이성을 잃고 폭주했을 때, 황제는 겨울의 마법을 온전히 마주하고 말았던 것이다. 혼수상태에 빠져서 정신을 차릴 때까지 어의가 걱정했다 들었다.

'게다가 이번은 폭주의 규모가 너무 컸어.'

이엘리는 보고 있던 신문을 접으며 한숨을 푹 내쉬었다. 아무래도 자카리가 가진 겨울의 마법은 제도 전체에 영향을 끼쳤던 것 같다. 기상이변이라면서 한창 떠들고 있었다.

한창 봄이었던 리펜에 눈이 펑펑 내렸고, 칼바람이 몰아치고 얼음과 서리가 얼어붙는 것까지 관측됐다고.

'……그나마 기상 이변으로만 생각하는 것 같아서 다행이네.'

그녀는 푹 한숨을 쉬었다. 북부와는 다르게 남부는 공작가와 황가가 가진 힘을 전설로 치부하는 분위기였다. 북부 사람들은 자카리의 힘을 피부로 느끼곤 했지만, 남부는 그러지 않았으니.

'황가가 드물게 물려받는 아샤의 축복도 이런 종류의 힘은 아니니까……'

이엘리는 잔뜩 미간을 구겼다. 신문을 탁 소리 나게 접어 내려놓으면서, 그녀는 팔짱을 꼈다.

'그건 그렇고 자카리 앤, 내가 앓아누웠는데 코빼기도 안 보여?'

이엘리가 정신을 차린 후로 자카리는 모습을 드러내지 않고 있었다. 듣자 하니 그녀가 앓는 내내 곁에 붙어 있었다고 하는데, 어째서 정신이 들자마자 계속 그녀를 피하는지 모를 일이다.

"아직 일어나시면 안 돼요, 레이디."

"……."

숄을 끌어당기며 몸을 일으키는 이엘리를 하녀가 만류했다. 이엘리는 두 눈을 가늘게 치떴다.

"그렇다면 당장 자카리한테 가서 전해."

근 한 달간 얼굴을 보다가 말까지 트게 된 하녀는 난처한 얼굴을 하며 말했다.

"병석에 누워 있는 아내가 직접 남편을 찾아가야겠느냐고."

"그, 그건."

"아픈 몸을 이끌고 집무실이며 연무장을 헤매게 할 거냐고 물어보도록 해."

이엘리는 기웃이 고개를 기울이며 하녀를 보았다. 그리고 심술궂은 표정이 된 채 하녀에게 선언한다.

"딱 30분만 기다리고, 그 이후엔 직접 찾아갈 거야."

"말씀 전하겠습니다, 레이디."

고개를 꾸벅 숙여 보인 하녀가 문을 빠져나갔다. 이엘리는 뚱한 얼굴이 되어 자카리를 기다렸다.

그리고 꼭 30분 후. 비 맞은 강아지처럼 축 처진 자카리가 방문을 빠끔 열고 들여다본다.

"이엘리, 날 찾았다기에……."

"그래, 당연히 찾았지."

이엘리의 단호한 대답에 자카리가 움찔했다. 이엘리는 손을 흔들어 자카리를 불렀다. 주춤주춤 방에 들어온 자카리가 죄인처럼 그 자리에 섰다. 이엘리는 눈을 가늘게 뜨고 입을 열었다.

"아내가 앓아누워 있는데 남편은 코빼기도 안 보이고."

자카리가 목을 안쪽으로 움츠렸다. 그런 자카리를 노려보던 이엘리는 또박또박 말을 이었다.

"얼굴 한번 볼 수 있을까 해서 목이 빠져라 기다렸는데 와서 한다는 말이, 뭐?"

"……."

"날 찾았다기에, 라고? 얘가 정말!"

이엘리는 눈썹을 잔뜩 찡그렸다. 할 수만 있다면 자카리의 목을 쥐고 짤짤 흔들어 대고 싶다.

"찾는 게 당연하지! 넌 내 남편이잖아!"

"그래도……."

"뭐가 그래도, 야?!"

이엘리가 목소리를 높였다. 질책을 들은 자카리의 어깨가 축 늘어졌다. 그가 눈치를 살피며 말한다.

"미안해서."

"……뭐?"

뜬금없는 답에 그녀는 어리둥절한 낯을 했다. 손을 들어 얼굴을 문지르며 그는 말을 이었다.

"그래서 널 찾아올 수가 없었어."

생각이 어디까지 흐르면 저런 답이 나오지? 이엘리는 멍하니 자카리를 바라보다가 되물었다.

"저기, 내 문병을 오지 않는 게 더 미안한 일이라는 것을 정말 몰라서 그래?"

"그런 문제가 아니야. 이건……."

자카리는 입술을 피가 나도록 당겨 물었다. 이 죄책감을 어떻게 설명해야 할지 알 수가 없다.

"넌 나 때문에 그런 일을 당한 것이나 다름없잖아."

막막한 기분이었다. 이엘리를 곁에 두고 평생 행복하게 만들어 주겠다고 맹세했는데, 오히려 자신 때문에 그녀가 괴로운 일을 겪게 되는 기분이었다.

"만약에 내가 너와 결혼하지 않았다면 애초에 네가 황제의 눈에 띌 일도 없었겠지."

"……."

"이런 불쾌한 일은 겪을 필요도 없었을 거야. 그리고 이번 일도……."

이엘리는 대답 없이 그를 가만히 바라보았다. 크게 숨을 몰아쉰 자카리가 다시 입을 열었다.

"……결국 이번에도 폭주하고 말았어."

"자카리."

"우리 어렸을 때 생각나? 내가 아샤 축제에서 감정을 이기지 못하고 폭주했던 때."

물론 기억하지. 그렇게 대답하는 대신 그녀는 고개를 가만히 끄덕여 보였다. 자카리가 말했다.

"그때 이후로 절대로 널 다치게 할 일은 만들지 않을 거라 다짐했어."

"실제로 난 다치지 않았는걸. 그리고 내게 약을 먹인 건 네가 아니라 황제니까……."

"알아. 하지만 이건 그런 문제가 아니야."

자카리는 단호히 고개를 가로저었다. 입술을 잘근잘근 씹는 그 얼굴이 너무 불안정해 보인다.

"만약에 내 힘이 멋대로 뻗어 나가 너를 공격했다면?"

"자카리."

"이번에 봤지? 옛날보다도 내 힘은 더 강해졌어. 앞으로도 그럴 거야."

자카리는 가만히 양손을 들어 올려 내려다보았다. 공포에 질려 양손이 덜덜 떨리고 있었다.

"지금은 괜찮지만, 황제 그 자식은 그냥 그대로 죽여 버렸으면 싶었지만……."

진득한 분노와 두려움이 엉겨 있는 목소리. 낮게 그르렁거리는 목소리로 이엘리에게 묻는다.

"……그 마음 때문에 내 힘을 조절하지 못하고, 그 자식을 넘어 너까지 공격했다면?"

"그렇지 않아, 넌……!"

"나, 지금의 이성을 끝까지 유지할 수 있을까?"

자카리가 멍하니 중얼거렸다. 세상 모든 것에서 버림받은 것처럼 그 표정은 망연하기만 하다.

"지금까지는 괜찮다고 생각했어."

"……."

"이 힘을 적당한 곳에 사용할 수 있다고, 제어할 수 있다 믿었어."

자카리는 양손을 꾹 말아 쥐었다. 손톱이 손바닥을 아프게 찌른다. 자카리는 쓰게 미소했다.

"모두 내 오만이었지."

"그건……."

"이번 일로 알았어. 난 아직도 언제 터질지 모르는 위험 분자라는 것을."

푸른 눈동자가 도르륵 굴러 이엘리에게 향했다. 이엘리를 담은 그 시선이 아프게 일그러진다.

"내 이 저주스러운 힘 때문에…… 네가 날 미워하게 되면 어쩌지? 네가 날 포기하게 된다면?"

그녀를 간절하게 바라보는 새파란 눈동자는 색유리처럼 텅 비어 있었다. 그의 입술이 달싹였다.

"······마치 내 부모님처럼?"

아니, 잠깐만. 어째 이야기가 이상하게 가네. 듣다 못한 이엘리는 자카리에게 손을 내저었다.

"자카리, 잠시만 기다려 봐. 우선 내 말부터 좀 듣고······."

하지만 자카리는 이엘리의 말을 들을 상태가 아닌 것 같았다. 이엘리가 앓는 내내, 애써 눌러두었던 죄책감과 공포가 자카리를 한껏 짓누르고 있었다. 자카리의 눈동자가 파르르 떨렸다.

"그런데도 나는 널 포기할 수 없다는 게······ 미안해서 견딜 수가 없어."

"포기할 필요 없어. 왜 그런 말을 하는 건데?"

"왜냐하면 내가 널 놓아줘야 네가 안전해질 거라는 사실을 아니까."

그 목소리만큼은 칼로 베어 내는 것처럼 단호했다. 자카리는 처음 걷는 방법을 배우는 어린아이처럼 더듬더듬 앞으로 나아갔다. 그가 여신을 경애하듯 손을 뻗어서 이엘리의 손을 움켜쥐었다.

"있잖아, 이엔."

"······."

"네가 없으면 난······ 살아갈 수가 없어."

자카리는 숨이 턱턱 막혔다. 이엘리가 제 곁에서 사라질 거라는 생각만 해도, 금방이라도 죽을 것 같다.

"네가 날 포기할까 봐, 드디어 날 버릴 마음을 먹게 될까 봐 무서워. 그런데······."

자카리는 그대로 이마를 이엘리의 손에 기댔다. 이런 말을 하는 것 자체가 이엘리의 동정심을 사기 위한 발악이라는 걸 안다. 그녀의 다정함에 기대어 저를 떠나지 않음을 약속받고 싶었다.

"……날 떠나지 말라고 비는 것 자체가 내 이기심임을 알아서."

자카리는 나지막이 숨을 헐떡였다. 어떡하지. 이럴 때마다 난 길을 잃은 것 같은 기분이 들어.

"어떻게 해야 할지 모르겠어."

"자카리!"

그때 이엘리는 자카리를 외쳐 불렀다. 퍼뜩 잠에서 깬 것처럼 자카리가 눈동자를 들어올렸다.

"지금껏 그런 쓸데없는 문제들을 걱정하느라 날 피했다는 거야?"

시선을 피하는 자카리의 얼굴을 이엘리는 할 말을 잃고 바라봤다. 기가 막힌 그녀가 언성을 높였다.

"우선 너랑 나랑 이혼할 일은 없어. 왜냐하면 내가 받아들이지 않을 거거든."

"이엔. 하지만……."

무어라 말하려던 자카리가 입술을 깨물었다. 그녀는 자카리에게 파르르 화를 내기 시작했다.

"어째서 내 마음은 전혀 고려하지 않고 멋대로 고민하는 거야?"

"그건."

"그런 고민을 하고 있었다면, 제일 먼저 내게 말했어야 하는 거잖아!"

자카리는 멍하니 그녀와 시선을 맞췄다. 새싹처럼 연연한 연녹색 눈동자는 언제나 흔들림 없이 자신을 바라본다. 온갖 감정이 복

받쳐 올랐는지, 이엘리의 눈가가 빨갛게 달아올라 있었다.

"난 널 좋아해."

솔직한 진심이었다. 자카리는 숨을 멈췄다. 이엘리는 손을 뻗어서 자카리의 뺨을 쓸어내렸다.

"네가 폭주의 위험을 갖고 있든, 괴물의 힘을 운용하든, 뭐든지 상관없어."

"이, 이엔."

"내가 좋아하는 건 그냥 자카리, 너란 말이야."

이엘리의 눈동자는 여전히 흔들리지 않았다.

확고한 목소리. 그가 머물 곳이 되어 주는 아가씨.

"너를 이루는 모든 총합을 좋아해."

"그, 나는……."

"네가 가진 긍정적인 요소, 다정한 성격과 아름다운 외모, 작위, 부. 이런 것뿐만이 아니라."

이엘리는 살살 어루만지던 자카리의 양쪽 뺨을 꽉 꼬집었다. 아얏. 그가 얕은 신음을 흘렸다.

"네가 가진 힘과 서투름, 어설픔. 그 모든 것이 좋은 거야."

"……."

"왜냐하면 그런 모든 것이 모여, 내가 소중하게 생각하는 자카리가 되는 거니까."

자카리는 어린 짐승처럼 어쩔 줄 모르는 표정을 지었다. 이엘리는 와락 언성을 높였다.

"그런데 그런 내가 어떻게 널 버릴 수 있다는 생각을 해? 그게 더 화가 나!"

그 말에 자카리는 얼떨떨한 얼굴이 되어 두 눈을 깜빡였다. 그녀는 진심으로 화내고 있었다.

"그래서 네가 하는 말도 하나하나 다 어이가 없지만, 그래도 좀 반박해 보자면."

이엘리는 자카리를 샐쭉하게 노려보았다. 그 눈빛에 머쓱해진 자카리가 입술을 꾹 다물었다.

"오히려 너랑 내가 결혼하도록 압력을 넣은 쪽이 황가였거든?"

"이엔."

"그쪽이 우리를 휘두르려 드는 것도 화가 나는데, 너까지 거기에 휘말리면 어떡해?"

"……"

자카리는 울컥하는 기분을 느꼈다. 안개 속에 갇힌 것처럼 막막한 순간마다 유일하게 손을 내밀어 주고 길을 제시해 주는 그녀. 자카리는 숨을 삼키며 시선을 돌렸다. 그녀가 인상을 썼다.

"으이구, 내가 못 살아."

"……"

"이리 와."

이엘리는 양팔을 활짝 벌렸다. 잠시 머뭇거리던 자카리는 조심스럽게 그녀를 마주 포옹했다.

"앞으로는 뭐든지 내게 먼저 물어보는 거야. 알았지?"

자카리는 대답 대신 작게 고개를 끄덕였다. 이엘리는 나지막한 웃음소리를 냈다.

자카리를 꼭 끌어안고 등을 토닥거리는 조그마한 손. 그 온기 하나가 이토록 위안이 된다. 코끝이 찡하다.

　"그건 그렇고, 내가 거기 있는 건 어떻게 알고 찾아왔던 거야?"

　"황녀 전하께서 알려 주셨어."

　"그렇구나. 황녀 전하께서……."

　눈을 동그랗게 뜬 이엘리가 고개를 끄덕거렸다. 이런 곳에서도 황녀의 판단력은 빛을 발한다.

　"황제, 그 자식이 네게 아샤의 축복을 사용할까 봐 걱정하시더라고."

　"맞아. 예전에도 황녀 전하께서 날 걱정해 주셨던 적이 있어."

　자카리의 성인식 때, 사냥회에서 황녀가 '조심하라'고 말해 주었다. 자카리는 미간을 좁혔다.

　"하지만 역시 좀 이상해."

　"뭐가?"

　"황제가 널 대하는 태도를 봤을 때, 아샤의 축복을 사용하지 않을 리 없는데."

　자카리는 미심쩍은 얼굴을 했다. 그런 자카리의 얼굴을 바라보던 이엘리는 기억을 더듬었다.

　"그러고 보니 황제 폐하가 내게 그런 말을 했었어."

　"무슨 말?"

　"내가 이해가 잘 안 간다고."

　이엘리는 눈썹을 찡그렸다. 아샤 꽃이 핀 정원. 황제는 이엘리를 의아한 얼굴로 바라보았었다.

"왜 이렇게 멀쩡하냐면서, 내가 마치 환각이라도 보아야 하는 것처럼 말씀하시더라고."

"그래?"

그렇게 되묻던 자카리는 고민에 빠진 얼굴을 했다. 잠시 침묵하던 그가 신중하게 입을 연다.

"그렇다면 아마도…… 네게는 아샤의 축복이 적용되지 않는 것 같아."

"그래? 다행한 일이네, 그렇지 않아?"

"물론 그렇지. 뭐, 드물게 아샤의 축복에서 자유로운 사람이 있긴 한데."

그런 사람은 헤센바이츠의 일원뿐일 텐데. 자카리는 미묘한 얼굴을 했다. 하지만 이엘리가 아샤의 축복에서 자유롭다면, 그 또한 다행한 일이다. 한편 이엘리는 다른 생각에 빠져 있었다.

'황녀 전하께서 황제가 되신다면 이 제국에도 좀 더 좋을 텐데.'

뭐, 이런 생각 따위 해 봤자 소용없지만. 그렇게 생각하던 이엘리는 자카리의 등을 쓸어내렸다.

그는 그녀의 품에서 사르르 눈을 감았다. 역시, 이엘리 없이 사는 건 불가능할 것 같았다.

'뭐, 자카리도 이제는 좀 진정된 것 같으니까.'

이엘리는 한숨을 섞어 웃었다. 그녀의 귀여운 남편은 멘탈이 유리에 가까워서, 잘 보듬어 주지 않으면 안 된다.

그래도 일이 잘 끝난 것 같아서 다행이다, 당시의 이엘리는 그리 생각했다.

하지만 일이 쉽게 해결될 거라는 건 착각이었다. 강한 후폭풍이 그들을 기다리고 있었다.

*　　*　　*

이엘리와 자카리는 곧장 공작령으로 내려갔다. 공작은 두 사람을 기다리고 있었다. 비록 대중들에게는 기이한 기상이변 정도로 인식됐었지만, 당연히 공작은 이 일의 진상을 알고 있었다.

"이야기는 모두 들었다."

도착하자마자 공작의 집무실에 불려온 두 사람을 앞에 두고, 공작은 냉랭한 목소리로 말했다.

"자카리."

"예."

"무려 황성에서 감정을 이기지 못하고 폭주했다지."

공작의 차가운 눈동자가 자카리를 빤히 쏘아보았다. 그 질책을 들으며 자카리는 고개를 무겁게 떨어뜨릴 뿐이었다. 이엘리가 발끈하여 공작을 바라본 것과 반대였다. 공작이 말을 잇는다.

"한심하구나. 난 네가 소공작으로서 제대로 된 처신을 할 거라 기대했다."

"……면목이 없습니다."

사죄하는 자카리를 곁눈질하던 이엘리는 입술을 깨물었다. 이건 아니잖아. 공작에게 항변한다.

"그건 자카리의 탓이 아닙니다, 황제 폐하께서……!"

"이엘리."

공작의 써늘한 시선이 그녀에게 향했다. 공작은 비스듬히 고개를 꺾으며 그녀에게 되물었다.

"내가 그깟 사실을 모르고 자카리를 질책한다고 생각하느냐?"

이엘리는 헛숨을 삼켰다. 오랫동안 함께 시간을 보냈고, 태도 또한 상당히 유해졌던 공작이었다. 공작이 저렇게 냉정한 얼굴을 한 것은 무척 오랜만이었다.

공작은 나직한 어조로 말했다.

"황제가 그렇게 행동할 것을 예상치 못한 것도 아니었다."

공작은 살짝 미간을 찌푸렸다. 미간에 깊은 골이 잡힌다. 그대로 공작은 조그맣게 빈정거렸다.

"황제의 속이야 언제나 뻔하지."

공작의 목소리는 무척 신경질적이었다. 자카리는 공작의 질책을 묵묵히 귀담아듣고 있었다.

"헤센바이츠에게 어떻게든 흠집을 내고, 제 수족을 밀어 넣으려해. 모두 예상하던 일이다."

"……죄송합니다."

"그런데도 황제에게 이런 식으로 빌미를 줘?"

새파란 눈동자가 자카리를 쏘아본다. 어찌나 기세가 날카로운지, 이엘리도 살짝 움츠러들었다.

"자카리. 네놈이 이토록 머저리일 줄은 생각도 못 했다."

"……"

"네가 가장 소중하게 지키고, 곁에 두고 떨어지지 말았어야 할 사람은 바로 네 아내였다."

냉랭한 목소리가 떨어졌다. 그 말에 자카리는 커다란 얼음덩이를 삼킨 양 가슴이 서늘해졌다.

"그런데 이엘리조차 제대로 지키지 못하고, 황제와 그 아이를 단둘이 놓아두다니."

자카리는 피가 나도록 입술을 물었다. 물론 항변하려면 할 수는 있었다. 제도의 귀족들과 친밀감을 쌓아야 한다고 주장했던 것은 바로 이엘리였으니까. 하지만 공작의 분노는 정당했다.

'내가 좀 더 조심했어야 했어.'

황궁에서 빠져나온 후 침상에 누워 있던 이엘리를 바라보면서, 그리고 이엘리와 함께 공작령에 돌아오면서. 일부러 제 기분을 풀어 주기 위해 까르르 웃던 그녀를 보며 내내 생각했었다.

'내 잘못이야.'

그녀의 미소를 볼 때마다 죄책감은 더욱 깊어졌다. 공작은 그 부분을 정확히 짚어 낸 것이다.

"하지만 공작님, 저와 자카리 모두 이런 일이 터질 줄 몰랐어요."

"이엘리."

"그리고 제도의 귀족들은 제가 만나 보라고 한 거예요. 그러니까……!"

듣다 못한 이엘리가 끼어들었다. 공작은 시선을 내려 그녀를 마주 본 후, 고개를 가로저었다.

"물론 네 의견이 일부 포함되어 있음을 부정하지는 않는다. 하지만……."

"고, 공작님."

"……결국 선택하는 건 자카리 아니었던가?"

그 말에 이엘리는 말문이 막혔다. 이게 아닌데. 그녀는 자카리를 힐끗 곁눈질했다. 그는 이제 죄스러움에 못 이겨 숨조차 죽이고 있었다. 공작은 분노를 꾹꾹 누르는 얼굴로 말을 이었다.

"이 혼인을 지속하면 가장 피해를 볼 사람은 다름 아닌 바로 너다."

"저는 괜찮습니다!"

"아니, 내가 괜찮지 않아."

공작은 물끄러미 이엘리를 눈 안에 담았다. 색유리처럼 투명하며 무기질적인 눈동자. 그 안쪽에 스며들어 있는 수많은 감정들. 하지만 공작은 이미, 제 감정을 감추는 데에는 이골이 났다.

"그리고 자카리 또한 괜찮지 않겠지."

"잠깐만요, 그건……!"

"적어도 지금, 자카리는 자신의 가족을 가질 만한 능력이 못 된다."

그 말을 들은 자카리와 이엘리는 나란히 굳어 버렸다. 공작은 무표정한 얼굴로 말을 이었다.

"아내를 지키지 못한 건 물론이거니와…… 심지어 아내를 앞에 둔 채 폭주해 버렸지."

"어쩔 수 없었던 상황이었어요, 그건!"

"생명에 관한 일이다. 어쩔 수 없었다는 말은 여기서는 성립되지 않아."

공작은 팔짱을 끼며 두 사람을 돌아보았다. 어떻게 해야 하지. 이엘리는 입술을 잘근 씹었다.

"자카리 때문에 네가 죽을지도 모른다는 소리야."

"……."

"……."

싸늘한 침묵이 흘렀다. 공작은 칼처럼 단호한 목소리로 두 사람을 향해 명을 내렸다.

"그러니, 이혼하거라."

순간 세상이 멈추는 것 같은 느낌이 들었다. 이엘리는 처음으로 공작을 향해 언성을 높였다.

"싫습니다!"

그 말을 듣던 공작의 눈동자 위로 바짝 날이 섰다. 공작 또한 핏대를 세우며 고함을 질렀다.

"고집부릴 문제가 아니야!"

"하지만……!"

"내 말, 아직도 이해하지 못하겠나!?"

그 말에 이엘리는 덜컥 멈추었다. 지금의 공작은 반쯤 이성을 잃은 것처럼 보였다. 평소 차분하며 우아했던 공작이 아니었다. 공작은 허리를 시선을 반쯤 내린 채 이엘리에게 쏘아붙였다.

"자카리 때문에 이미 난 아델을 잃었어!"

"……."

그 말에 이엘리는 주먹을 꽉 말아 쥐었다. 누군가가 입을 틀어막은 기분이다. 공작이 외쳤다.

"그런데 아델을 닮은 널, 딸처럼 생각하는 너를…… 또 잃으란 말이냐?!"

"이번에는 그렇지 않을 수도 있어요. 그러니까……!"

"나도 그렇게 생각했다!"

공작은 다시 한 번 언성을 높였다. '나도 그렇게 생각했다'니? 이엘리는 공작을 마주 보았다.

"어떻게든 잘될 거라고 믿었어, 언젠가는 아델도 마음을 열어 줄 거라 믿었어!"

"공작님, 그 말씀은……."

"나도, 나도!"

공작은 잠시 말을 멈췄다. 끓어오르는 감정이 머릿속을 새하얗게 태우고 있었다. 공작은 애써 침착함을 되찾으려 애썼다. 공작은 이마를 짚었다. 그늘진 그 얼굴은 지독하게 피로해 보였다.

"세 가족이 행복하게 살 수 있을 거라고 믿었던 적이 있었단 말이다."

"그, 그건……."

"아델이 스스로 죽음을 선택했던 그때, 그녀가 죽음을 선택한 이유가 자카리임을 알았을 때."

공작은 가쁘게 숨을 몰아쉬었다. 이미 한껏 약해진 몸이다. 이런 격렬한 흥분은 독에 가깝다.

"……내 기분이 어땠는지 아나?"

"……."

"이미 한번 경험해 봤는데, 어째서 위험을 다시 한 번 감수해야 하지?"

공작의 질문이 날카롭게 폐부를 찔렀다.

공작님, 설마 나와 전대 공작 부인을 겹쳐 보고 계셨던 건가. 공작은 거칠어진 숨을 애써 가다듬고는, 차분한 목소리로 이엘리에게 질문을 던진다.

"자카리는 이미 네 앞에서 두 번이나 폭주했어. 이 의미를 모르겠나?"

이엘리는 대답할 수 없었다. '자카리의 폭주'가 공작에게 어떤 의미인지 이제 알 것만 같아서.

"과거, 너희가 내 허락 없이 아샤 축제에 멋대로 참석했던 그날."

"공작님."

"그때는 어렸으니 참았다. 앞으로는 좀 더 나아질 수 있을 거라, 그리 믿었어."

공작은 지친 얼굴로 말을 이었다. 공작은 자카리에게 크나큰 실망감을 품고 있었다. 자카리의 폭주는, 공작이 가졌던 '행복한 가정'에 대한 일말의 기대를 짓밟는 행위에 가까웠으니까.

"제 힘을 제대로 조절하지도 못하는데 근신이라니. 참으로 관대했지."

공작이 짧은 조소를 흘렸다. 피곤한 낯을 천천히 들어 올린 공작이 이엘리를 곧게 응시했다.

"하지만 지금은 아니다. 넌 네가 처한 위험을 제대로 인지하지 못하는 것에 가까워."

예전이라면 이렇게 이엘리를 설득하지 않았을 것이다. 아샤 축제에서 한번 폭주했을 때, 저 애의 안전을 생각했더라면 처음부터 이혼시켜야 했었다. 하지만 공작이 그러지 않았던 이유는.

'그때는 저 아이가 소중하지 않았으니까.'

죽어도 상관없다 생각했다. 헤센바이츠의 후계를 이으려면 어쨌든 자카리에게도 아내가 필요하다. 빚 때문에 어쩔 수 없이 결혼 생활을 지속해야 하는 저 애는 아들에게 안성맞춤이었다.

'하지만 지금은 아니야.'

마치 가늘게 쏟아지는 봄비처럼, 천천히 저 아이를 향한 애정에 젖어 들었다. 아델을 꼭 닮은 소녀가 저에게 웃는다. 어느새 딸처럼 생각하게 되었다. 그는 자카리와 이엘리가 행복하길 바랐다.

'그럼에도……'

자카리 때문에 이엘리가 죽게 된다면, 영영 그 미소를 볼 수 없다면. 이제 그런 건 아무런 소용도 없지 않나. 이미 아델라이데도 떠나보냈다. 그건 싫다. 공작은 지친 얼굴로 중얼거렸다.

"넌 그저, 자카리 때문에 네가 죽을지도 모른다는 사실을…… 외면하고 싶은 것뿐이지 않느냐."

"그런 게 아니에요. 저는……."

"처음 네가 왔던 날, 식사 자리에서 말했지. 너희의 결혼 생활을 지켜보겠다고."

그 말에 이엘리는 입을 다물었다. 공작은 가라앉은 시선으로 갓 성년이 된 두 사람을 보았다.

"겨울의 마법을 가진 자들은 폭주할 때 이성을 잃는다. 피아를 가리지 못하고 공격하게 돼."

"하지만 자카리는 제 앞에서 그런 모습을 보였던 적이 없어요."

"이번에 운이 좋았을 뿐이야. 하지만 '다음'은 이제 없을지도 모른다."

다음은 없을지도 모른다.

그 말이 가슴을 후벼팠다. 자카리는 멍하니 공작을 바라보았다. 공작이 하는 말은 구구절절 옳았다. 비록 본의가 아닐지라도, 그는 이엘리를 다치게 할 수 있었다.

'이엘리가 과연 내 곁에서 안전할 수 있을까?'

자카리는 스스로에게 질문을 던졌다. 대답은 '아니오'였다. 그가 어금니를 꽉 앙다물었다.

'난 이엔 없이 살 수 없어. 하지만……'

……이엘리를 내 곁에 붙여 두는 건 내 이기심일지도 몰라. 그 사실이 사무치게 와닿았다. 자카리는 눈을 질끈 감았다. 좀 더 행복하게 살 수 있는 널, 내 새장 안에 가둬 두는 것은 아닐까.

'나는.'

공작가와 황가의 관계가 최악으로 치닫는 건 상관없다. 그녀가 사라지는 것만큼 그를 괴롭게 하는 건 없으니까. 이엘리를 곁에 둘 수만 있다면 온 세상을 적으로 돌려도 괜찮았다. 하지만.

'내 곁에 이엔이 남아 있음으로써 그녀가 고통받게 된다면……'

널 보내 주는 게, 너에겐 더 행복할 수도 있지 않을까. 오래된 의문이 그의 마음을 뒤덮었다.

'내 어머니처럼 언젠가…… 네가 절망하는 모습을 보게 될 수도 있어.'

어머니의 마지막 모습이 문득 눈앞에 떠올랐다. 광기와 공포, 지독한 피로함에 짓눌려 있던 자카리의 어머니. 차라리 스스로 목숨을 끊는 편이 더 즐거워 보였던 어머니. 미칠 것 같았다.

'그것도 나 때문에.'

이엘리가 그런 모습이 된다니. 숨이 막혀 왔다. 누군가가 있는 힘껏 목을 짓누르는 기분이었다.

"하지만, 공작님. 이런 말씀을 드리게 되어 정말 죄송해요."

그때 이엘리가 조심스럽게 입을 열었다. 흔들리지 않는 연녹색 시선이 공작을 똑바로 담는다.

"하지만 전 아델라이데 님이 아니에요."

"……."

"공작님께서 아델라이데 님을 무척 사랑하셨기에, 저희를 걱정하시는 건 이해하지만."

공작은 말없이 이엘리의 말을 듣고 있었다. 그녀는 커다랗게 숨을 들이마신 후 말을 이었다.

"전 저희가 그런 결말을 맞게 될 거라고 지레 겁먹어서…… 자카리를 피하고 싶지는 않아요."

'이엔.'

그렇게 말하는 이엘리는 반짝반짝 빛이 났다. 언제나 스스로에 대한 확신과 용기에 충만해 있는 그의 아가씨. 자카리는 그런 그녀를 사랑했다. 너무 사랑해서 그 자신과 맞바꿔도 될 만큼.

"저는 자카리가 소중해요. 그 무엇보다도 더."

맞아. 나도 세상 전체와 견주어도 네가 훨씬 더 소중해. 자카리는 느릿하게 눈썹을 깜빡였다.

'그러니까⋯⋯.'

내 욕심은 여기서 멈추는 게 옳지 않을까. 괴로워하는 건 나 혼자로도 충분해. 지금껏 그녀는 과분한 애정을 그에게 나눠 주었다. 그 온기를 잃고 싶지 않아서 발악했었다. 하지만 난⋯⋯

"자카리, 뭐라고 말 좀 해 봐! 정말로 공작님의 명령을 받아들일 거야!?"

그때 이엘리는 절박한 표정으로 자카리를 돌아보았다. 자카리는 그녀의 시선을 똑바로 본다.

"⋯⋯."

"자카리?"

그때 자카리가 이엘리의 손을 더듬어 붙들었다. 자카리의 손끝은 얼음장처럼 차가웠다. 이엘리는 퍼뜩 놀라 자카리를 돌아보았다. 새파란 눈동자는 감정이라곤 하나도 남아 있지 않았다.

"아버지의 말씀이 맞아."

"그게 무슨 소리야?"

"나 때문에 네가 다칠지도 몰라."

이엘리는 바짝 날을 세웠다. 흰 밀랍으로 빚은 초췌한 인형처럼 그의 낯은 파리하기만 했다.

"계속 생각했었어. 너를 내 곁에 붙잡아 두는 건 내 욕심이라고."

"너, 네가 어떤 말을 하고 있는지는 알고⋯⋯."

그녀의 목소리가 가늘게 떨렸다. 자카리는 쓰게 웃었다. 지금만큼 마음이 명료했던 때가 없다.

"처음부터 이랬어야 했어."

"자카리."

"앓아누워 있던 네 곁에 앉아서…… 계속 그런 생각을 했었어."

깜깜한 밤. 가늘게 숨을 몰아쉬는 창백한 얼굴의 이엘리. 스스로에게 묻고 또 물었다. 만약 황제를 공격했던 그 힘이 이엘리를 공격했다면, 난 막을 수 있었겠느냐고. 답은 나오지 않았다.

"이쯤에서 관계를 정리하는 편이 너에게 훨씬 더 안전할 거라고."

이엘리는 입술만을 달싹였다. 워낙 기가 막혀서 할 말을 잃어버린 탓이다. 그는 말을 이었다.

"네 다정함에 기대서, 네 곁에 있어도 괜찮을 거라고 그렇게 믿으려 했지만……."

"잠깐만, 그게 무슨……."

"난 이미 다시 한 번 폭주하고 말았어. 이게 현실이야."

자카리는 마주잡은 손에 가만히 힘을 주었다. 우아한 맹수처럼 군림하던 그녀의 남편은 지금, 온 세상에서 버림받은 것처럼 서글픈 낯빛이 되어 있었다. 자카리가 희미하게 미소를 지었다.

"……그러니까, 이혼하자."

"뭐라고?"

도무지 믿을 수 없는 말에 이엘리는 멍하니 자카리를 바라보았다. 이후 와락 언성을 높인다.

"내가 싫다고……!"

"어쩔 수 없어."

"세상에 어쩔 수 없는 문제가 어디 있어!?"

기가 막힌 이엘리가 외쳤다. 하지만 그녀를 보는 자카리의 얼굴은 빙해처럼 고요하기만 했다.

"너."

"……."

그 말에 말문이 막혔다. 덜컥 심장이 떨어졌다. 자카리는 희미하게 미소하며 고개를 기울였다.

"너의 안전과 행복."

"그게 아니야, 너……."

"아버지께서 왜 저렇게 말씀하시는지 난 이해해. 이건 타협할 수 없는 문제니까."

"너 정말!"

그 순간 자카리가 이엘리의 손을 놓았다. 차가운 손끝이 떨어지는 감각이 생경하게 느껴졌다.

"지금까지 정말 고마웠어, 이엔."

"……."

"아버지. 명을 따르겠습니다."

참담한 낯을 한 공작이 고개를 끄덕였다. 그것으로 대화는 모두 끝났다. 칼로 베어 낸 것 같은 침묵. 자카리는 그대로 방을 빠져나갔다. 입술을 깨문 채로 이엘리는 황급히 그 뒤를 따랐다.

자카리는 성큼성큼 앞서 걷고 있었다. 온몸 전체로, 명백히 대화를 거부하는 모양새였다.

그 뒤를 따르며 이엘리는 황망함을 느꼈다. 단 한 번도 그녀를 앞서 걷던 적이 없던 자카리였다.

'언제나 나와 보폭을 맞춰서 걸어 줬는데.'

지금의 자카리에겐 그런 상냥함이 느껴지지 않는다. 종종걸음을 치던 이엘리가 그를 불렀다.

"자카리, 얘기 좀 해."

그 말을 들은 자카리가 걸음을 멈췄다. 힐끗 뒤를 돌아보는 새파란 시선. 지나치게 고요하다.

"그래, 이야기는 마무리 지어야 하니까."

이야기를 마무리 짓는다. 그 말에 이엘리는 덜컹 심장이 내려앉는 걸 느꼈다. 도대체 무엇을 마무리 짓는다는 소리야? 우리의 관계를? 이렇게 쉽게? 내가 위험할지도 모른다는 이유로?

"정말 이대로 헤어지는 거야? 난 싫어, 그러니까……!"

"나도 널 보내기 싫어!"

그때 자카리가 그녀에게 외쳤다. 상처 입은 맹수처럼 그르렁거리는 목소리. 그녀는 멈칫했다.

"나라고 너와 헤어지고 싶을 리 없잖아, 네가 없으면 당장이라도 죽을 것 같은데!"

"그렇다면 헤어지지 않으면 되잖아?"

"그건 안 돼. 네가 나 때문에 다칠지도 모른다고 생각하면……."

잔뜩 쉰 목소리가 흘러나왔다. 이엘리는 어떻게든 자카리를 설득하기 위해 조심스레 말한다.

"왜 다칠 거라고만 생각해? 그러지 않을 수도 있는데……."

"그 가능성 하나만을 믿고, 언제 터질지 모르는 위험한 존재 옆에 널 머무르게 두라고?"

"……."

이렇게 대화해선 설득이 불가능할 것 같다. 숨을 삼킨 이엘리는 애써 침착하게 입을 열었다.

"황제 폐하도 우리가 이혼하기를 바라고 있었어. 이건 그 의도대로 놀아나는 거야……!"

"알고 있어."

하지만 자카리는 여전히 냉정한 낯이다. 이미 그런 부분까지는 모두 생각해 뒀기 때문이었다.

"아까 말했잖아, 제일 중요한 건 네 안전이라고."

"자카리."

"어떻게든 네 안전은 보장할 테니까. 그러니까 그 문제는 걱정하지 마."

그녀와 이혼하는 것과 그녀를 보호하는 문제는 별개였다. 애초에 그녀의 안전을 보장하기 위해 이혼하는 것이나 다름없으니, 자카리는 황가에 압력을 넣어서 그녀를 보호할 생각이었다.

"비록 너와 이혼한다고 해도, 우리 가문은 계속 널 지킬 거야."

"바보야, 그런 말이 아니잖아!"

답답해진 이엘리는 언성을 높였다. 하지만 자카리는 가만히 고개를 가로저었다.

"지금은 일이 이렇게 됐지만, 시간이 지나면."

"……자카리."

"오직 너만을 사랑하고 지켜 줄 수 있는 좋은 사람을 새로 만나게 될 거야."

그런 사람이 세상에 어디에 있다고. 난 너만 있으면 되는데. 그렇게 말하고 싶었다. 이엘리는 지그시 입술을 깨물었다. 하지만 차마 말할 수가 없었다. 자카리가 더 아프다는 것을 알아서.

"……그럼 그때는 널 놓아줄게."

자카리는 쓰게 웃었다. 자카리가 이렇게 단호했던 적 있던가. 이엘리는 더듬더듬 입을 열었다.

"그러지 마. 나는……."

"미안, 이건 어쩔 수 없는 문제인 것 같아."

자카리는 애써 미소를 유지하며 말했다. 이엘리가 가장 중요하니까. 용기가 없어 발을 내딛지 못했는데, 공작이 등을 떠밀어 준 것뿐이었다. 이엘리의 표정이 수많은 감정으로 일그러졌다.

"……자카리."

그를 보는 연녹색 눈동자에 눈물이 고여 있다. 반사적으로 손을 내밀던 그는 손을 거두었다.

'더이상 네 온기를 독점할 수 없다는 건 슬프지만.'

이번에 다시 한 번 폭주를 경험하면서 알게 되었다. 이엘리는 자신의 곁이 아닌, 안전한 곳에 머물러야 했다. 자신의 어머니처럼 그녀를 떠나보낼 수는 없다. 자카리는 그대로 뒤돌아섰다.

* * *

떠나는 날까지 이엘리는 한숨도 눈을 붙이지 못했다. 메리는 계속 이엘리의 곁을 지켜 주었다.

"주인님과 작은 주인님도 너무하시지, 어떻게 아가씨께 이러세요……."

"아냐, 메리."

메리는 입술을 잘근잘근 깨물었다. 자신이 모시는 아가씨는 그새 살이 꽤 빠졌다. 아무래도 마음고생을 하고 있기 때문이겠지. 그녀를 보며 이엘리는 애써 미소 지었다.

"날 위해서 그러시는 거라는 것을 아니까, 괜찮아."

손목이 뼈가 드러나게 가늘다. 이엘리를 안쓰러운 눈빛으로 바라보던 메리가 질문을 던졌다.

"간식이라도 드실래요?"

"아냐, 됐어. 입맛이 없어."

이엘리는 고개를 가로저었다. 메리는 걱정스러운 표정을 감추지 못했다. 공작, 그리고 자카리와 언성을 높인 이래로 이엘리는 식사를 거의 하지 않았다. 그녀는 이엘리가 안타까워 견딜 수가 없었다.

'어쩌나, 이제 아가씨도 긴 여행을 하셔야 할 텐데.'

이혼 서류가 수리되는 대로 이엘리는 고향인 블랑쳇 자작가의 영지로 내려가기로 했다. 블랑쳇 영지는 남부에 위치한 작은 시골 영지로써, 북부의 헤센바이츠 공작령과는 한참 거리가 있다.

"입맛이 없다고 하셔도 조금이라도 드셔야 해요. 건강을 챙기셔야죠."

"정말로 괜찮대도."

"실은 다들 아가씨를 걱정하고 있거든요. 주방에서도 음식을 보내왔어요."

메리는 단호한 얼굴로 트롤리를 끌어왔다. 차마 메리를 말릴 기력도 남지 않아, 이엘리는 트롤리 위에 바리바리 쌓인 그릇들을 내려다보기만 했다. 메리가 음식을 덮은 뚜껑들을 열었다.

"일부러 부드러운 음식을 골라 조리했다고 들었어요."

"……."

"최대한 아가씨의 입맛을 맞췄으니까, 한술이라도 떠 보세요. 네?"

이엘리의 눈에 눈물이 글썽 고였다. 보드라운 흰 빵과 고소한 수프, 달콤한 푸딩까지. 모두 그녀의 입맛을 고려했으면서도 소화가 잘 되는 음식들이었다. 메리가 억지로 스푼을 쥐여 주었다.

"얼른요."

이엘리는 수프를 한 스푼 떴다. 억지로 한입 밀어넣자 고소한 맛이 혀끝에 맴돈다. 음식이 위장에 들어가자 자연히 생각이 자카리에게 흘렀다. 식사는 거르지 않고 잘하고 있는 걸까.

"……윽."

이엘리는 스푼을 꽉 쥔 채 조그맣게 신음을 흘렸다. 한 번이라도 자카리의 얼굴을 보고 싶다.

"자카리, 이 나쁜 자식……."

"……아가씨."

메리가 안타까이 이엘리를 불렀다.

이엘리는 침대 위에 주저앉은 채 있는 힘껏 이불을 그러쥐었다. 숨을 죽이고는 툭툭 눈물을 떨어뜨린다. 그녀가 흐느끼면서 속삭였다.

"보고 싶어."

"아가씨, 울지 마세요."

"이제 나 떠나는데, 어떻게 얼굴도 한번 안 보여 줘?"

자카리의 얼굴을 본 것도 공작이 이혼을 명령한 그때가 마지막이었다. 어떻게든 대화를 하기 위해 몇 번이고 자카리의 방으로 찾아가곤 했지만, 자카리는 완고하게 이엘리를 피해 버렸다.

"자카리, 보고 싶단 말이야……."

단 한 번도 그녀에게 보여 준 적 없던 매몰참이었다. 떨어지는 눈물이 수프와 뒤섞여 번졌다.

자카리의 방문은 무겁게 닫혀 있었다. 이엘리는 조심스럽게 손을 들어 방문을 두드렸다.

똑똑.

노크 소리만이 주변을 울릴 뿐, 사위는 고요하기만 했다. 머뭇거리던 그녀는 문고리를 쥐었다.

'평소라면 이 문을 여는 데 망설임 따위 없었을 텐데.'

이엘리는 쓰게 웃었다. 오늘은 그녀가 떠나는 날이었다. 그런데도 얼굴조차 보여 주지 않다니, 이럴 때만 이렇게 고집이 셀 필요가 있나. 목을 가다듬은 이엘리가 조그맣게 입을 열었다.

"자카리."

"……."

"있잖아, 할 말이 있어서 왔어."

대답은 들려오지 않았다. 고요한 공기가 목을 짓누르는 것 같다. 이엘리는 애써 밝게 말했다.

"나, 기다릴 거야."

"……."

"계속 기다릴 테니까, 너무 오래 기다리게 하지 마."

목소리 끝이 제멋대로 이지러졌다. 하지만 초라하게 우는 모습 따위, 자카리에게는 들키고 싶지 않다.

이엘리는 손을 들어 슥슥 눈가를 닦아 냈다. 그리고 숨을 크게 들이쉬며 마음을 가다듬는다.

"알았지?"

자카리가 눈앞에 있지도 않은데도 이엘리는 있는 힘껏 미소 지었고, 허리를 곧게 세우고 몸을 돌린다. 타박타박 발걸음 소리가 멀어진다. 방문에 기대앉아 있던 자카리가 그제야 속삭였다.

"이엘리."

자카리가 억지로 밀어냈었던 그녀의 이름. 지금 이 순간조차도 사무치게 그리운 그녀의 이름.

"이엘, 리."

그에게 처음으로 온기를 나눠 준 그녀. 그에게 '괜찮다'고 말해 주고, 옳은 길을 알려 주었던 그녀. 빛이 되어 주었던 그녀. 그녀가 떠나고 있었다. 그리고 그는 그녀를 잡을 자격도 없다.

"이, 이엘리……."

울음이 뒤섞였다. 자카리는 꾹꾹 숨을 삼키며 손으로 얼굴을 짓눌렀다. 하지만 그녀를 봐서는 안 된다. 지금도 간신히 붙들어 둔 이성이다. 그녀를 보는 순간 엉망으로 헝클어질 것을 안다.

'너를 만나면.'

당장 널 끌어안고 떠나지 말라 애원할 테지. 그것만큼은 절대로 해서는 안 된다. 지금껏 이엘리에게 기대 살아왔던 삶이었다. 아마 그녀의 온기가 없으면 그는 천천히 말라비틀어질 테지.

"이렇게…… 홀로서기를 시작하게 되나."

자카리는 작게 중얼거렸다. 눈물 속으로 쓰디쓴 웃음이 섞여 든다. 자카리는 눈을 질끈 감았다.

*　　　*　　　*

이엘리는 느린 걸음으로 성 밖으로 빠져나왔다. 자리에 멈춰 선 채 흘끗 공작 성을 뒤돌아본다.

"……."

쥐 죽은 것처럼 고요한 공작 성. 한때 저 성안에 활기찬 웃음이 가득 찼었다는 사실이 믿어지지 않는다.

공작 성에서 치른 자카리의 성인식. 공작에게 준 레몬 꿀 절임. 공작과 자카리, 공작 성 사람들이 모두 모여 머쓱해하며 웃던 따스한 오후의 티타임. 그게 모두 먼 과거 같았다.

'아가씨, 이렇게 떠나시면 어떡하나요.'

'정말 보고 싶을 거예요.'

성을 떠나기 전, 수없이 많은 공작 성 사람들의 인사를 받았다. 이엘리는 터져 나오려는 눈물을 참기 위해 한참 애써야만 했다. 모두, 그녀를 무척 아껴 주었다는 사실이 실감이 났었다.

"이엘리."

"……공작님."

이엘리는 목소리가 들린 쪽을 바라보았다. 그녀를 부른 사람은 바로 공작이었다. 공작은 복잡한 얼굴로 이엘리를 응시하고 있었다. 한참을 머뭇거리던 공작이 그녀에게 불쑥 질문을 던졌다.

"혹시 날 원망하느냐?"

"……."

이엘리는 잠시 침묵했다. 원망하느냐고? 당연하다. 원망하는 마음이 없을 리가 없다.

"……예, 원망하지 않는다 하면 거짓말이겠지요."

"……."

"그래도……."

공작은 말없이 이엘리를 마주보았다. 숨을 삼킨 이엘리가 공작의 눈을 똑바로 바라보았다.

"이것이 공작님께서 생각하시는 최선임을 압니다."

"……그런가."

"하지만 공작님께서도 아셔야 할 것이 있습니다."

이엘리는 이제 담담한 얼굴이다. 공작은 말해 보라는 것처럼 고개를 까닥였다. 그녀는 말했다.

"전 절대 자카리를 포기하지 않아요."

그 말을 들은 공작은 침묵했다. 이엘리가 희미한 미소를 지었다. 정중한 어조로 말을 잇는다.

"그러니까 자카리에게…… 제가 기다리고 있겠다고 전해 주세요."

"……"

"몸 건강하시고요."

짧은 인사였다. 이엘리는 깊게 고개를 숙여 보였다. 그 모습을 바라보던 공작이 작게 말했다.

"네가 어떻게 생각할지 모르지만, 앞으로도 네가 행복하길 바란다."

"……"

"그럼 잘 가거라."

공작은 뒤돌아섰다. 이엘리는 마차에 올라탔다. 그녀를 배려해서일까, 준비된 마차는 최고급 여행용 마차였다.

자카리는 창문 너머로 그녀가 탄 마차가 작은 점이 되는 것을 지켜보았다.

* * *

이엘리는 멍하니 마차 안에서 창밖을 내다보았다. 어느새 제 고향, 블랑쳇 영지였다. 북부보다도 한참 날이 따스한 남부는 이제 봄의 기운이 만연했다. 늦봄과 초여름 사이의 경계였다.

"……"

이엘리는 터덜터덜 걸음을 옮겼다. 군데군데 깔린 디딤돌이 파란 잔디 사이로 햇빛을 머금어 희게 빛났다.

공작 성과는 비교도 되지 않는 조그마한 정원, 빨간 벽돌을 쌓아 만든 작은 저택.

"엄마."

"이엔?"

빨간 덩굴장미를 잘라 내던 자작 부인이 퍼뜩 고개를 들어올려 그녀를 마주본다. 밀짚모자 아래, 안타까운 시선을 보며 이엘리는 애써 웃어 보였다. 그녀의 이혼 소식은 이미 닿은 지 오래였다.

"엄마, 나 왔어요."

"……그래."

자작 부인은 꽃을 담아 둔 바구니에 정원용 가위를 밀어넣었다. 그대로 양팔을 활짝 펼친다.

"이리 오렴."

"어, 엄마."

순간 이엘리의 눈에 핑그르르 눈물이 돌았다. 울먹이던 이엘리가 이윽고 달리기 시작했다. 그대로 자작 부인의 품 안에 몸을 던진다. 어머니의 따스한 품 안에서는 옅은 장미 향기가 났다.

"우리 이엔, 힘들었겠구나."

자작 부인은 그저 그렇게 말했다. 이엘리는 마구 고개를 내저었고, 품에 뺨을 비비며 대답했다.

"괜찮아, 빚도 다 갚았으니까."

"이엔."

"엄마, 걱정하지 마요. 난 괜찮으니까……."

스스로에게 말하는 양, 이엘리는 그렇게 중얼거렸다. 자작 부인은 딸의 마른 등을 쓸어내렸다.

"괜찮을 리가 있니."

"……엄마."

"좋아하는 사람과 이별하게 된 거잖니. 슬픈 것도 당연하지."

연녹색 눈동자에 그렁그렁 눈물이 고이기 시작했다. 자작 부인은 딸의 눈물을 문질러 닦았다.

"그러니까 마음껏 울어도 된단다."

그 속삭임이 시발점이었다.

봇물처럼 터져 나오는 감정을 도무지 주체할 수가 없었다. 그녀는 마치 어린아이처럼 엉엉 울음을 터뜨렸다. 자작 부인은 그런 딸을 있는 힘껏 끌어안아 주었다.

* * *

그해 여름, 이엘리는 숨을 죽이고 블랑쳇 영지에서 은둔했다. 외부에서는 갖가지 소식이 들려왔다. 황제가 헤센바이츠 공작가에 정식으로 다시 혼담을 넣었다는 이야기가 돌았다.

안네로제 황녀와 소공작의 혼담을 추진하려 했지만, 공작가 측에서는 침묵으로 거절했다고 했다.

'나와는 상관없지.'

이엘리는 냉소적인 얼굴로 그렇게 생각했다. 그녀가 이혼했으니 황제가 귀찮게 굴 거라 예상했지만, 생각 외로 황제는 그녀에게 껄떡거리지는 않았다.

아마 주변의 눈을 살폈을 테고, 헤센바이츠 공작가에서 압박이 들어갔을 수도 있다. 솔직히 깊게 생각하고 싶지 않았다.

시간은 느리게, 하지만 착실히 흘렀다. 이엘리는 멍하니 있는 시간이 많아졌다.

'시간이 지나면 고통도 옅어진다고 했는데.'

그 말은 모두 거짓말이었다.

만약 그 말이 진실이라면, 마음이 아직도 이렇게 저미듯 아파 올 이유가 없지 않나.

이엘리는 긴 한숨을 내쉬었다. 쉬지 않고 울었는데도 계속 눈물이 난다는 게 신기했다.

〈다음 권에 계속〉